夫雅巴卡推理系列

NO.4

罪 人

Olycksågeln

Camilla Läckberg

〔瑞典〕卡米拉·拉克伯格 著　张刘博怡 译

人民文学出版社

著作权合同登记号　图字 01－2012－7702

Olycksfågeln (THE GALLOWS BIRD) © 2006 by CAMILLA LÄCKBERG

Simplified Chinese language edition published in agreement with Camilla Läckberg

c/o Nordin Agency，through the Grayhawk Agency

Simplified Chinese edition copyright：

2011 SHANGHAI ELEGANT PEOPLE BOOKS CO. LTD.

图书在版编目(CIP)数据

罪人/(瑞典)拉克伯格著;张刘博怡译. —北京:人民文学出版社，
2012

ISBN　978-7-02-009571-1

Ⅰ.①罪… Ⅱ.①拉… ②张… Ⅲ.①长篇小说－瑞典－现代
Ⅳ.①I532.45

中国版本图书馆 CIP 数据核字(2012)第 264006 号

责任编辑:苏福忠
文学统筹:薛鸿梅
　　　　　石晓竹
装帧设计:张志全

罪　人

［瑞典］拉克伯格　著

张刘博怡　译

人民文学出版社出版

(100705　北京市朝内大街 166 号)

北京高岭印刷有限公司　新华书店经销

字数:206 千字　开本:895×1270 毫米　1/32　印张:9.5

2013 年 3 月北京第 1 版　2013 年 3 月第 1 次印刷

印数 1-8000

ISBN　978-7-02-009571-1

定价:28.00 元

1

他记得最真切的，是她用的香水。就是她放在浴室里的那一瓶。气味香甜馥郁，淡紫色的瓶身闪闪发亮。长大成人后，他曾经在一间香水店里找寻，总算找到了一模一样的。看着它的名字"毒药"，他不由得笑出了声。

她习惯将它喷在手腕上，再轻轻涂擦在颈部。穿裙子的时候，脚踝上也会来一点。

在他眼里，那种姿态无比美丽。她那纤弱的手腕优雅从容地相互揉擦，香气顷刻弥散在她周身。他总是迫不及待等候那香气的来临，就在她俯身亲吻自己的一瞬间。那一下总是落在嘴唇上，而且过于轻柔，以至有时候他怀疑，那个吻究竟是真实的，抑或是自己的梦。

"照顾好妹妹。"每次以轻盈的步态飘出家门前，她总会这般叮咛。

过后，他从来记不起，自己曾否大声回应，还是只点了点头。

初春的日光透过塔南舍警察局的窗子照进来，令窗棂上的灰尘曝露无遗。窗玻璃上也薄薄地覆着一层冬日积下的埃垢。帕特里克

1

觉得，自己身上仿佛也笼罩着这样的一层阴霾。这个冬天真是难捱，孩子的诞生纵然给生活增添了无穷乐趣，却也带来了无穷无尽的活计，这是他以前想也想不到的。虽说照看玛雅已经不像最初那般费神，但是艾丽卡依旧无法适应全职妈妈的生活。帕特里克深知这一点，他在上班时，每分每秒都为此而感到不安。此外，安娜身上发生的所有问题也使他和艾丽卡备感压力。有人在门框上叩了叩，打断了他烦乱的思绪。

"帕特里克，刚刚接到车祸报警电话。是一起车辆肇事，车子是往桑纳斯去的。"

"知道了。"他说着站起身，"对了，接替恩斯特的人不是今天来吗？"

"对，"安妮卡回答，"不过现在还没到八点。"

"那我和马丁一起去吧。不然的话，我得叫上新来的人。先带她一段时间，直到她进入状况。"

"哦，我真有点儿替那个可怜的女人难过。"安妮卡感叹。

"因为她得坐我开的车？"帕特里克假装生气地说。

"那是当然，我了解你的驾驶风格……不过说真的，和梅尔贝里合作可不容易。"

"看过她的简历，我得说，倘若有什么人驾驭得了那家伙，这个人只能是汉娜·克鲁斯。从她的履历和有力的推荐来看，似乎是位女强人啊。"

"我只是搞不懂，她为何自愿请调来塔南舍？"

"正是，你说到点子上了，"帕特里克拉上外套拉链。"我一定要问问她，干嘛屈尊到此，和我们这帮业余执法者搭档，走一条没有前途的路？"他朝安妮卡眨眨眼。

"你明知道我不是这个意思。"她拍了下他的肩膀。

"我知道，只是说笑而已。言归正传，关于事故现场你还知道些什么？有没有死伤？"

"据打电话报警的人说，车里似乎只有一个人，已经死亡。"

"太糟了。我和马丁过去察看，很快就回来。趁这工夫，你先带着汉娜四处转转，行吗？"

"有人吗？"一个女人的声音从前台传来。

"肯定是她到了。"安妮卡说着匆匆往外走。帕特里克跟在后面，想看看新来的女同事长什么样儿。

一眼见到前台等候的女人，他可吃惊不小。虽说并不确定自己期望看到怎样的一个人，但是……总归不该像眼前的女郎这么娇小苗条，也想不到她是如此俊俏……还生着一头金发。

她先跟帕特里克握手，然后是安妮卡："你们好，我是汉娜·克鲁斯。从今天起在这里工作。"

她的嗓音倒是更符合他的想象：很低沉，带着股杀伐决断的味道。

她的手证明，她曾经在健身房里消耗了许多时光。帕特里克再次修正了自己的第一印象。

"帕特里克·赫德斯特伦。这位是安妮卡·延森，局里的主心骨。"

汉娜会心地笑道："了解。这片男性领地里唯一的女性前哨，至少到此刻为止是这样。"

安妮卡笑着接着说："哈哈，我必须承认。能够平衡这里浓重的男性荷尔蒙氛围，感觉还是不错的。"

帕特里克打断两人的说笑："女士们，你们稍后再彼此熟络不迟。汉娜，我们接到报警电话，发生了一起车辆肇事，有人死亡。如果可以的话，我想你应该和我一起去现场看看。开工第一天，就铆上劲喽。"

"没问题，"克鲁斯回答，"能把包留在这里吗?"

"可以，我会把它放进你的办公室，迟些我们再四处转转。"安妮卡说。

"谢谢。"汉娜扔下一句，仓促地赶上帕特里克。他已经迈出了办公楼的大门。他们坐上警车，朝桑纳斯方向驶去。

"感觉如何?"帕特里克问。

"还行，谢谢。刚开始一份新工作总会有些头疼。"

"从简历上看，你在不少警区都干过。"

"是呀，我想尽可能地累积经验。"汉娜颇有兴致地望向车窗外。"全国各地大大小小的警区我都待过。不管任何事，只要能拓展自己的从警经验，我都会去做。"

"可是，为什么呢? 能跟我说说你的远大理想是什么吗?"

汉娜的笑容和善，但也透出一股坚毅："自然是梦想着成为某片大警区的警长了。为此我参加过各种课程的培训，刻苦学习，努力工作。"

"听上去你极有可能获得成功。"帕特里克面带笑意，但对方的勃勃野心让他感到有些不自在。他不习惯这种东西。

"借你吉言。"汉娜回了句，继续凝视飞驰而过的乡野景致。"那么你呢? 你在塔南舍工作有多长时间了?"

"呃……事实上，从警校一毕业吧。"帕特里克懊恼地听出，自己的话音里有那么一丝自惭形秽的味道。

"哟，我绝对做不到像你这样。我是说，你一定非常热爱这个地方。对于我这个初来乍到者来说，这可是个好兆头。"她笑着转过头看他。

"嗯，此话不假。不过这也跟习惯有很大的关系，我在这里感觉很舒服。我是土生土长的塔南舍人，对这里了如指掌。不过，我如今已经迁居到了夫雅巴卡。"

"没错，我还听说你太太是艾丽卡·法尔克！我特别喜欢看她的书！嗯，我是说关于谋杀案的那一类。必须承认，我没拜读过那些传记。"

"你不必觉得难为情。从图书销量上看，有一半的瑞典人都看过她最新的犯罪小说，可是大部分人压根不知道她还为五位瑞典女作家写过传记。这当中销量最好的是关于凯琳·博耶的那本，大概卖了两千册左右吧。另外，我们还没结婚，但是快了，会赶在圣灵降临节前夕办婚礼！"

"哇，恭喜！圣灵降临节时成婚，太棒了。"

"啊哈，希望一切顺利吧。可老实说，到时候我真想飞到拉斯维加斯去，逃开所有的喧嚣扰攘。我从来不知道办个婚礼那么费事。"

汉娜哈哈一笑，表示理解："是啊，可以想象。"

"不过你也是已婚人士啊，我看过你的档案。难道你们没有在教堂举行隆重的婚礼？"

一抹黑影掠过汉娜的脸庞。她掉转脸，用近乎听不见的声音低语："我们是在市政厅办的婚礼。这件事以后再谈，看来我们已经到了。"

前方路旁的沟里，有一辆已经撞毁的汽车。两名消防员正在切开车顶，动作不紧不慢。帕特里克看了一眼驾驶座，立即明白了原因。

开会地点不是在政务厅，而是定在他的家里，此事并非偶然。数月紧张的装修之后，一幢被他唤作"珍珠"的宅子已准备妥当，可以迎接来客的检视与艳羡了。这是格雷伯斯塔德最古老、最庞大的宅邸之一。当初软磨硬泡好一番工夫，他才说服了以前的屋主将其出售。屋主一家本来很不情愿，不停地说什么"这宅子是家族祖产"、"得把它传给后世子孙"之类的话。但是听见他抬高价码，诉说很快变成了嗫嚅，随即变成了窃喜的低语。愚钝的本地人完全不知道，他原本预计的价位还比这要高得多呢。他们或许从未涉足本地以外，所以毫不了解外面的行情。不像斯德哥尔摩的居民那么了解房产市场状况，知悉各类资讯。房子一经过户，他眼睛都没眨一下，又立掷两百万克朗将它改头换面。此刻，他终于可以趾高气昂地向政务委员会的其他成员尽情夸耀了。

"看这座楼梯，是我们专门从英国订制的，它的样式和这栋房子的时代风格结合得天衣无缝。当然，它价格不菲。这款楼梯一年只生产五套。不过讲求品质就必须付出点代价。为了不破坏整幢房屋的整体性，我们还特意向布胡斯博物馆详细咨询过。我和维维卡在这方面非常在意，希望对旧宅进行精心翻修，又不伤及它的灵魂。这里有几本上一期的《居住》杂志，里面刊载了我们的装修成果。摄影师甚至说，他从来没见过如此有品位的家居设计。所以各位离开的时候请务必带一本回去，闲暇时可以翻阅。对了，或许我应该申明一点，《居住》杂志只收录精品家装范例，不像《美家》，阿猫阿狗都能登。"他哈哈一笑，以示强调，他们夫妇的新家若是出现在那种破杂志里，委实是滑天下之大稽。

"好，现在请大家就座，言归正传。"厄林·拉森指着硕大的餐桌说。当他为客人解说时，他的太太已经做好了一应准备，在桌上布置好咖啡器具，此时正侍立在旁安静地等候。厄林赞赏地对她点点头。维维卡身材娇小，举止高贵。她很清楚自己的身份，是个出类拔萃的女主人。她也许有些静，不善言辞。但是这个女人懂得进退，深知丈夫说话时自己不该喋喋不休，而要三缄其口。

"现在，重大的机遇就摆在我们眼前，诸位意下如何？"众人各自就座，维维卡挨个朝纤巧的白色瓷杯里斟上咖啡。

"好吧，各位知道我怎么想。"乌诺·布洛松说着，往杯子里扔了足足四块方糖。厄林厌恶地斜了他一眼，他搞不懂这些对自身健康掉以轻心的人。他本人每天清晨都会慢跑十公里，同时还会秘密地下些别的功夫。不过这些事只有维维卡知道。

"我们自然知道。"厄林答道，话音里的锋芒不自觉的比他原来意图的强了一点。"不过之前你表达过意见了。现在，大家既然已经统一了口径，我觉得最明智的做法还是通力协作，紧紧抓住机会，继续争论下去毫无意义。电视台摄制组今天就到，你们也晓得我的态度。我个人认为，这件事对于此地再好不过了，瞧瞧之前的影视节目给其他地区带来的轰动效应吧。卢卡斯·穆迪森以奥莫尔为背景，拍摄了电影《同窗的爱》，使那个小镇获得了广泛关注。但是，电影的宣传效果又怎么比得上电视台录制的现场秀节目呢？还有，《特勒布达》也让它的拍摄地出了名！诸位，请想象一下，大部分瑞典人都坐在电视机前观看《塔南舍》的情景吧。我们要想展现瑞典这一角的美好风情，这可是个独一无二的机会！"

"美好风情？"乌诺不屑地哼了哼，"酗酒，滥交，外加真人秀节目里那帮子傻里傻气的笨妞们——我们就拿这样的塔南舍给大家看吗？"

"噢，在我看来，这真是件激动人心的事情！"格尼拉·谢林用她那有些刺耳的嗓音快活地说，同时两眼闪闪发光地看着厄林。格尼拉极其迷恋厄林，无可救药地爱上了他，虽说她死不承认。厄林明白她的心思，便在自己想做的每件事上获取她的支持。

"就是，听听格尼拉的话。我们就该抱着这种情绪，迎接即将到来的事情。这是一次令人兴奋的冒险之旅，拥有这种机会我们应该心怀感激！"厄林的声音激昂铿锵——在担任大型保险公司董事的多年里，他曾经用这种语气赢得了巨大的成功，无论普通员工还是管理层人员都会饶有兴致地聆听他所说的话。每每回想起当年那种顺风顺水的氛围，他总是感到无比眷恋。不过，谢天谢地，他能够及时从中抽身，带着他应得的财富，潇洒地说声"谢谢、再见"。而在那之后，他那帮可怜的同僚则被嗅到了血腥味的记者们穷追猛打，直到走投无路，被撕成碎片。厄林是因为心脏病发提前退休的，在之后的一段时间里还时常为此扼腕不已。但是事实证明，那是他这辈子做得最正确的一次决定。

"请别客气，尝尝这些美味的糕饼。埃尔面包店烘焙的。"他用手指着面前的托盘，里面盛着丹麦酥皮饼和桂皮面包。大家顺从地倾身取用点心。他忍住了，毕竟是犯过一次心脏病的人，虽然重视健身锻炼，也很注意自身的饮食，但那一幕还是让他刻骨铭心，丝毫不敢放纵自己。

"我们该怎样应对可能造成的破坏？我听说，拍摄《特勒布达》时搞得一片狼藉，电视台会为损失赔款吗？"

厄林嗤之以鼻。年轻的财务官看不清"大局"（他喜欢用英文来说这个词），总是对琐碎小事纠缠不清。对于财务，他到底懂得些什么呢？厄林在保险公司称心如意的那些个年月里，曾经在朝夕之间豪掷万金。而这个人，年纪刚满三十，他也许一辈子都见不到那么多钱。

他转向提问的艾力克·伯林，一字一顿地说："我们现在不需要讨论这些事。比起将大大增加的游客数量，损坏几扇窗户有什么值得大惊小怪的。再说，我相信警方也会掌控好局面的。"

他刻意让眼光凝聚了几秒，把在座的每个人都巡看了一遍。过去此举十分奏效，如今也是。他们都垂下眼帘，把内心深处的反对声暗暗藏起。

大家都已得到发表意见的机会，而现在，在一片融洽的民主气氛中，事情已然有了定论。今天，电视台的大巴就会载着全体演职人员抵达塔南舍。

"不会有问题的。"乔恩·舒斯特说。此前他担任政务官近十五年，现在厄林接手了这个位置，他一时半会儿还无法接受现实。

厄林则无法理解乔恩为何选择留在政务委员会。按理说，他在选举中一败涂地，就该夹着尾巴悄悄走人才是。不过，倘若乔恩甘愿丢人现眼，倒也无妨。虽然现在他已老态龙钟，人仰马翻，但他那些忠实的支持者只有看到他依旧活跃在领导层才会保持安静。所以说，这只老狐狸在场也不是没有好处。"展现我们热情的时候到了。一点钟，我将亲自会见摄制组的全体人员。当然了，也欢迎诸位都来参加。否则就周四例会时再见吧。"他起身表示散会。

离开时，乌诺仍在嘟嘟囔囔。但是厄林觉得，总的来说他已经成功集结了队伍。他预感到，这次冒险定会成功。

他欣欣然踱步到露台，点燃一根笃信必胜的雪茄。饭厅里，维维卡默默收拾着餐桌上的杯碟。

"嗒、嗒、嗒"，玛雅坐在高脚椅里咿咿呀呀，超级灵活地不断躲闪着妈妈伸过来的汤匙。艾丽卡想尽办法将勺子填进女儿嘴里。她瞄准了好一阵，终于喂进一匙麦片粥。然而，这份成就感稍纵即逝。玛雅旋即决心展示自己会模仿汽车的声音，"波噗噗噗!"这孩子学得颇有感觉，喷得艾丽卡满脸粥水。

"该死的小鬼头。"艾丽卡耗尽了耐性，但话一出口，她便立刻后悔自己口不择言。

"波噗噗噗。"玛雅兴高采烈，把口中剩下的麦片粥喷吐到小餐桌上。

"该死……小鬼头。"阿德里安效仿。

"不许骂人,阿德里安!"姐姐埃玛马上责备他。

"埃卡刚刚也说了。"

"艾丽卡阿姨,你也不该骂人,对不对?"埃玛双手叉腰,盯着艾丽卡说。

"你说得完全正确。阿德里安,我不该骂人。"

听到这个答案,埃玛心满意足地走开,去吃她的克菲尔酸奶。艾丽卡关切而又忧虑地看了看她。这个小女孩在外界压力作用下,成长得过于迅速了。有时候,她不像是阿德里安的姐姐,倒更像是妈妈。安娜对此似乎没有察觉,但是艾丽卡看得一清二楚。用稚嫩的肩头担负沉重的责任,那滋味她再清楚不过了。

现在,她又担起了这副重担。她又成了妹妹的母亲。除了是玛雅的母亲,她也像是埃玛和阿德里安的代理妈妈。同时等待着安娜从了无生气的状态中苏醒过来。艾丽卡收拾着饭桌,往楼上投去一瞥,上面依然悄无声息。安娜很少在十一点前睡醒,艾丽卡也就任由她睡。除此之外,她不知道还能怎样。

"今天我不要上幼儿园。"阿德里安大声宣布,脸上的表情清楚地写着"你别想让我去"。

"阿德里安,你当然得去。"埃玛再次叉起腰来管教弟弟,一场争吵眼看就要爆发。艾丽卡及时介入,制止了他们。与此同时,她还在竭力为自己八个月大的女儿清理着战场。

"埃玛,去穿上外套跟靴子。阿德里安,今天我没时间讨价还价,你和埃玛都得上幼儿园,不许说不!"

阿德里安想要张口抗议,但姨妈脸上的神情却告诉他,今天早上他也许应该乖乖听话。所以他忽然表现得异常顺从,自己走到门厅。

"好，现在自己把鞋穿上。"艾丽卡拿出阿德里安的运动鞋。

"我穿不上，你得帮我。"他摇了摇头。

"你能，在幼儿园你都是自己穿。"

"不，我不能。我还小。"他又加了一句。

艾丽卡叹了口气，把玛雅放下来。这小家伙还没等着地，便开始挥动手脚了。她爬得很早，现在已经俨然是位高手了。"玛雅。待着别动，宝贝儿。"艾丽卡说，一边为阿德里安穿鞋。但是，玛雅选择不去理会妈妈急切的恳求，兴致盎然地开始了她的探索之旅。艾丽卡感觉自己的背和两腋开始流汗。

"我来逮她。"埃玛主动伸出援手。看到艾丽卡没搭话，她把这视作默认的信号。于是她走回客厅抱起玛雅，有些气喘吁吁。玛雅像只叛逆的小猫一样在她怀中不住地扭动。艾丽卡看见女儿的脸涨得通红，这通常是嚎啕大哭的预警。她连忙接过孩子，随后催促另外两个赶紧出门上车。该死，她恨透了这种打仗一般的早晨。

"快上车，来不及了。我们又要迟到了。你们知道爱娃小姐会怎么想。"

"她会不高兴的。"埃玛说，担忧地摇着头。"她肯定会不高兴。"艾丽卡边说边把玛雅绑到座椅上。

"我想坐前面。"阿德里安大声说。同时交叉双臂，准备反抗。此刻艾丽卡完全失去了耐性。

"上车！"她大声吼道。

他无比迅速地跳上车，艾丽卡终于如释重负。埃玛坐在后座中间的前向座椅上，自己系上安全带。艾丽卡余怒未消，匆忙为阿德里安系好安全带。然而她感觉到一只小手轻抚着自己的脸，便停下动作。

"我爱——你，艾丽卡。"阿德里安说，表情乖巧懂事。这无非是想讨她的欢心，不过每次都很奏效。艾丽卡的心一下子软了，俯身重重地亲他一口。

倒车退出车道时，她心神不宁地朝安娜卧房的窗户投去一瞥，百叶窗帘仍旧没有拉起。

乔娜把额头抵在冰凉的车窗上，凝视着眼前驰过的乡野风光。一种巨大的空洞感充斥着她的心，一如既往。她扯出毛衣的袖子覆盖住双手。这些年来，这已经成了她的一个习惯动作。她不明白自己干嘛要来？事情怎会变成这样？人们为什么这等痴迷地追踪着她每一天的日常生活？乔娜完全弄不明白。她是一个悲伤又孤僻的怪人，用刀子割伤自己的女孩。然而，这些也许恰恰是她赢得观众票选的原因。一周又一周，她始终留在《家》这个节目里。因为，全国各地和她一样的女孩都急于在她身上寻见自己的影子。就是这个她：随时随地和其他参演人员发生正面冲突；坐在卫生间里独自啜泣，用剃须片胡乱割伤自己的手臂；她的周身散发着无助绝望的气息，令《家》的其他成员避之唯恐不及。

"上帝啊，真是振奋人心！想想看，假如我们能够，比如说，再得到一次机会……"乔娜耳边不断响起芭比兴奋的聒噪声，她拒绝响应，光是这名字就够让她作呕了。但是花边小报非常喜欢，"BB—芭比"很适合用作新闻标题。她的本名是利勒莫尔·佩尔松，某家晚报挖出了这件事，还找到了她以前的旧照，那时她还是个满头棕发的瘦小女生，架着副特大号眼镜，与今日这个硅胶隆胸的金发波霸尤物天差地别。报社特意为栏目组送来一份样报。看到那些相片的时候乔娜捧腹大笑，芭比哭着烧掉了它们。

"看看那边那群人！"芭比激动地指着聚集在广场上的人群喊，

车正向那里驶近。

"乔娜，你不明白吗？他们是为我们而来。你听不懂吗？"她简直没法子安稳地待在座位上了。乔娜轻蔑地瞥了她一眼，塞上 MP3 耳机，闭上双眼。

帕特里克绕车徐行，勘察现场。

它从一片陡坡上冲下，撞上了一棵树，这才停下来。车头凹陷，但车身完好无损。看来是车速过快，来不及转向才出的事。

"我猜想，驾车人是受到方向盘的严重撞击导致死亡的。"汉娜说，在死者旁边蹲了下来。

"我认为，这点应该留给法医去判断。"帕特里克说道。发觉自己的语气有些不满，他解释："我是说……"

"没关系。"汉娜摆摆手。"是我不该这么说。从现在起，我会专心勘察。不去推断结论——还不到时候。"她补充道。

帕特里克完成了他的巡行，停下脚步，蹲在汉娜身旁。驾驶座一侧的车门完全敞开，死者身上仍然系着安全带。身体前倾，伏在方向盘上。血从头部的一处伤口淌下，在地上积成一泊。

他们听到身后揿动快门的声响，一名技术人员正在为车祸现场拍照。

"我们挡着你了吗？"帕特里克转过身问。

"没有，我们差不多已经弄完了。现在只是想把尸体扶正，再拍几张就行了，可以吗？你们已经勘察完毕了吗？"

"汉娜，可以了吗？"帕特里克小心翼翼，不想忽略了搭档。初来乍到很不容易，他竭尽所能让她感受到友善。

"我想是的。"

两人起身踱开，为技术人员腾出地方。后者小心地把尸体从方向盘上扶了起来，使之仰靠在座椅上。此时他们才看清死者原来是名女性。短发和中性衣着令他们刚才误以为这是个男人。不过，一旦露出面部，就看得出这是一位四十来岁的女性。

"是马利特。"帕特里克说。

"马利特?"汉娜问。

"她在艾法斯韦根经营一间小店，卖茶叶、咖啡、巧克力什么的。"

"她有家吗?"提问时，汉娜的声音有些异样，帕特里克不由得看了她一眼。但她的样子似乎完全正常。也许是他想多了。

"不清楚，得进一步调查才会知道。"

技术人员拍完照离开了。二人再次走近察看。

"小心别触碰任何东西。"帕特里克脱口而出。没等汉娜回答，他立刻表达歉意："抱歉，你虽然刚到我们警局，却是位经验丰富的警官，我老是忘记这点，你必须放我一马。"

"别太敏感，"新同事笑言，"我没那么容易生气。"

帕特里克如释重负地笑了。他以前并没意识到，自己已经惯于和熟识的人搭档。不过，执法队伍注入些新鲜血液倒也不坏，再说，只要不是恩斯特，无论和谁搭档都好。去年秋天，那家伙因为滥用职权被清出警界——嗨，此事说来简直是个奇迹。

"你看到什么了?"帕特里克问，凑近去看马利特的脸。

"没看到什么，倒是闻到了什么。"汉娜深深地嗅了几下。"她浑身酒气，肯定是烂醉如泥才把车驶出路面。"

"好像是这样。"帕特里克的语气有些心不在焉。他皱起眉心注视车子内部的情况，没有发现任何异常。车厢地板上散落着一张巧克力的包装纸，一个空的塑料可乐瓶，一张被撕下的书页。另外，还有一个喝光了的伏特加酒瓶躺在副驾驶座位下方的角落里。

"应该不会太复杂。是一起单一车辆肇事的车祸案，驾车人喝多了。"汉娜退后几步准备离开。搬运尸体的救护车已经到达现场，他们的勘察也进行得差不多了。

帕特里克凑近端详死者的脸，仔细地看那些伤口。有的地方似乎不太对劲。"我能把血擦掉吗？"他问一名现场技术人员，后者正在收拾自己的器材。

"应该没问题，我们拿到的东西已经足够了。来，这里有布。"对方递过来一块白布，帕特里克点头谢过。他谨慎得近乎温柔地揩拭着从死者前额伤口中流出的血迹。她还睁着眼睛，他用食指轻轻为她阖拢眼皮，然后继续擦拭。面部的血迹清理干净后，露出了马利特伤痕累累的脸庞，她受到了方向盘的猛烈撞击。车子型号很老，没有配备安全气囊。

"请你再拍几张好吗？"他对之前递给他白布的技术人员说。那人点头，拿起相机迅速拍了几张，探询地望着帕特里克。

"这样就可以了。"帕特里克边说边向汉娜走去，汉娜神情疑惑。

"发现什么了吗？"她问。

"我说不好，只是有些东西不太明白，还不确定。"他不置可否地挥挥手。"说不定根本没什么，回警局去吧，其他人在这里收尾就可以了。"

两人上车，驶回塔南舍，一路谁也没说话。帕特里克始终觉得有的地方不对劲，但又说不上来究竟哪里有问题。

伯蒂尔·梅尔贝里的心里有种奇异的轻松感。以前，当他和西蒙待在一块儿的时候，才会有这种感觉。西蒙是梅尔贝里的私生子，直到他十五岁时，梅尔贝里才知道他的存在。可惜西蒙并不常来，但是至少偶尔会来，使他俩有机会建立起某种关系。这种关系并非生机盎然，从外表也看不出来什么，只是相当隐匿地存在着，但它的确存在。

上个礼拜六，在他身上发生了件怪事。从那个时候起，他便有了这种难以言传的感觉。在此之前，他的好友，换言之唯一的伙伴、甚至可以定义为"熟人"的斯滕，接连催促怂恿了他好几个月，终于说动了梅尔贝里和他一起奔赴蒙克达尔的谷仓舞会。梅尔贝里虽然自恃舞技超群，但是已有很多年不涉足舞场了。再说，谷仓舞会听上去就像是乡巴佬们在小提琴伴奏下瞎蹦跶的地方。不过，斯滕是那里的常客，一来二去，他也被劝得动了心。斯滕说，那里不单乐风适合他们这个年纪的人，还是个极佳的猎场。"女人们一字排开坐在那里，等着被人看上。"梅尔贝里无法否认那句话听起来很诱人。这些年来他遇到的女人不多，所以觉得很有必要犒劳犒劳他的小弟弟。然而，他也有顾虑，不晓得哪种女人会到谷仓舞会去呢？老得掉光了羽毛的猫头鹰在舞会上排排坐，只惦记着伸出利爪捉住某个拥有大笔退休金的老家伙，而不是想陪着你在干草堆里打滚。他打定了主意，要谨防满脑子只想着结婚的女人。他决心姑且陪斯滕去一次，就当碰碰运气。

为了防备万一有艳遇从天而降，他穿上了自己最好的一身西装，又手执香水瓶往身上喷了几下。斯滕过来后，在出门之前为了加强效果，两人又是一通狂喷。斯滕认为应该叫辆出租车，那样就可以毫无顾虑地敞开肚皮喝酒。梅尔贝里倒不担心喝醉回不了家，而是担心酒后驾驶被逮到有损形象。恩斯特事件发生以后，头头们的眼睛就紧盯着自己，他必须小心，至少得表现得很小心。至于他们不知晓的事，对于他们倒是无害的。舞会已经如火如荼地开始了。尽管做过充分的准备，但是梅里贝尔跨进舞场的时候，并没有抱多大的期望。他的偏见得到了印证。不管往哪里看，到处都是和他一般年纪的老女人。在这点上，他的观点和乌费·伦德尔①完全一致——世上有那么多年轻紧实的漂亮胴体，谁会乐意要个满脸打褶、肌肉松垮的半老徐娘做枕边人？不过，梅尔贝里不得不承认，在这方面，乌费比自己更成功，还不是全仗着他那摇滚明星的身份？真他妈的不公平！

他刚打算去吧台来一杯壮壮胆。忽听有人对自己说：

"气氛真不错，我们却干站着，慨叹自己不再年轻。"

"是啊，我正在忿忿不平呐。"梅尔贝里回答，瞄了眼走到他身边的女人。

"我也是，波娣尔硬要拉我一起来。"她说，指着舞池里一个跳得无比卖力、大汗淋漓的女人。

"我是被斯滕拖来的。"

"我是罗斯玛丽。"她自我介绍道，向他伸出手。

"伯蒂尔。"梅尔贝里回应。

握住她手的瞬间改变了他的人生。在六十三个年头里，他遇到过一些女人，产生过粗野蛮横的占有欲，但是从未有过坠入爱河的感觉。因此，这种感觉此刻更加强烈地冲击着他。他用惊异的眼神凝视着她。他头脑中属于理智的一半看到了一个约莫六十岁的女人，五尺三寸高，身材略微有些臃肿，头上的短发被染成烈焰般的红，脸上洋溢着快活的笑容。然而，那个感性的他却只看到了一双湛蓝明亮的眸子正在好奇而专注地凝视着他。他感到自己渐渐融化在这汪秋水里，就像报摊上那些拙劣的廉价小说里写的那样。

从那一刻起时光过得飞快。他们共舞、聊天，他为她端酒，为她拉出座椅。此类行为绝不属于他自己日常生活的一部分。不过，那晚本来就不同寻常。

———————————

① 老牌摇滚歌星和作家，被誉为"瑞典的鲍勃·迪伦"。

分别后，他立刻感到了失意和空虚。他一定要再见到她。

在这个星期一的早上，他坐在办公室里，感觉自己像个中学生。面前的书桌上放着一张字条，记着她的名字和电话号码。

他看着字条，做了个深呼吸，开始拨号。

她俩又吵架了。在无数次争吵以后，又一次吵起来了。对话演变成了唇枪舌战，一如既往，两人都竭力捍卫自己的立场。克斯汀想要出柜，马利特却仍想保密。

"因为我、因为我们，你感到羞耻了是吗？"克斯汀大喊。和每次一样，马利特扭过身子，不肯直视她的眼睛。因为问题就在于此：她们彼此相爱，让马利特感到抬不起头来。

刚开始的时候，克斯汀努力说服自己这一点并不重要，重要的是，在对人生与人心的残酷无常感到心灰意冷之后，两个人最终遇见了彼此。爱人的性别是男是女有何妨？别人怎么说、怎么想，又有什么关系？可是马利特却不这样看。她还没有准备好面对外人的偏见和议论。她希望过去四年里的一切都能维持原样：继续同住在爱巢里，对外则宣称二人是朋友，为了省钱省事才合租一套公寓。

"你干嘛那么在乎别人怎么说？"昨夜争吵的时候克斯汀抗议。马利特只是默默地流泪。每回吵架她总这样，这让克斯汀忍无可忍。秘而不宣就够让她窝火的了。她讨厌自己让马利特哭泣。讨厌种种的人与事让她伤害了自己最深爱的人。

"想想看，要是说出真相索菲会怎样？"

"索菲比你想的坚强得多。别因为你自己怯懦，就拿她来当挡箭牌。"

"她才十五岁，因为妈妈是同性恋同学们都会耻笑她的，你认为她能有多么坚强？她在学校里会被泼多少脏水，你想过没有？我不能这样对她！"马利特的泪水蜿蜒而下，脸庞花里胡哨。

"你真的以为到现在为止，索菲对于真相一无所知吗？她和我们一起住的时候，你就搬进客房，我俩装作室友，却露出过不少破绽。你真以为骗得了她？听着，很早以前索菲就猜到了。假如我是她，看到妈妈只为避嫌就打算下半辈子都活在一个该死的谎言里，我会感到更加羞耻，我会为这个感到羞耻！"

克斯汀大声吼叫着，她听到自己的嗓音都嘶哑了。马利特用受伤的眼神望着她。几年来，克斯汀恨透了那种眼神，并且清楚地预感到即将发生的事。果不其然，马利特从桌边跳起来。一面穿上外衣，一面啜泣。

"去啊，走吧。你不是喜欢那样吗？走！不过，这次走了就别再回来！"

马利特重重摔门而去，克斯汀瘫坐在椅子上。她粗重地喘息着，好像刚刚狂跑了一通。从某种意义上说确实如此，她奋力追逐梦想中两个人的美好生活，但马利特的畏惧却让她们无法拥有那种生活。刚才她第一次道出了真心话，内心的压抑让她再也撑不下去了。

但是到了第二天早上，这种感觉变成了一种发自内心的、让人坐立难安的焦虑。她彻夜未眠，等着门被打开，等着听见木地板上响起熟悉的脚步声，等着拥抱马利特，安慰她，请求她的原谅。但是，她没有回家。克斯汀夜里检查过，车钥匙不见了。她到底上哪儿去了？发生了什么事？她是不是开车到她前夫、索菲的爸爸那里去了？还是干脆飞到奥斯陆她妈妈家去了？

克斯汀的手指微微颤抖着拿起电话，开始到处询问。

"您认为，对于塔努姆市的旅游业而言，此举有何意义？"《布胡斯日报》的记者手持纸笔静立一旁，等待记录他的回答。

"意义非凡啊。五周之后，电视台每天都会播放半小时的塔南舍现场秀节目。本地区从未拥有过如此巨大的市场机遇。"厄林容光焕发。这时，老旧的政务厅外已经聚集了许多人，迎候参演人员乘车到来。其中大部分是十几岁的青少年，他们雀跃骚动着，翘首期待亲眼见到心目中的偶像。

"但有没有可能造成负面效果呢？我是说，在前几季节目里最终出现了口角、滥交和酗酒的镜头。我们不希望把这种信息传达给游客，对吗？"

厄林不快地扫了记者一眼。人们为什么总是如此消极？在政务会上他已受够了这种论调，现在连本地新闻界也开始唠叨这一套。"自然。不过你或许听过这句话：宣传不力是头等坏事。对不对？坦白说，在瑞典，塔南舍的确有着不为人知的一面。但是现在，随着《塔南舍》的播出，情况将彻底改变。"

"显而易见……"记者刚开腔便被厄林打断，他完全失去了耐性。

"很抱歉，现在没有时间再发表任何意见，我得去迎接摄制组。"他转身朝停车地点大步流星地走去。车子刚刚停稳，众多年轻人拥堵在车门前，热切地等候车门被拉开。这一大群年轻粉丝的出现，足以证明厄林的想法是正确的，小镇需要这个。现在，塔南舍就要出名了。

车门哗啦一声被拉开。首先出现的是一个四十来岁的男人。姑娘小伙儿们喃喃抱怨，看来此人并非参演人员。厄林平常不看现场秀节目，因此闹不清要等的是什么人或什么状况。

"厄林·拉森。"他拿出最迷人的微笑，自信满满地伸出手。周围的相机咔嚓作响。

"弗雷德里克·莱恩。"那人说着，握住厄林的手。"我们在电话上交谈过，我是这个马戏团的制片人。"二人会意而笑。

"我代表塔南舍的全体居民热烈欢迎电视台摄制组的到来。你们的造访使我们深感振奋和骄傲。期盼这部专辑大获成功。"

"谢谢你们，谢谢。是的，对于这次节目我方的期望也很高。前两季节目非常成功，因此我们信心十足；非常期待与你们携手合作。不过，别再让我们的电视迷久等了……"弗雷德里克朝急切的人群咧嘴而笑，一口白得令人难以置信的牙齿闪闪发亮。"让我们欢迎《塔南舍》的演员们：出演过《老大哥》的芭比和乔娜，《幸存者》中的卡勒，《酒吧》中的蒂娜，还有《生存者》中的乌费，最后隆重出场的是，《农庄》里的穆罕默德！"主角们鱼贯走下大巴，人群一片欢腾。摄像师已然架好器材，开始了拍摄工作。厄林高兴之余，看到演员们的到来所引发的热潮，也感到些许费解。他不禁疑惑，现在的年轻人为何如此热衷于此？这帮小屁孩儿怎么就让他们如此疯狂？算了吧，他并不需要弄懂这件事——关键是得尽量利用好这个机会，使塔南舍通过节目备受关注。那样一来，他便可以成为本镇的大恩人。一旦节目获得成功，得到这项附加效益是自然而然的事情。

"瞧，我们不得不打断一下。你们会有很多机会见到演员，无论如何，他们将会在这里待上五个星期呢。"弗雷德里克驱散了依然包围着车子的人群。"现在，他们需要安顿下来，稍事休整。下个礼拜你们都会守候在电视机前面对吗？星期一晚上七点，准时开播！"他竖起双手的大拇指，再度露出虚伪的笑容。年轻人们不甘心地散开了，多数朝着中学方向踱去，也有少部分人似乎认为这是一个翘课的绝佳机会，于是朝着赫德米尔方向走去。

"不可否认，这是个良好的开端。"弗雷德里克搂住芭比和乔娜的肩膀，"怎么样，孩子们？你们准备好了吗？"

"准备好了。"芭比响应道，双眸熠熠发光。一如平常，这场骚动让她肾上腺素飙升，不停地蹦蹦跳跳。

"乔娜，你呢？感觉怎么样？"

"还行，"她咕哝着，"最好可以放下行李安顿一下。"

"我们会安排好的，宝贝儿。"弗雷德里克说道，用力搂了搂她的肩膀，"要知道，让你们感觉舒服非常重要。"他转身问厄林："住处都安排好了吗？"

"那是当然。"厄林指着五十米开外的一幢老式红色建筑物回答："他们将住在社区活动中心。我们已经把床铺和其他家具放进房间了。我猜想你们住在里面一定会非常舒适。"

"无所谓——只要有酒，我睡哪儿都成。"说话的是《农庄》里的演员穆罕默德。其他人听见都咯咯笑着点头，表示赞同。他们同意加盟节目的先决条件是提供免费酒水，另外，成为名人也会带来众多寻欢作乐的机会。

"稍安勿躁，穆罕默德，"弗雷德里克笑言，"这里有间不错的酒吧，你想要的东西应有尽有。这里还有几箱啤酒，杀青后犒劳会更多，我们会把你照顾得舒舒服服的。"他刚想跟穆罕默德还有乌费勾肩搭背，却被他们敏捷地溜掉了，两人早就把他视作一位热情如火的同性恋者，他们可不想跟个基友搂搂抱抱。然而这样做是冒着很大风险的，上一季节目的出镜名单已经提醒他们，务必要和制片人搞好关系。曝光率的高低掌握在制片人手里，出镜才是唯一重要的事，只要拢络住制片人……

厄林根本不懂这些事。他从未听闻过现场秀明星必须低声下气、不辞劳苦，不能嫌东嫌西，才能保住自己的地位，以明星的身份屹立在聚光灯下。不，他感兴趣的，只是塔南舍能够通过这个节目扬名，而他本人作为此事的促成者，将会享有重要的身份地位，别的一切对他而言全都无所谓。

安娜从卧室里出来，走下楼梯时，艾丽卡已经吃过午饭了。尽管睡到一点才起身，她看上去却还是很疲倦，仿佛一刻也没合过眼。安娜向来很瘦，但这阵子，她显得异常枯瘦憔悴。有时候，艾丽卡因为害怕看到她的样子总想移开视线。

"几点了？"安娜问，声音有些颤抖。她在餐桌旁坐下，接住艾丽卡递过来的咖啡杯。

"一点一刻。"

"嗒—嗒，"玛雅咿呀着，快活地朝安娜挥舞双手，想引起她的注意。可安娜丝毫没有察觉。

"该死，我竟然睡到一点多？你干嘛不叫醒我？"安娜问，啜了一口热咖啡。

"呃，我不知道你乐不乐意被叫醒，你似乎需要睡眠。"艾丽卡很小心地说，在桌边坐了下来。

长久以来，她和安娜的关系就很微妙。现在也是，她必须小心说话。经过卢卡斯事件之后，情况并没有半分好转。如今，她和安娜又住到同一个屋檐下，不知不觉中又陷入了从前的症结之中，就是当初两人都急欲挣脱的那种状态。艾丽卡总是不由自主地以母亲的身份对待妹妹。安娜则摇摆不定，既渴望得到呵护，内心里又有着叛逆的需要。过去几个月来，这栋房子被压抑凝滞的气氛包围着，许多话欲言又止凝结在空气里，艾丽卡一直在等待时机成熟，好一舒胸臆。然而，安娜似乎仍旧惊魂未定，无法抽离自己过去的情绪。所以，艾丽卡一举一动都小心翼翼，生怕做错事、说错话。

"孩子们怎么样？送他们上幼儿园还顺利吗？"

"挺好的。"艾丽卡刻意没提阿德里安闹脾气的事。近来安娜对待孩子特别没耐心。所以这些具体的事大都落在了艾丽卡的肩上。只要孩子们一吵闹安娜就会立刻消失，把问题留给艾丽卡。她整个人无精打采，对任何事情都兴味索然，像丢了魂儿似的。艾丽卡忧心如焚。

"安娜，你别不高兴。可是你得找个人聊聊啊？我们认识一位很棒的心理医生，我觉得……"

安娜陡然打断她："我说过不用，我自己会解决，我犯了错，亲手杀死了一个人。我没办法坐在那里向某个陌生人倾吐心声，我必须自己克服这个问题。"她狠命捏紧咖啡杯的把儿，指关节都发白了。

"安娜，我知道这件事我们已经谈过无数次了，可是我还得说，你没有谋杀卢卡斯，只是正当防卫而已，不仅仅是保护你自己，也是为了保护孩子，所有的人都毫不怀疑这一点。你已经被宣判无罪了。安娜，他很有可能杀害你，不是你死就是他亡。"

艾丽卡说话时，安娜的脸微微地抽搐着。坐在婴儿椅里的玛雅觉察到气氛不对，开始抽噎起来。

"我——就是——不能——提——那件事。"安娜咬牙切齿地说。"我要再去睡会儿。你去接孩子好吗？"她起身走开，留下艾丽卡独自坐在饭厅里。

"好的，我去接他们。"艾丽卡答道，眼眶里泛起泪雾。这种状况她再也忍受不下去了，必须有人做点什么才行。

一个想法忽然涌上心头。于是她拿起电话，凭记忆拨通了一个号码——这应当值得一试。

汉娜径直走进自己的新办公室，安顿下来。帕特里克则来到马丁·莫林小巧舒适的办公室门前，轻轻敲了敲门。

"请进。"

帕特里克走进屋子，在写字台对面的椅子上坐下。他俩经常一起研究问题，在对方的办公室里一坐就是好几个小时。

"我听说你开车出去勘察车祸现场了，死人了吗？"

"是的，司机死了，是单一车辆肇事。死者我也认得，是马利特，在艾法斯韦根开店的那个女人。"

"哦，糟糕，"马丁叹息道，"真不该发生这样的事。是为了躲闪鹿或者别的东西才出事的吗？"

帕特里克顿了顿，答道："技术人员也去了现场。他们的报告和验尸结果也许能给出确切的答案。但是，车里的酒味很重。"

"糟糕，"马丁再次叹道，"那么说，是醉酒驾驶喽。不过我记得她从没因为这个原因被截停过。很可能是首次醉驾，至少她从没因此坐过牢。"

"是吧……"帕特里克拖长声回答，"也许如此。"

"怎么了？"马丁双手抱在脑后，催问道。他的手掌肤色很白，将满头的红发衬托得格外醒目。"我能听出你很困扰，我太了解你了，看得出有的地方不对劲。"

"嗨，我也闹不清。"帕特里克说，"只是感觉有疑点，但是不确定，还说不上来是什么。"

"你的直觉向来很准。"马丁关切地看着他，前后摇晃着座椅。"但现在最好是等着听听专业人士的看法。现场技术人员和法医部门检验完毕之后，我们将得到更多的线索。没准儿到时候就会知道，为什么会有这种怪怪的感觉了。"

"是啊，说得对。"帕特里克挠了挠头，"可是……不，你是对的。没有掌握更多的线索之前，不该妄加推断。现在只能按部就班。讨厌的是，这意味着不得不去通知马利特的亲属。你知道她在这里有家人吗？"

马丁蹙眉："据我所知她有个上中学的女儿。另外，她和一位女性朋友合住一套公寓。关于这件事有些闲言碎语，我不太清楚……"

帕特里克吁了口气："那我们开车到她住处去，然后再见机行事吧。"

几分钟后，两人敲响了马利特公寓的房门。他们从电话簿里查到，她就住在距警局几百米开外的一幢高层公寓楼里。帕特里克和马丁都大喘粗气，这是警察最不愿意执行的一项任务。听见屋里响起脚步声他们感到有些意外，下午这个钟点竟然有人在家。

那女人一开门就意识到出了事，帕特里克和马丁看得出来，因为她的脸色惨白，肩膀因为担惊受怕而无力地耷拉着。"是有关马利特的，对吗？出了什么事吗？"她嗓音发颤，侧身让他们进屋。

"是的，很抱歉我们带来了坏消息。马利特·卡斯伯森发生了车祸，是单一车辆肇事，人已经……死亡。"帕特里克轻声告知。那女人僵立在他俩面前，一动不动。

"喝咖啡吗？"她最后说。没等他们回应，她的身子便如同机器人一般僵直地开始朝厨房挪步。

"我们应当通知谁呢？"马丁问道。她似乎处于震惊状态。她的一头棕发剪成利落的童花头，她不停地把它撩到耳后。她的身材非常瘦削，下身穿着牛仔裤，上身是一件典型挪威风格的套头毛衣，花样繁复美丽，镶嵌着华丽的大银扣。

克斯汀摇头："不，我不认识她的家人。只认识……马利特，当然还有索菲。但是索菲在她爸爸那里。"

"索菲——马利特的女儿吗？"帕特里克问。

克斯汀往三只咖啡杯里斟满咖啡，然后拿起牛奶盒。帕特里克摇摇头。

"是的，她十五岁。这周她在沃拉那里住，每隔一周，她会住在马利特和我这里，其他时候和沃拉住在夫雅巴卡镇。"

"你和马利特，是闺蜜吗？"帕特里克提问时语气不太自在，但他不知道还能怎样打开这个话题。等待她答复时，他呷了口咖啡。浓烈香醇的黑咖啡，恰是他喜欢的口感。

克斯汀挤出一个苦涩的笑，她明白对方问的是什么。她噙着泪回答："索菲住在这里的时候，我们是室友；她去沃拉那里住的时候，我们是爱人。就是那种……"她猝然失声，泪水纷纷跌落到脸颊上。

她哭了一会儿，然后努力稳住声线，继续说道："我们无数次谈到这个问题。昨晚还在争执。我忍无可忍想要出柜，马利特却反对。她说不想伤害索菲，那不过是借口。马利特还没有准备好面对人们的歧视和非议。如果将关系公诸于众，就算开始人们会说长道短，但我相信，过不了多久那些声音都会渐渐平息。可是马利特听不进去。多年来，她一直过着中产阶级妇女的正统生活。有丈夫、小孩、住房，全家会挂起拖车去露营度假什么的。她从来不敢去想，自己竟然有可能爱上一个女人。然而，当我们相遇的时候，她一下子就开了窍，所有那些支离破碎的感觉仿佛忽然联成了完整的画面，至少她是这样向我描述的。她接受了这个结果，离开沃拉，和我搬到一起，可她还是不敢公开承认。昨晚我们就是为这件事情争吵。"克斯汀抽出纸巾，擤了擤鼻子。

"她是几点离开的？"帕特里克问。

"八点左右，大概八点一刻吧。我预感肯定是出了什么事，她从来不会故意彻夜不归。但我不知该不该报警，猜想着可能她开车到哪个朋友家去了，或者在街上晃荡了一晚，或者……不，我毫无头绪。你们来之前，我正想挨家往各个医院打电话。如果再找不到她我就会报警。"

她再度泪如雨下。帕特里克看得出，悲伤、痛苦与自责杂糅交织在她的内心。他希望自己至少能说些什么来减轻她的负咎感，但是却不得不让话题变得更加沉重。他犹豫着，清了清嗓子，说道，"我们怀疑车祸发生时她喝过很多酒。她平时有没有……酗酒问题？"他又喝了口咖啡，同时再度希望自己可以远远地置身事外，而不是坐在这间厨房，置身于悲伤凝重的气氛中，提出种种问题。

克斯汀惊诧地望着他："马利特从不饮酒。至少从我认识她的这四年里都是如此。她说过自己讨厌酒味。她连苹果酒都不沾。"

帕特里克意味深长地看了马丁一眼。数小时前，在事故现场出现那种困惑不解的感觉后，现在他又听到了一个奇怪的细节。

"你能肯定这点吗？"这似乎是个愚蠢的问题。虽然已经听到了她的答案，但还是不能留下任何含糊的余地。

"绝对肯定！我从没见她喝过酒。白酒、红酒、啤酒，任何酒制品。说她醉酒驾车……不，光是想一想就绝不可能。我无法理解。"克斯汀满脸疑惑地看看帕特里克，又把目光转向马丁。他们的问话毫无道理。马利特没有喝酒，就这么简单。

"在哪儿能找到她的女儿？你有她前夫的住址吗？"马丁问，掏出纸笔。

"他住在夫雅巴卡的库仑，这里有地址。"她从记事板上取下一张字条递给马丁。她的表情仍很困惑，但令人费解的消息让她暂时停止了哭泣。

"想不想给谁拨个电话？我们很乐意效劳。"帕特里克站起来。

"不，我……现在我想一个人静一静。"

"好的。需要的话请随时打电话给我们。"他留给她一张名片。二人离去，在带上房门之前，又回身看了一眼。克斯汀仍旧坐在餐桌旁，一动也不动。

"安妮卡！新来的女警官到了没有？"梅尔贝里在楼道里扯着脖子喊。

"到了！"安妮卡坐在前台大声回答。

"她人在哪儿？"梅尔贝里又喊。

"在这里。"一个女人的声音响起。一秒钟后，汉娜的身影出现在楼道里。

"啊，在这里。好吧好吧，如果不太忙的话，或许你愿意进来一趟，做个自我介绍。"他酸刻地说，"通常来说，职员应该主动到新上司面前报到，这是下属就职时应该做的第一件事。"

"请您原谅。"汉娜态度郑重。她走上前，向梅尔贝里伸出手："我来的时候，帕特里克·赫德斯特伦接到报警电话，便带我外出勘察现场去了。我们刚刚回来。我正要过来见您呢，这是理所当然的。首先，请允许我说，我对局里每位警官的出色表现早有耳闻。这当然得归功于您近年来在谋杀案件侦破方面工作得力。都是因为您领导有方，这间小小的警局才能屡建奇功，外界对此早有评论。"她用力握了握他的手。梅尔贝里狐疑地打量着她，揣测这番话是否暗含讥讽的意味；发现她的眼神没有丝毫嘲弄之意，随即决定全盘笑纳。毕竟，来位女警员也不是什么坏事，何况她又生得赏心悦目。以他的口味来说瘦了点儿。但是很不错，相当不错。上午的那通电话中了好彩头，让他身心愉悦。必须承认，眼前这位美女并没能让他的内心产生相同的悸动。他全身心惦念着罗斯玛丽温婉的声线，沉浸在她答应与自己共进晚餐的喜悦中，连他自己都感到诧异。

"好了，别站在走廊里说话。"他恋恋不舍地打断了对那通电话的愉悦回忆。"到我办公室坐坐，聊几句吧。"

汉娜跟着他走进办公室，在写字台对面坐下。

"嗯，看得出你已经开始工作了。"

"是的，赫德斯特伦督察带我勘察了一起车祸的现场。是一起单一车辆肇事。不幸的是，有一人丧生。"

"嗯，这种事时有发生。"

"初步的勘察显示与醉驾有关，驾车人浑身酒气。"

"妈的。帕特里克有没有说，是某个之前因为醉驾被拘留过的人？"

"不，显然不是。他甚至认出了死者。我记得他说，那个女人在艾法斯韦根经营一间店铺，名叫马利特。""居然是她，"梅尔贝里沉吟地抓挠着秃顶上仅存的几缕头发，"马利特？我简直不敢相信。"他清了清嗓子："希望你没有在就职第一天负责通知死者亲属。"

"没有，"汉娜俯视着自己的鞋，"帕特里克和一位红发、身材短小精干的年轻探员一起去了。"

"那是马丁·莫林。"梅尔贝里问，"帕特里克没介绍你们认识吗？"

"没有，他可能是一心想着手头的任务，把这事儿忘了吧。"

"唔。"梅尔贝里应声。好一阵沉默之后，他又清了清嗓子。

"好的，欢迎来到塔南舍警察局，希望你在这里过得愉快。对了，生活上的事都安排好了吗？"

"我丈夫和我租下了一栋房，就在教堂对面那片住宅区。我们一周前就搬进去了，一直在忙于安顿。房子自带装修，不过我们想尽量把它打理得舒适些。"

"你丈夫？他是做什么的？他也在这里找到工作了吗？"

"还没有。他是位心理治疗师。"汉娜说明，像是洞察了梅尔贝里的心理活动。"他一直在找工作，但是这片地区对心理治疗的市场需求并不大。所以这段时间他在写书，非小说类图书。同时，也会每周抽出几个小时为《塔南舍》的参演人员提供心理咨询服务。"

“明白了。”梅尔贝里的口吻表明，他已经对于她丈夫的工作问题失去了兴趣。“再说一遍，欢迎你的加入。”

“谢谢。”汉娜说道。

“请把门带上。”梅尔贝里吩咐。瞬间，他觉得她的唇边浮现出一丝戏谑。不过，也许是他弄错了。她似乎非常尊敬他和他的工作，那番话多少是发自真心。凭着他对人类行为的深刻洞察力，总能一眼瞧出对方是否诚实。汉娜绝对是诚实的。

“怎么样？”几秒钟后，安妮卡走进汉娜的办公室，悄悄问道。

“喔。”汉娜脸上露出了梅尔贝里认为自己看错了的戏谑的笑容。“那家伙是个人物啊。”她摇着头哀叹。

“人物！是啊，我猜你可以这么抬举他。”安妮卡笑了笑，“不管怎么说，你似乎能驾驭住他。我的建议是别忍气吞声。否则，他会得寸进尺。”

“我曾经跟好几个梅尔贝里交过手，所以明白如何对付他。”汉娜说。安妮卡无疑相信她所言不虚。

“说几句好听的话，假装唯命是从，然后尽管照着自己的想法去做。只要结果好，他会装作打从开头那就是他的主意，对吗？”

“完全正确。想要战胜梅尔贝里这种上司，就得那么干。”安妮卡笑着返回前台的工作岗位。毋须为这个新来的女孩担心。她聪明独立，像钉子一样强悍。她和梅尔贝里的较量将会是一场好戏。

丹心意萧索，闷闷地动手拾掇女儿房间里散落的物件。和平时一样，这屋子乱得就像是小型炸弹爆炸后留下的现场。他清楚自己应该严格些，督促她们自个儿收拾。然而，她们隔周才来和自己共度一个周末。时间是如此宝贵，他渴望享受父女相聚的每分每秒，而不是把它浪费在责备与争执上。他知道这样不对，也知道应当担负起教育孩子的责任，而不是将这责任一古脑地推给佩尔尼莱。

离异三年后，强烈的悔恨仍像块巨石压在他的心口。假如当初没有犯下那个致命的错误，现在他便不会孤家寡人地站在这栋空荡荡的房子里，收捡女儿们的衣服和玩具了。也许，他继续住在法尔克里顿也是个错误。佩尔尼莱搬到蒙克达尔她家人的住地去了。他却不想让女儿失去她们往昔的家园。因此他拼命工作攒钱，好让她们来过周末时能体会到家的感觉。然而，供房的压力就快要把他压垮了。他必须在六个月的最后期限以内做出决定。他重重跌坐在马林的床边，把头埋在手掌当中。

电话铃响起，打断了他的愁思。他伸手拿起床头的电话听筒。

"我是丹。"

"噢，你好，艾丽卡。"

"姑娘们昨晚离开了。我有点儿失落。"

"是啊，我知道。她们很快又会回来的。只是等待的时光显得太漫长了。嗨，你来电话有什么事儿吗？"

他专心地聆听，没有接话。因为忧虑，眉心的纹路显得更深了。

"事情糟糕到那种地步吗？我能做些什么，尽管开口。"

他静静地听着艾丽卡的述说。

"当然，只要你觉得我能帮上忙，绝对没问题。"停了一停，他又说，"好的，我现在就过去。"

丹挂掉电话，坐在那里沉思了一会儿。虽说不确定能不能帮上忙，不过既然艾丽卡让他去，他便不会迟疑。

很久以前，他俩曾经是一对。在后来的岁月里，他们渐渐变成了亲密无间的朋友。他和佩尔尼莱离婚那阵，她曾不遗余力地帮过他，而他也愿意为她去做任何事情。帕特里克也成了他的挚友。丹是艾丽卡夫妇家中的常客。

他套上外衣，把车倒出车道。几分钟后便来到了艾丽卡的住处。

他刚敲一下，她便打开了门。

"嗨，进来。"她说，给他一个拥抱。

"嗨，玛雅在哪儿？"他四处张望，寻找着那个迅速成为其宠儿的小女孩，想要感受她对自己的爱。

"她在睡觉，抱歉。"艾丽卡笑答。她知道，说到讨丹的欢心，她那迷人的小女儿已经后来居上了。

"好吧。我会试着耐心独处的，不过真想拱拱她的小脖子。"

"别着急，她马上会醒，快进来吧，安娜在楼上睡觉呢。"艾丽卡指了指天花板说。

"你觉得这点子可行吗？"丹担忧地问，"说不定她不喜欢这样，甚至还会发飙。"

"别告诉我，你这么个堂堂七尺汉子，会被一个小女子的怒气吓得两腿发软吧？"艾丽卡抬眼看着人高马大的丹，取笑道。

"帕特里克和我都盼着你快点找个跟我们聊得来的女朋友呢。"

"也就是说，必须吻合这屋子里的高智商氛围啦？我得问问帕特里克，瑞典公开赛的选手排名如何。那可是属于高等数学范畴，对吗？"

"哈哈，怕了你了，"艾丽卡朝他胳膊上擂了一拳，"现在上楼去开解开解她吧。"

迈上最后几级台阶时，丹的笑声止住了。安娜带着孩子搬到艾丽卡和帕特里克家的这段时间，他很少见到她。他和瑞典全国人民一样，从报上知悉了那桩悲剧的来龙去脉。但是他每次来时，安娜总是避而不见。艾丽卡告诉他，大部分时间她都躲在卧室里面。

他轻敲房门，没有回音，他再敲了敲。

"安娜？我是丹，我可以进去吗？"里面依然悄无声息。他一头雾水站在原地，面对这种状况有些无所适从。但是既然答应过艾丽卡尝试伸出援手，此刻就必须尽力而为。他深深吸口气，推开房门。安娜正躺在床上，并没有睡着。她把双手合拢放在肚子上，眼神空洞地盯着天花板出神，甚至没有往他这边看一眼。

他坐到床沿，安娜还是没有反应。

"感觉怎么样？还好吗？"

"我看起来还好吗？"安娜问，仍旧凝视着天花板。

"艾丽卡很担心你。"

"艾丽卡永远都在担心我。"

"但她是好意。而且目前，她的忧虑比平常还要重。"

"是啊，我懂。"安娜深切地、长长地叹了口气，仿佛用尽了全身的力气。"可我就是不知道要怎样摆脱这种状态。感觉就像是所有的精力都被抽空了，我什么感觉也没有。一星半点都没有。既不悲，也不喜，我感到空无一物。"

"你跟什么人说起过这种感觉吗？"

"你的意思是心理治疗师什么的？艾丽卡不停地跟我念叨这事，但是我提不起精神。无法想象自己坐在陌生人面前谈论卢卡斯，谈论我自己，倾吐心声的样子，我无法面对。"

"你愿不愿意……"丹犹疑地挪动身子。"你能想象和我交谈的情形吗？我们彼此不算熟稔，却也不是陌生人。"他停下来，焦虑地等候她的回答，期盼她会同意。看着她过分消瘦的身体和迷茫的眼神，强烈的保护欲忽然涌上他的心头。她与艾丽卡是如此相似，却又如此不同，更像是一个饱受惊吓、弱不禁风的艾丽卡。

她回答："不知该说些什么，也不知道从何说起。"

"我们可以出去走走。如果你想说话，我们就说。如果不想，那么就散会儿步，可以吗？"他听出自己的声音局促不安。

安娜缓缓坐起，背对他坐了一阵。然后起身说道："好吧，出去走走。不过，只是散个步。"

"好的。"丹点点头。他先一步走下楼梯，听见厨房里锅碗叮当作响，往里看了一眼，对艾丽卡说："我们出去散会儿步。"他从眼角里瞥见，艾丽卡正在竭力装出一副若无其事的样子。

"外面有点冷，最好穿上外套，"他叮嘱安娜。她接受了他的建议，披上一件驼色粗呢外套，用大白围巾裹住脖子。

"准备好了吗？"他问道。感觉自己一语双关。

"我想是的。"安娜轻声答道，她跟在他身后，走进初春的阳光里。

"你觉得会有人适应得了你这种驾驶风格吗？"马丁问。他们的警车正驶向夫雅巴卡。

"没有，"帕特里克回答，"至少希望没有，否则我就该转行了。"经过朗舍时，车子猛地来了个急转弯。和平时一样，马丁忙不迭地紧紧抓住车窗上方的拉手。他想起需要警告新来的人，提防帕特里克野蛮的驾车风格。

"她看起来怎么样？"马丁问。

"谁？"帕特里克此刻似乎特别心不在焉。

"新来的女警汉娜·克鲁斯呗。"

"好像还不错。"他说。

"就是……？"

"就是什么？"帕特里克转脸看着搭档。马丁把拉手抓得更紧了。

"天啊，拜托你看路好吗？我是指，你好像话犹未尽。"

"哦，我说不好，"他回过头去看路，马丁松了口气。"我只是不太习惯……和雄心勃勃的人打交道。"

"你什么意思？"马丁脸上带着笑，但是看得出，他觉得有点下不来台。

"喂，别想歪了，我并不是说你缺乏雄心，我的意思是汉娜，怎么说呢，她的野心太大了。"

"野心大？"马丁怀疑地说，"就因为这个，你就对她有意见？会不会太苛刻了？女人雄心勃勃就有错吗？你不会是瞧不起女警吧？"

帕特里克再次调转视线，怀疑地看着马丁。"你到底了解我多少，嗳？你觉得我是那种大男子主义的蠢猪吗？我只是说……咳，算了，过后你自己瞧着吧。"

马丁也笑了起来："当然不是啦。你也不喜欢那样。"

"没错。"帕特里克微笑着说，但是这笑意很快消失了。车子驶入库仑的住宅区，幢幢公寓楼密密麻麻地矗立着。他们泊好车后又坐了半天，这才下车。

"好，出发。"

"是。"马丁应了声。他心口那种发堵的感觉越来越强，但已经无路可退，只好硬着头皮上吧。

"操。不过是间简易库房嘛。"乌费说。偌大的房间里摆放着数张床，他重重地躺下去。

"我觉得蛮好玩的。"芭比说，一面在床铺上蹦跶。

"我说不好玩了吗？"乌费干笑，"我只是说这屋子是间简易库房。不过我们会让气氛活跃起来的，对吗？瞧瞧这堆库存。"他坐起身，指着装得满满当当的酒柜。"大家意下如何？要不要来个狂欢？"

"耶！"除了乔娜，人人都在欢呼，没有人转眼去看周围正在运转的摄像机。他们经验老到，绝不会犯下那种菜鸟式的低级错误。

"管他妈的为了什么，先来瓶斯珈尔！"乌费抢先抓起一瓶啤酒。

"斯珈尔……"众人应和着，把酒瓶高举过头顶，除了乔娜。她仍旧坐在床铺上面，凝望着眼前的五个人，没有动弹。

"你到底有什么毛病？"乌费冲她甩了一句，"你不想和我们一起喝啤酒吗？我们这群人不配与您共饮还是怎么着？"大家都用期待的眼神望着乔娜。

"我只是没心情而已。"乔娜避开乌费的眼光。

"我只是没心情而已。"乌费憋出尖利的假嗓奚落她。他环顾大家，确定自己获得了其他人的支持。看见大家迎合的眼神，他接着说："妈的，难道你是什么扫兴的禁酒主义者吗？我们来这里是为了找乐子的！"他端起酒瓶牛饮一口。

"她不是禁酒主义者。"芭比壮胆冒了句。乌费瞪她，于是她连忙闭嘴。

"别理我。"乔娜心烦意乱地下床。"我出去待会儿。"她说，套上原本搭在椅背上的那件肥大得看不出形状的工装外套。

"去啊，"乌费站在她背后吼道，"滚开！废物！"他大笑着又开了瓶啤酒，然后回过头来。"你们都傻坐着干嘛？现在是派对时间！干杯！"

尴尬的几秒沉寂过后，有人紧张兮兮地笑了起来，笑声随即散播开来，众人皆举起酒瓶投入战斗。摄像机不停地运转，他们愈发热火朝天。再次出现在电视荧屏上真是太棒了。

"爸，门铃在响！"索菲喊了声，继续打她的电话。她叹着气说。"我爸老是慢吞吞的。这么成天呆坐着真没劲，我一天天数着日子，真想早点儿回到妈妈和克斯汀那边去。这不，《塔南舍》今天开机，大家都过去凑热闹了，我却不得不待在屋里。"她发着牢骚。

"爸，去开门，有人按门铃！"她再喊了一嗓子。"我不小了，不能像个破碎家庭的弃儿一样。但是他们就是处不来，谁也不会听我的。"

门铃声再次清脆地响起。索菲蹦起来大喊："好吧，我自己去开门！"随即又温柔地说："瞧，我回头再给你打电话吧。我们家老爷子可能又戴着耳机欣赏那些叫人恶心的歌舞乐呢。"说完，她又叹口气，走到门口。"好啦好啦。来了！"她没好气儿地拉开房门，却见门外站着两个身着警服的陌生人，不由得吃了一惊。

"你们好？"

"请问你是索菲吗？"

"是的。什么事？"索菲慌乱地思忖着，自己做错了什么会把警察招上门。但实在想不起来。

"你爸爸在家吗？"年长一些的警官问。

"在。"索菲思绪混乱。爸爸能干什么坏事？

"我们想和你们两个人谈谈。"年轻些的红发警官说。

"请进。"她让到一侧，请他们进屋，趁二人换鞋的时候，她步入客厅。果不其然，她爸爸头上扣着硕大的耳机坐在这里。无疑，他又在听威塞克、维京人或是托利夫斯①那些可怕的玩意了。她比个手势示意他取下耳机，他掀起它们，不解地望着她。

"爸，来了两个警察。想跟我们谈话。"

"谁？警察？谈什么？"索菲看出，他在努力揣测，不知她究竟闯了什么祸事会惹得警察登门拜访。

她预先声明道："我什么也没做过，真的，我保证。"

他狐疑地看了她一眼，取下耳机，起身出来探究情况。

---

① 均为瑞典老资格的歌舞乐队。

"有事吗？"沃拉·卡斯伯森问道。他脸上透出些畏怯，害怕听到不想听到的回答。他的口音带着一点点挪威味儿，但是非常轻。帕特里克猜他远离故土已有多年了。

"请问可以进去坐会儿吗？我是帕特里克·赫德斯特伦，这位是我的搭档马丁·莫林。"帕特里克自我介绍。

"当然，请进。"沃拉与两人握手，语气仍旧困惑。

"请跟我来。"他把马丁和帕特里克领进饭厅。一般说来，人们在这种情况下，十个里有九个都会这么做。出于某种莫名的原因，警察找上门时，饭厅似乎总是最安全的地方。

"嗨，能帮上什么忙吗？"沃拉坐在索菲身边，警察则在他们对面落座。沃拉的手指揪扯着台布的边缘，索菲不满地瞟他一眼，这种时候都不能消停消停吗？

"我们……"那个自称赫德斯特伦的警官开口道，声音有些迟疑。索菲感到心往下坠，忽然很想捂住耳朵、轻声哼哼，就像儿时听见爸妈吵嘴时那样。可她明白自己不能那样。她已经不再是小孩子了。

"恐怕我们带来了坏消息。马利特·卡斯伯森昨晚死于一起交通意外，对此我们深感遗憾。"赫德斯特伦警官清了清嗓子，但是没有移开视线。

索菲的心霎时坠入谷底。她拼命抗拒着方才听到的话。不是真的！肯定是搞错了，妈妈没有死。这不可能，她们还约好下周末要一块儿去乌德瓦拉购物，就母女俩。长久以来，妈妈总时不时地找女儿作陪。索菲总是假装不情不愿，内心其实非常喜欢。听了此话，索菲的头直发晕，她听到身旁的父亲倒吸一口冷气。

"肯定是弄错了。"沃拉像是和女儿心意相通。"马利特不可能死！"他喘着粗气，像是刚跑完步。

"不幸的是此事确定无疑。"帕特里克略停了停，又说道："我……我亲眼认出了她。因为去过她的商店，所以认得她。"

"可、可是……"沃拉想要说点什么，大脑却一片空白。索菲诧异地看着他。自打她记事起，父母没有一天不在大吵大闹。完全想象不到，父亲的内心深处依然这么在意她。

"出……出了什么事？"沃拉口齿不清地问。

"单一车辆肇事，地点在桑纳斯北边。"

"单一车辆肇事？这是什么意思？"索菲问。她的双手紧紧抓住餐桌边沿，仿佛此刻只有这样才能让自己保持冷静。"是为了躲闪鹿什么的才撞车的吗？妈妈一年差不多只开两回车。昨晚她干嘛夜里跑去开车？"她瞪着面前的警察，感到自己的心在剧烈地跳动。他们低头垂下目光，显然有话没有说完。会是什么？她默默等候着。

"我们认为她喝过酒，可能是醉酒驾驶。但是还不能断言这点。正式调查以后才能得到更多的线索。"帕特里克正视索菲，说道。她简直不敢相信自己的耳朵。

她看了看父亲，又把目光投向帕特里克："你在和我开玩笑吗？准是哪里出了错。妈妈向来滴酒不沾。我连红酒都没见她喝过一杯，她讨厌喝酒。告诉他们！"索菲的心底掀起希望的狂潮。绝不会是妈妈！她期待地望着自己的父亲。后者清了下嗓子。"是的。千真万确，马利特从不饮酒。和我结婚后的这些年间，从来都不喝。而且据我所知，离婚后也没喝过。"

索菲探寻着父亲的眼神，想印证他是否和自己一样心存希望。但是他躲避着她的眼睛。他说了他必须说的话，而她认为，这些话足以证实整件事必定是搞错了。但是有些东西却让人感觉……不对劲，她用力甩掉这种感觉，转向帕特里克和马丁。"你们听到了吗？肯定是搞错了，不会是妈妈！你们问过克斯汀了吗？她在家吗？"

两位警官交换了一个眼神，那个红发的开口说："我们刚才见过克斯汀。很明显，昨夜她和马利特发生过争执。你母亲冲出家门，拿走了车钥匙，从那时起就再没人见过她，而且……"马丁看着自己的搭档。

　　"而且我很肯定那是马利特。"帕特里克说，"我在店里见过她很多次，因此一眼认出是她。不过，我们还不能断定她是否喝过酒。驾驶座上留下的酒味给我们留下了那种印象，但还没办法下结论。所以也许你们说的都是实情，只是存在着某些其他的原因。但是，那无疑是你妈妈没错，非常抱歉。"

　　索菲的心又在下坠。这种感觉越来越强烈，她哽咽了，泪水夺眶而出。她甩开父亲放在自己肩膀上的手。父母之间过去一切的争吵、诟病与愤怒此刻堵在她的胸口，令她悲不自胜。在三双眼睛的注视下，她跑出了家门。

　　两个快乐的声音从厨房窗外传来。虽然隔着大门，仍能听到断断续续的笑声，门一打开，欢声笑语立时回荡在整间公寓里。艾丽卡简直无法相信自己的眼睛，安娜笑意盈盈，这笑容完全不同于她在孩子面前迫于义务而挤出的安抚的笑，而是发自内心的，她的嘴角都咧到了耳根。她和丹言谈甚欢，由于在明媚的春光里走了一圈，二人的脸颊都红扑扑的。

　　"嗨，玩得还愉快吗？"艾丽卡小心地问，将手中的咖啡壶放入咖啡机。

　　"愉快。"安娜回答，转脸给丹一个笑。"舒展舒展腿脚感觉真好。我们一直走到布拉克，又原路返回。外面天气非常晴朗，有些树木已经发芽了。"

　　"我们过得非常愉快。"丹说着，脱掉外套，"哇，你是在为我们准备咖啡，还是给别的客人留的？"

"别傻了，咱们三个都可以来一杯，如果你们愿意的话。"艾丽卡说着瞥了一眼安娜。和妹妹说话时她仍旧如履薄冰，生怕忽然降临到安娜身上的快乐会像肥皂泡一般被自己不小心戳破了。

"当然愿意。我已经好久没有过这种精力充沛的感觉了。"安娜坐到饭桌旁边，接过艾丽卡递来的杯子。"医生就是这么嘱咐我来着。"双颊上的红晕让她显得神采飞扬。看见安娜脸上有了笑容，艾丽卡的心里感慨万千。太久没见到她笑了。这么长时间以来，她总是目光低垂，神色哀伤。她对丹投去感激的目光。

"丹问起婚礼筹备得怎么样，我却答不上来，你可能跟我提过，但是我最近心神恍惚，你都进行到哪儿了？各项事宜全都预订安排好了吗？"安娜抿一口咖啡，询问地望着艾丽卡。

忽然间，她看起来是如此年轻、无忧无虑，遇到卢卡斯之前她就是这个样子。艾丽卡强迫自己不去想那个混蛋，她可不愿毁掉此刻的美好时光。

"呃，说起种种预订安排嘛，我们是得加紧筹备了。教堂已经订好了，斯特拉酒店那边也预付了订金，还有……嗯，差不多就做了这些。"

"可是亲爱的艾丽卡，现在距婚礼只剩下六周了！婚纱准备好了吗？花童打算穿什么？你想要什么样式的新娘捧花？跟酒店谈好菜单的事了吗？客房都预订好了？宾客座位表排出来了吗？"

艾丽卡笑着举手表示投降。玛雅在高脚椅上快活地看看这个、又看看那个，全然不晓得眼前的快乐从何而来。

"镇静，镇静。如果你继续这副样子，我会后悔刚才让丹把你从床上拖起来。"她笑着眨眨眼，示意是句玩笑话。

"好了好了。我一个字也不再说了……等等，还有件事，婚礼音乐安排妥当了吗?"安娜又问。

"没有呢,没有呢,对你所有的问题,我的回答可能都是'还没有',"艾丽卡叹了口气,"很无奈,我还没顾上这些事情呢。"

安娜的表情阴沉下来。"你没顾上这些事是因为你一直忙着照看三个孩子。艾丽卡,原谅我。过去的几个月对你来说一定很艰难,我真后悔……"她哽咽了。艾丽卡看见妹妹的眼中蓄满泪水。"嘘、嘘,没关系,阿德里安和埃玛就像小天使一样乖巧懂事,而且他们整天都待在幼儿园里,所以说并没有多大负担,不过他们非常想念妈妈。"

安娜报以忧伤的笑容。

丹自顾在旁边逗玛雅玩,他特意避开这段谈话,这是艾丽卡和安娜姊妹之间的私聊。

"噢,我的天,幼儿园!"艾丽卡从椅子上跳起来,看着墙上的大挂钟。"今天太晚了,我得马上去接他们,如果不赶快,爱娃会发飙的。"

"今天我去接吧,"安娜站起身,"把车钥匙给我。"

"你去?"

"对,我去。每天都是你,今天轮到我了"

"他们一定会高兴得跳起来。"艾丽卡坐回桌旁。

"是啊,肯定的。"安娜笑着从料理台上抓起车钥匙,走到门厅,她又回过身来说:"丹……谢谢,我需要这样的倾诉,感觉好多了。"

"嗨,没什么,我也很愉快。明天天气要是还这么好,我们也可以散散步。你去接孩子放学前我们出去蹓跶一个小时,怎么样?"

"主意不错,不过现在我得抓紧了,否则就像你说的,爱娃会抓狂的。"她带着笑意消失在门外。

艾丽卡转脸问丹:"说说,你俩散步时究竟做了些什么?一块儿吸食大麻？"

丹笑言："没那回事。安娜只是需要向人倾吐一番，感觉就像是瓶盖忽然被启开一样。她一旦开始说话，便滔滔不绝，停不下来。"

"几个月来，我一直努力想要开解她。"艾丽卡不禁感到有些失落。

"你清楚你们之间存在的问题，艾丽卡，"丹平静地劝慰，"你俩背负着许多来自过去的包袱，可能使得安娜无法自在地对你倾吐心声，你们彼此太过亲近。这是好事，也是坏事。可是，散步的时候她告诉我，你和帕特里克如此帮助她，令她非常感激。尤其是你，尽心竭力地照看她的孩子。"

"她真的这么说？"艾丽卡听得出，自己那种渴求肯定的语调。

"她就是这么说的。"丹回答，用手盖住她的手，这感觉熟悉而温暖。

"但是，婚礼的事好像不大让人放心啊，"丹接着说道，"你认为自己能在六周里把所有的细节安排妥当吗？有什么帮得上忙的，尽管开口。"他对着玛雅作怪相，惹得她咯咯直笑。

"你怎么帮忙？"艾丽卡打趣，又往杯子里添了点儿咖啡。"为我挑选婚纱还是什么？"

丹笑了，"哎呀，那责任也太重大了。不过，如果需要的话，我可以为你的宾客提供一部分住处，我家房间很多。"他脸上的笑容消失了。艾丽卡很了解他心里在想些什么。

"你知道，问题都会解决的。一切都会好起来的。"

"你这么认为？"他愁眉苦脸地呷口咖啡，"天晓得，我实在是太想念她们了。有时候觉得自己都快崩溃了。"

"想念孩子？还是佩尔尼莱和孩子？"

"不知道，我猜两方面都有吧。我明白，佩尔尼莱已经开始了新的生活。但是没法每天见到女儿，我觉得自己的心都要枯死了。每隔一周，我就得孤伶伶一人坐在那栋空得只剩下回声的房子里。我也想留下它，好让孩子保有她们的童年家园。然而现在，我却没有把握能否继续供下去。"

"相信我，我也是过来人，尝过那种滋味。"艾丽卡说，提起从前在卢卡斯的威逼下她俩也差点把房子给卖掉的事。

"我只是不懂自己的人生何去何从。"丹用手捋着满头的金发。

"谁在饭厅里聊得这么热闹啊？"帕特里克的声音在门口响起。

"我们正在谈丹和他的房子。"艾丽卡回答，起身亲吻她未来的老公。玛雅则兴奋地挥动着双臂要爸爸抱。

丹注视着玛雅，夸张地摊开双手："怎么了？我还以为你更喜欢我呢。可是别的男人一进这个门，你就不要我了。"

"嗨，丹。"帕特里克笑着拍拍丹的肩膀，随后抱起玛雅。

"没错，在这个小女孩儿的眼里，爸爸才是最重要的。"他说着，亲一口玛雅，用胡茬儿蹭她的脖子，她快乐地尖叫起来。

"对了艾丽卡，你今天不用去幼儿园接孩子们？"

艾丽卡特意停顿片刻，这才笑容灿烂地说："安娜去了。"

"你说什么？安娜？"帕特里克的表情既讶异又高兴。

"正是。这位英雄带安娜散步，路上他们吸了大麻，所以……"

"我们没有，别胡说！"丹大笑。对帕特里克说明经过。

"你太谦虚了。"艾丽卡拉一下丹的头发，"共进晚餐怎样？"

"看情况。有什么好吃的？"

"你真是被宠坏了，"艾丽卡笑答，"嗯，炖鸡配泰香米。"

"好吧，一言为定。"

2

　　光明已经战胜了黑暗。是吗？有时候，夜半时分因为恶梦而辗转反侧之际，他对此不甚确定。但是此刻，在日光底下，他确有把握光明已然到来。唯有窥见角落里潜踞的阴影时，他才感到黑暗依旧存在。它与自己一样，耻于露出丑陋的脸。

　　他们两个都爱着她，爱得那么深。但也许他爱得更多些，她对他也亦然。这份关系牢不可破。没有任何东西能够离间母子深情。丑陋也好，污秽也罢，还未探头便讪然溜掉。

　　妹妹对此毫无妒忌之心。她明白，自己见到的事情极为特别，根本无从觊觎。

　　他们不把她视为侵入者，而是将其容纳于这份情中。能够获准进入这个爱的世界，是极少数人才能享有的特权。萌生妒意毫无道理。

　　她的爱是如此深厚，以致禁锢了两人的世界，他们则心怀感念地接受她的禁锢。除她之外，他们还需要谁呢？明知外面的世界肮脏堕落，为何还要受到它的负累呢？她说，他应对不了外面的世界。太容易闯祸。老是跌破这个，摔碎那个。磕磕碰碰的。倘若让他俩走出家门定会发生可怕的事。如此笨拙的人决计应付不来。然而，她总是充满怜爱地说这些话，唤他"小笨蛋"，"我的小笨蛋"。

她的眷爱足够他享用，也足够妹妹享用。至少，大多数时候是这样。

这一切安排都相当没劲。乔娜无精打采地把货品腾放到传送带上，挨个查看编码。和这个节目比起来，《老大哥》简直和胡尔茨弗雷德音乐节差不多了。这差事烂透了！照说她不该抱怨。她也参与过前几季的节目，早知道大家将不得不在这种糟糕的环境里工作生活。可是，ICA超市的收银员？她可没料想到这个！唯一的慰藉就是芭比也沦落到这里来了。她就站在乔娜身后的收银台边，硕大的假胸把红色围裙撑得胀鼓鼓的。整个上午，乔娜都在忍受她和顾客们喋喋不休的蠢话。

"噢，在电视上看到你一定很有趣。当然了，还有我们的小镇。我从没想过塔南舍人会在全国人面前抛头露脸。"蠢笨的老女人站在收银台前沾沾自喜，频频冲着固定在天花板上的摄像机镜头自我陶醉地微笑。她意识不到，她的愚蠢之举将导致自己的画面毫无疑问地被剪掉。直视镜头是第一大忌。

"一共是三百五十克朗五十欧尔。"乔娜恹恹地瞪着面前的老女人。

"哎，知道了。是的，我的卡在这里。"一心惦记着上电视的老女人，一边说，"现在我得输密码。"她刷了卡，嘴里还在不住地穷念叨。

乔娜叹了口气，心里琢磨，自己今天若是开工第一天就溜号的话，会不会被捉到。制片人通常都很喜欢和选角导演拌拌嘴什么的，不过现在就惹事可能还早了点儿。只好先咬紧牙关撑上一个星期，然后再想办法耍点花招。

她心里想，星期一爸妈会不会坐在沙发上看电视。大概不会。像看电视这种消遣从来都排不上他们的日程。他们是医生，时间比任何人都宝贵。他们坐下来观看《幸存者》或是陪伴她的时间，都可以用来做一台心脏搭桥或是肾脏移植手术。乔娜不肯理解这一点，完全是出于自私。爸爸甚至曾经带她去医院，让她亲眼观看一个十岁小孩做开胸手术的全程。他说是想让她明白父母的工作何以如此重要；他们何以无法多抽点时间来陪伴女儿；爸和妈拥有一种救死扶伤的天赋，善用这种天赋是他们的职责。

　　全是扯淡。要是没时间陪孩子，他们干嘛要生呢？干嘛不打掉孩子，那不就可以全天二十四小时在别人的胸腔里挥动手术刀了？

　　自从去医院的第二天起，她便开始割伤自己，那种感觉真是酷毙了。从刀刃切入皮肤的那一刻起，焦虑感迅速消退，仿佛是从胳膊上的伤口处，随着鲜红温热的血一滴滴流淌净尽了似的。她喜欢看到自己流血，喜欢刀子、刮胡刀片或管他妈别的什么东西切割自己皮肤的感觉。只要是触手可得的锋刃，她都会拿来割伤自己，为重重压在心口的焦虑感切开一道出口。

　　同时，她发现唯有这样他们才会注意到自己。流血才能让他们关注她，真正地看到她。然而事实证明，快感在逐渐减弱。随着每道新伤旧创的形成，这种方法也越来越不奏效了。父母不再像第一次那样紧张关心地注视自己。如今，他们的眼中只剩下无可奈何。他们已经彻底放弃了她，决定转而去帮助那些他们能够挽救的人，那些心肝肚肺出了毛病，需要做移植手术的人。她却不是那种状况，出毛病的是她残破不堪的灵魂，他们无法用一把手术刀来解决问题。因此他们已经不再做无谓的尝试。

　　现在，她只有面对摄像机镜头，从电视观众那里才能感受到爱。他们每晚都守在电视机前，看她主演的节目，看到真实的乔娜。

身后，她听到有个人在问芭比，他可不可以摸摸她的假胸。观众会爱死这一幕的。乔娜故意举起手腕亮出伤疤，这是自己唯一可以媲美的东西。

"马丁，能进去会儿吗？我们必须谈谈。"

"当然，进来吧。我在赶报告，就快弄完了。"他招招手，叫帕特里克进去。"什么事？你看起来很忧心。"

"嗯，我还没有理顺这事的思路。早上我们拿到了马利特·卡斯伯森的验尸报告。但是我得说，的确存在疑点。"

"什么疑点？"马丁洗耳恭听。他记得车祸发生当天帕特里克也曾经提出过一些疑问，但坦白说，之后他便忘了这件事，帕特里克也没再提起过。

"佩德森记录下了所有的发现，我俩也在电话上交流过，不过有的地方就是说不通。"

"说说看。"马丁的好奇心立时被勾了起来。

"首先，马利特并非死于那场车祸，车祸发生的时候她已经死亡。"

"什么？怎么回事？死因是心脏病还是什么？"

"不，不是那样的。"帕特里克盯着报告挠了挠头。"她死于酒精中毒。血液酒精浓度为六十一毫克。"

"开玩笑。六十一毫克足以醉死一匹马！"

"正是如此。佩德森推断，她一定是在极短的时间里喝下了一整瓶伏特加。"

"认识她的人却说她从不饮酒。"

"就是啊，她体内也没有酒精滥用的痕迹，这表明她可能完全没有酒精耐受能力，佩德森说，她应该发作得非常快。"

"照这么说，出于某种原因她把自己灌了个烂醉如泥。固然是场悲剧，但不幸的是这类事件时有发生。"马丁不太明白，帕特里克为什么满脸忧虑。

"是，表面看来是这样。然而佩德森的另外一个发现让整件事情复杂化了。"帕特里克跷起腿，快速浏览报告，找到那个地方。"在这里。我试着用简洁的话来讲讲吧，佩德森写的东西总是那么晦涩难懂。她的嘴唇边有圈奇怪的瘀痕，口腔和喉咙里面也有伤痕。"

"你是怎么理解的？"

"不知道。"帕特里克叹着气说。"得到的线索还不足以让佩德森做出确切的结论。他无法肯定地说，她不是在车里喝下一整瓶酒，死于酒精中毒，而后车子才冲出路面的。"

"但是，她肯定在车祸发生前就已经醉得人事不省了。上周日晚上我们有没有接到过违章驾驶的报告？"

"我没找到相关记录。因此事情显得更奇怪了。另一方面，夜里那个时段路上车流量不大，可能其他人只是侥幸没有遇上她而已。"帕特里克沉吟地说。"可是佩德森无法解释她嘴里和嘴唇边的伤痕，所以我觉得很有必要详细调查整桩事件的来龙去脉，或许这只是一起单纯的酒驾事故，但或许不是，你怎么看？"

马丁停顿片刻，说："从一开始，你就说过有种异样的感觉。你认为梅尔贝里也会同意你的观点吗？"

帕特里克瞅了马丁一眼，马丁笑了。

"全看我的嘴上功夫了，不是吗？"

"对，全看你怎么说了。"

帕特里克也笑着站起身来。但他转而又收起了笑容。

"你认为我的直觉会不会有误？会不会太小题大做了？实际上，佩德森并没有找到任何确切证据，说明这不是一起单纯的意外。可是……"他晃动着那份传真过来的验尸报告，"与此同时，有些东西又让人生疑。我实在无法视而不见……"

"就按你说的办吧。"马丁说。"咱们这就动手查，搜集更多的线索，看看什么结果。或许这就能让你明白，困扰你的究竟是什么。"

"那好吧。我先去跟梅尔贝里谈谈。待会儿我们再去找马利特的室友聊一聊？"

"没问题。"马丁回答，继续写手头的报告。"谈妥了就过来找我吧。"

"好。"帕特里克刚要迈出房门，又被马丁叫住了。"等等，"他略带犹豫地说，"我原想问问，安娜，还有家里的事都还好吗？"

帕特里克站在门口微笑道："事实上，我们看到了一线曙光。安娜似乎已经开始走出低谷了。多亏了丹呐。"

"丹？"马丁惊讶地问，"艾丽卡的那个丹？"

"什么叫艾丽卡的那个丹？现在他是我们的丹。"

"好吧，"马丁哈哈一笑，"你们的丹。可是他帮了什么大忙呢？"

"星期一，艾丽卡灵光忽现，请他到家里来开解安娜。这招很管用，他俩一起外出散步，边走边聊，看来这正是安娜需要的，才短短几天她已经脱胎换骨了，孩子们高兴极了。"

"太好了。"马丁诚心诚意地说。

"对，此话不假。"帕特里克拍拍门把手。"我现在去找梅尔贝里申请立案。待会儿再聊。"

"好。"马丁又埋头写他的报告去了。完成报告是干这行无法逃脱的另一个宿命。

时间过得出奇地慢，星期五的约会仿佛永远不会来。这把年纪却有这种心态着实奇怪。尽管这次称不上是正式约会，却也算是一次共餐小叙的邀约了。打电话给罗斯玛丽的时候，梅尔贝里并没有预先想好计划。因而，当他听见自己提议两人赴杰特维里饭店共进晚餐时，不免自己都吓了一大跳。从前，到这种奢华饭店吃饭的念头根本就不会出现在他的脑海里。现在他却打算为两个人买单，这绝不像是他的行事风格。可他并不在乎，说实话，他满心期盼着这次晚餐，他很高兴自己约了罗斯玛丽到一个真正像样的地方。

梅尔贝里困惑地大摇其头，刻意掩饰秃顶的头发滑落下来，盖住了一只耳朵。他不明白自己究竟出了什么状况。病了吗？他把头发堆回头顶，摸摸脑门，前额很凉，没有发烧症状。但有些事的确不同寻常，这种感觉怪异极了。来块糖兴许会有帮助。

他的手刚要碰到写字台底格抽屉里的椰糖，门外传来了敲门声。

"嗯？"他恼火地扯了一嗓子。

帕特里克走进办公室。"请原谅，我打扰您了吗？"

"没有，"梅尔贝里扫了眼抽屉叹道，"进来。"

他等待帕特里克坐下。和平日一样，这位下属令自己心情复杂。以他的眼光来看，尽管帕特里克其实已年近不惑但也还是太过年轻了。好的方面是，在近年来的谋杀罪案调查中，帕特里克机智果敢，出类拔萃的办案业绩在公众媒体上为梅尔贝里挣足了面子；坏的方面是，他总感觉帕特里克自以为是。虽然并没有抓住任何具体的把柄，帕特里克对他也一贯表现出下属对待上司应有的尊敬，但那只是一种感觉。好吧，只要帕特里克把工作干好，能让自己能以优秀警长的形象在人前露脸，他可以不计较太多，但是仍要盯紧。

"星期一的事故报告已经拿到了。"

"是吗？"梅尔贝里懒洋洋地回应。交通事故不过是例行公事。

"似乎需要立案侦查。"

"立案侦查？"梅尔贝里来了兴趣。

"是的，"帕特里克又瞥了一眼手中的报告，"死者身上的外伤无法用车祸本身来解释。另外，马利特在车祸发生前就已死了，酒精中毒，她的血液酒精浓度值为六十一毫克。"

"笑话，六十一毫克？"

"恐怕不是笑话。"

"外伤？哪种外伤？"梅尔贝里向前探着身子问。

帕特里克停了一下作答："她的口腔及嘴唇边留有伤痕。"

"嘴唇边？"梅尔贝里狐疑地问。

"正是。"帕特里克斩钉截铁地坚持："我知道继续追查的线索不多。但考虑到人人都说她从不饮酒，而她体内的酒精浓度却高得异乎寻常，这似乎很可疑。"

"可疑？仅仅因为觉得'可疑'，你就要向我申请立案调查吗？"梅尔贝里挑起一边眉毛，瞪着帕特里克。他不喜欢这种办事风格，理由过于牵强含糊。不过换个角度来看，帕特里克的直觉以前也曾得到过印证，也许应该重视他的请求。他想了足足一分钟，帕特里克紧张地注视着他。

"好吧。"他最后说道。"就花上几个钟头查查看吧。如果你俩——我猜你会叫上莫林——能证明的确事有蹊跷，就可以深入调查。不过假如没有收获，我不希望你们再为此事浪费时间。明白了吗？"

"是，长官。"帕特里克显然松了口气。

"好了，出去工作吧。"梅尔贝里的左手已然伸向底格抽屉。

索菲轻手轻脚地跨进房门。"克斯汀？你在家吗？"

屋里安安静静的。她问过了，克斯汀今天没去冲印店上班，她请了病假。这点不足为奇，索菲也因为家里的变故向学校请了假。但是克斯汀去哪儿了呢？她走到客厅，泪水猝然决堤。她把帆布背包扔在地板上，一屁股坐在房间中央的地垫上，闭上双眼，想要摆脱如潮水般涌来栩栩如生的回忆，所有的东西都让人想起马利特。她亲手缝制的窗帘，刚搬来时她俩一起购置的油画，还有那些靠垫……索菲靠过之后从来想不起把它们重新拍松，马利特总为这事数落她。那一切琐碎平凡、令人伤感的细节此刻都带着空洞的回声萦绕在她心头。马利特常常要求这、要求那，定下各种规矩，而索菲总是嫌烦，大叫大嚷地抗议。但是她内心其实很享受这些。从小到大，家里吵闹不休的环境让索菲十分渴望稳定和清晰的规则。尽管不乏青春期的叛逆，但妈妈的存在总能给予她安全感。妈妈……马利特。现在，自己身边只剩下爸爸了。

一只手搭在索菲的肩头。她吓了一跳，扭头往上看。

"克斯汀，你在家？"

"是的，我睡了会儿。"克斯汀回答，蹲在索菲身旁。"你还好吗？"

"哦，克斯汀。"索菲哽咽着把脸埋进对方的肩窝。克斯汀不知所措地搂着她。索菲如饥似渴地嗅着克斯汀毛衣上的味道。这是妈妈最喜欢的一件毛衣，羊毛纤维里还残存着妈妈的香水味。熟悉的味道让她抽泣得更厉害了，她感到自己弄得克斯汀满身涕泪，于是挪开身子。

"对不起，我把鼻涕弄到你身上了。"

"没关系。"克斯汀用手指拭去索菲脸上的泪痕。"尽情地哭吧。这……是你妈妈的毛衣。"

"我知道。"索菲破涕为笑，"她要是看见我把睫毛膏弄在上面，肯定会杀了我的。"

"不许用三十摄氏度以上的水漂洗羊毛织物。"两人同时脱口而出，不禁双双失笑。

"来，我们坐到餐桌边去。"克斯汀说，一面扶起索菲，索菲此刻才发觉克斯汀的脸颊都凹下去了，也比平常苍白许多。

"你自己呢？你还好吗？"索菲忧心地问。克斯汀的个性一向……沉着冷静。可是现在，她微微颤抖着手将水壶注满，放到灶上。这副样子让索菲很害怕。

"还行吧。"克斯汀答，泪水止不住涌出眼眶。过去几天她哭得太多，因此不禁诧异自己竟然仍有泪可流。

她做了个决定。

"你瞧，索菲。你妈妈和我，有些事情……"她一时语塞，不知如何说，也不知道该不该说下去。然而她惊讶地发现，索菲在发笑。

"得了吧，克斯汀。你不会是想告诉我你和妈妈的关系问题吧，又不是什么重磅新闻。"

"我们的关系问题？"克斯汀期待着她的下文。

"譬如你俩是一对儿什么的。以为骗得了谁呢？"她失笑道，"你们在打什么哑谜啊？我住在这里的时候，妈妈就把她的东西搬出来。我走的时候又原样搬回。你们还偷偷地牵手，以为我没看见。老天爷，真是太荒谬了。"

克斯汀望着她，表情迷茫："既然你都知道，为什么从不点破？"

"因为在旁边观赏你们玩角色扮演游戏实在是太精彩了。"

"这孩子。"克斯汀由衷地笑起来。数日痛不欲生的悲泣过后，终于有明朗的笑声回荡在厨房里，不能不说是种解脱。"假如马利特发现你从头到尾心知肚明却守口如瓶，她会拧断你的脖子。"

"是啊，可能会吧。"索菲也跟着笑出了声。"你们真该看看自己的样子，偷偷溜到厨房去接吻，我去和爸爸住的时候便立刻把东西搬回原处，你俩不觉得那样做很滑稽吗？"

"我知道，我懂你的意思，马利特却宁可大费周章。"克斯汀正

55

色说。水壶啸叫起来，她借机站起背对索菲。她取出两只茶杯，把茶叶放进一对滤网里，注入开水。

"先让水凉一阵。"索菲说道。克斯汀忍俊不禁。

"我正在想同样的事。你妈妈把我俩调教得很好。"

"的确如此。不过她原指望能把我调教得更好些的。"索菲忧伤地笑，如今再也无法信守对她的承诺，再没机会达到她的期望了。

"要知道，马利特以你为荣。"克斯汀坐下，递给索菲一杯茶。"你真该听听她是怎么夸你的。就算刚刚和你大吵了一架，她也会说，'那孩子很有个性'。"

"你是开玩笑的吧？她说过那种话？她真为我感到骄傲？我却总是在违抗她。"

"嗯，马利特说，你只是在做你该做的事情而已。在你这年纪，渴望挣脱她的管束是自然的事。而且……"她停了停又说，"由于先前她和沃拉之间发生了那么多事，她更加认为你必须独立、有主见，这点尤其重要。"克斯汀啜了口茶。"你知道，她特别担心这点，觉得离婚这件事，以及过后的种种……伤害到了你。她担心得最多的，是你无法理解她何以非得结束那段婚姻不可。其实，那不仅仅是为她自己考虑，也是为了你。"

"对，以前我的确不理解。但现在我大了，懂事了。"

"你是说，你现在已经十五岁了，"克斯汀调侃道，"一迈进十五岁的门槛，你便得到了一本答疑解惑的指南，里面记载着关于生死、永恒等各种问题的答案，是吗？能借给我看看吗？"

"别逗了，"索菲笑言，"我可不是这个意思。我是指，现在我开始把他们看作常人，而不仅是我的爸妈了。也许，我今后也再不是爸爸的小女儿了。"她伤感地补充。

克斯汀考虑了会儿，是否要把其他事、把她俩为了保护她而隐瞒至今的全部细节都告诉索菲。这个念头只是一闪而过，也就算了。

她们一面喝茶，一面聊着关于马利特的种种过往。忽而笑，忽而哭，谈论着这个两人以不同的方式共同深爱着的女人。

"哈罗美女们，今天有什么点心可吃？要不要来根乌费小法棍啊？"

面包店里站着一堆女孩儿，全都冲着他咯咯发笑，说明他的话起到了预期的效果。这使得乌费得寸进尺。他顺手抄起店里的一根法棍面包放在胯部摇晃摆动，卖力表演。笑声变成惊声欢叫，乌费愈发得意，开始朝着她们的方向前后耸动臀部。

穆罕默德叹了口气，乌费真他妈的无聊。被分派到面包店和乌费搭档，自己绝对是抽中了下下签，要是没有他，这活计笃定是桩美差。他非常喜欢烹饪，盼着能学到更多的烘焙知识，只是无法想象该如何忍受那个白痴乌费五周之久。

"嗨，穆罕默德。干嘛不给她们瞧瞧你的法棍？姑娘们肯定很想看看货真价实的混血黑法棍长啥样儿。"

"噢，滚开！"穆罕默德自顾把巴腾堡蛋糕码放在一托盘蛋白杏仁饼旁边。

"我还以为你是个真正的情场高手呐。我保证她们从没见过混血黑法棍，见过吗？美女们？你们以前见过混血黑法棍吗？"乌费伸出双手夸张地引荐穆罕默德，就像是在舞台上介绍他出场似的。

穆罕默德火冒三丈。虽然看不见，但他能感到，固定在顶棚上面的摄像镜头正向自己拉近，观众都急不可耐等着看他的反应。每个细节都将通过电视缆线瞬时传进家家户户的客厅里。没反应、没情绪意味着没观众，他清楚这点。参演《农庄》节目一路走来直至杀青使他深谙了游戏规则。他干嘛要应承参与节目制作呢？因为这意味着，整整五周，他可以生活在一种远离真实生活的环境里。这里就像是一个时空泡泡，不必去做任何事，无需承担任何责任，只要做自己以及做出反应就好。让自己的人生一天天被偷噬，结果却一无所获；无需因为没有按照他人的期望去过活而忍受失望的眼神——那是他拼尽全力逃避的东西：父母眼中时刻充斥着的对自己的失望。他们把诸多的期望强加在他身上，学位、学位、学位。这是伴随他整个童年时期的咒语。他的四个姐姐都上了大学：两个是医生，一个是工程师，还有一个跨入了商界。他在家里排行最小，却成了全家人眼中的不肖子。并且，《农庄》或者《塔南舍》都没能提升他在家里的地位，他也没指望能这样。和当医生相比，在电视荧屏上喝得烂醉可不是什么值得一提的事。

"我们要看你的黑法棍，我们要看你的黑法棍。"乌费不停地吵嚷，怂恿边上吃吃发笑的少女们加入鼓噪的行列。穆罕默德怒气上腾，放下手中的活儿朝乌费大步走去。

"我说住嘴，乌费。"西蒙从内里的烘焙间走出来，手里托着一大盘新鲜出炉的面包。乌费不甘心地审视对方，度量是否就此偃旗息鼓。西蒙把托盘递给他："来，让姑娘们尝尝香喷喷的面包。"

乌费犹豫着接过托盘，嘴角抽搐了一下，表明他的手不像西蒙那样惯于端烫手的托盘。然而他别无选择，只得呲牙咧嘴地把它端到女孩们面前。

"你们听见了？乌费先生要请大家吃面包，要不要来个香吻谢谢他啊？"西蒙给穆罕默德使个眼色，后者回报感激的笑容。他喜欢面包店的主人西蒙，从他到这里的第一天起两人便一拍即合。西蒙身上的某些特别之处让他们心有灵犀。

西蒙走回摆满面团的烘焙间，穆罕默德的视线追随着他。

窗外，枝头萌发的绿意唤醒了古斯塔内心强烈的渴望。每簇新芽都在提醒着他对于大伯莎球杆和十八个球洞的承诺。不消多久，便再也没有什么能够阻挡一个男人和高尔夫球杆的约会了。

"第五洞你过关了没有？"一个女人的声音从门口传来。古斯塔讪然，飞快地关掉电脑游戏。该死，有人走过来他通常都能听见。玩游戏时他总是警觉地竖起耳朵，不幸的是有时会分心。

"我……我只是休息一会儿。"古斯塔因为尴尬结结巴巴。他清楚，同事们对于自己的工作能力不再寄以厚望，但是他喜欢汉娜，希望她能信任自己，哪怕暂时也好。

"嗨，别担心。"汉娜笑着坐到他身旁。"我很喜欢打那个高尔夫游戏，我先生拉斯也是，有时不得不争抢电脑。可是第五洞实在太难打了，你成功了没有？没有的话，我可以告诉你诀窍，我可是花了好几个钟头才琢磨出来的。"没等对方回答，她便挪近了自己的座椅。古斯塔简直不敢相信自己的耳朵。

他重新点开游戏，认真地说："从上礼拜开始我就在跟第五洞纠结。使尽浑身解数，球要么左曲，要么右曲，不明白到底是哪里做得不对。""来，我教你。"汉娜说道，从他手中接过鼠标。她娴熟地将球向前击出，调整好角度与力度，一记将球打到果岭上的准确位置，使他下一杆可以完美地击球进洞。"哇哦，原来是这样！多谢！"

"它可不是儿童游戏。"汉娜笑答，一面将座椅退得稍远些。

"你和你先生也打实地高尔夫吗？"古斯塔兴致勃勃地问，"也许我们可以一起打一局。"

"不，不打。"汉娜遗憾地说。

古斯塔深有同感。对他而言，人生最难解的谜题之一，就是没有人能像自己那般热爱高尔夫球运动。

"我们也想打来着，可就是抽不出时间。"她耸耸肩膀。

随着时间分秒流逝，古斯塔越来越喜欢她。不得不承认，他曾经和梅尔贝里一样，听说队里要来个异性同事的时候，不免心存疑虑。然而，汉娜·克鲁斯抹掉了他所有的偏见，她的确是位平易务实的女人。希望梅尔贝里能够看到这点，别让她在局里的日子太难过。

"你先生是做什么的?"古斯塔问："他在这里找到工作了吗?"

"那要看怎么说了。"汉娜捡掉制服衬衫上看不见的细小线头。"能找到一份临时工已经够幸运了，只好边走边看了。"古斯塔不解地抬起眉毛。

汉娜笑道："他是位心理治疗师。是啊，你猜对了。《塔南舍》拍摄期间，他负责为参演人员提供心理咨询服务。"

古斯塔无奈地摇头感慨："唉，有些人兴许是老了，看不出那种场面有什么精彩有趣。在全体瑞典人面前明争暗斗、醉得踉踉跄跄、出尽洋相，并且还是出于自愿。我搞不懂那种东西好在哪里。要我说，我们那个年代的电视节目才好看呐，比方《海兰的角落》和尼尔斯·波佩出演的喜剧，我觉得那种节目才像话。"

"尼尔斯什么?"汉娜问。

古斯塔叹气道："尼尔斯·波佩，他的暑期专辑连播那才叫……"

看到汉娜在笑，他楞住了。

"古斯塔，我知道谁是尼尔斯·波佩，还有林纳特·海兰你不需要垂头丧气的吧。"

"幸亏你知道。"古斯塔长吁短叹，"我忽然间觉得自己成了个老古董，垂垂老矣。"

"古斯塔，你绝对不是什么老古董。"汉娜笑着站起来。"我教了你怎样突破第五洞，接着往下打吧，现在是你的轻松时刻。"

他报以感动的笑容，多么善解人意的女人。

然后他继续尝试征服第六洞。

三杆洞，小意思。

帕特里克和马丁缓步穿过那条马路。距离上次来这里，才过了四天。他们不知道这回将看到什么情况。四天了，克斯汀生活在室友已逝的噩耗里，肯定度日如年。

帕特里克看了眼马丁，按响门铃。两人像是商量过，不约而同地深深喘了口气，内心积聚的压力似乎也随之呼出了一部分。从某种角度来说，去见极度悲恸的人，自己却深感压抑，可以说是一种自私的表现。就连有一些不安都是自私的，因为与痛失挚爱的当事者相比，悲剧对于旁观者而言要容易承受得多。他们的这种局促是基于害怕说错一句话、走错一步，使情况更加糟糕。但是常识告诉他们，无论自己说错或做错什么，都不可能再给已然无法承受的痛苦雪上加霜了。

屋里响起脚步声，门打开了。出乎他们意料，门内站着的不是克斯汀，而是索菲。

"你们好。"她低声说。连日悲痛的痕迹在她脸上清晰可见。她一动没动地站在那里。帕特里克清了清嗓子。

"你好索菲，还记得我们吗？帕特里克·赫德斯特伦和马丁·莫林。"他看了看马丁，又转向索菲。"嗯……克斯汀在家吗？我们想和她谈谈。"

索菲侧身，让两位警官在门厅等候，她自己到屋里去叫克斯汀。"克斯汀，警察来了，他们想和你谈谈。"

克斯汀迈出房门，她的脸同样因为哭泣而泛红。她在离他们几步开外站住，一语不发。帕特里克和马丁都在踌躇，不知如何启齿，提起原打算和她谈的话题。最后，她还是开了口："你们不进来吗？"

他们点点头，脱掉鞋，跟随她走进厨房。索菲也想跟来，但克斯汀本能地意识到她不适合听到他们的对话，因而几乎无法察觉地冲她摇摇头。索菲迟疑了一秒，想要无视对方的驱赶，但还是耸耸肩，走回自己的房间，关上了房门。待会儿她自然会知道所有的事，但是现在，警察只想与克斯汀单独交谈。

三人坐下后，帕特里克直截了当地挑明来意：

"关于马利特的车祸，我们发现了一些……疑点。"

"疑点？"克斯汀看看这个，又看看那个。

"是的。"马丁回答："她身体上的一些……外伤无法用车祸本身来解释。"

"无法解释？"克斯汀问："确定吗？"

"不，我们还不确定。"帕特里克承认。"拿到法医部门的结论报告时我们将会知悉更多。不过目前产生的疑问足以让我们想要和你再谈谈，想知道是否有理由相信，有人企图加害马利特。"

帕特里克看见克斯汀微微颤栗了一下。他察觉，一个念头在她脑中闪过，而她抗拒那个念头。但是他必须刨根问底，无法置之不理。

"如果你知道谁有可能加害她，必须告诉我们。倘若没有其他疑点，我们自会排除那个人的嫌疑。"二人严肃地注视着她，她似乎正在进行心理斗争。于是他们静静地坐着，给她时间整理思绪。

"我们曾经收到过恐吓信。"她缓慢而艰难地吐出几个字。

"恐吓信？"马丁问，想要了解更多。

"是……的。"克斯汀摆弄着左手无名指上的金戒指，"四年来，我们一直都收到恐吓信。"

"信的内容是什么？"

"威胁、污言秽语，针对马利特和我。"

"因为你俩的……"帕特里克不知应该怎样表述。"因为你俩关系的性质?"

"是的。"克斯汀承认。"有些人知道或怀疑我们的关系超越友谊。有人……"她也想了半天才找到合适的词,"被触怒了。"

"是哪种威胁?有多嚣张?"马丁记录下了听到的每一句话。这件事以及其他一些事实都指向一点:马利特的死不像是单纯的交通意外。

"他们非常嚣张。说我们这样的人污秽犯贱,有违伦常。说这种人应该去死。"

"多久收到一次这样的信?"

克斯汀局促不安地转着手指上的戒指,沉吟片刻。"一年大概三四封吧。时多时少,似乎没有任何规律可寻。有人心血来潮的时候就寄上一封,你懂我的意思。"

"你们为什么不报案呢?"马丁抬起头来问。克斯汀不自然地对他一笑。"马利特不想报案。她害怕那样做会把事情搞砸,害怕把事情闹大以后我们的关系会……公诸于众。"

"她不愿意公开此事对吗?"帕特里克问。随即想起两人正是因为此事发生争执,死者才会开车出去。那晚以后,她再也没有回来。

"她不愿意。"克斯汀淡淡地说,"但是我们还保存着那些信,以防万一。"说着,她站起身。

帕特里克和马丁讶然对望,他们甚至没想过要提出这样的请求,这真是超乎意料了。现在,也许可以找到些实证,顺藤摸瓜查出写信的人是谁。

克斯汀回来时手里拎着只塑胶袋,里面装着厚厚的一摞信。她把它们倒在桌上。帕特里克担心,分拣邮递过程中的外力接触,克斯汀与马利特手的接触已对证据造成了一定程度的破坏。他不想再造成新的破坏。于是用笔小心翼翼地拨动这堆信。它们都还带着信封，想到或许能从邮票上提取到寄信人的唾液 DNA，他感到心跳加快。

"我们可以把信带走吗？"马丁问道，同样满怀期待地注视着那堆信。

"可以，拿走吧。"克斯汀疲惫地说，"拿走，然后烧掉这堆狗屎。"

"除了信以外，你们还受到过其他形式的威胁吗？"

克斯汀坐下来，思考了一阵。

"我不太确定。"她说，"有时候，电话铃声响起。我们拿起听筒，对方却一言不发，直到我们挂掉电话。我们曾尝试追踪对方的号码，但回拨时，提示却说那是个随便在哪儿都买得到的手机卡号。所以没法查出是谁拨打了电话。"

"最后一次接到骚扰电话是何时？"马丁专注地持笔，准备记录。

"嗯，我想想。"克斯汀回忆，"大概是……两周以前吧。"她又开始拨弄手上的戒指。

"除了这些还有没有别的情况？有没有什么人有意加害马利特？譬如说，她和前夫的关系如何？"克斯汀没有立刻作答。她往门厅方向瞟了一眼，确定索菲的房门关着，这才说道："开始他常常骚扰我们，实际上持续了很长一段时间，但过去这一年消停些了。"

"具体说来，骚扰你们指的是什么？"帕特里克问，马丁做记录。

"他无法接受马利特离开自己的事实。虽然两人年轻时便走到了一起，但是据马利特说，多年来他俩的关系一直都不好，几乎就没好过。实际上，摊牌说要搬出去的时候她很诧异沃拉会有那么大的反应。沃拉……"她犹豫片刻，接着说道，"沃拉是个彻头彻尾的操控狂。凡事必须井井有条、规规矩矩。马利特离开他的时候秩序被

64

彻底打乱了。最让他懊恼的可能是这点，而不是自己失去了她。"

"动过手吗？"

"那倒谈不上，"克斯汀踌躇地说，又向索菲的房门投去警惕的一瞥。"不过我猜那要看如何定义动手二字了。我不认为他打过她，但知道他曾经好几次拉拽她的胳膊、推搡她，有过诸如此类的举动。"

"那么，他们对于索菲做何安排？"

"最初为了这事闹得很厉害。离婚后，马利特立即搬来和我同住，尽管那时我们的关系还不明确，但他也许有所怀疑，所以坚决反对索菲到这里来住。她来的时候，他会故意搞破坏，比约定时间提早很多就来接她什么的。"

"后来事态平静下来了？"马丁问。

"对，谢天谢地。马利特对这件事情不让寸分。他最终意识到胡搅蛮缠不会有结果。她威胁说要向有关当局申诉什么的，沃拉才偃旗息鼓。但他还是很不高兴索菲来这里住。"

"马利特从没把你俩的关系告诉过他？"

"没有。"克斯汀使劲地摇头，"她固执极了，说这与外人无关。她甚至不愿意告诉索菲。"克斯汀苦笑着，又摇了摇头，但这回态度缓和多了。"然而索菲的聪明超过马利特想象。今天她告诉我，我们全力掩盖真相，却连一刻也没能骗过她。老天，我们把私人用具移出移进，还像中学生那样躲在厨房里偷偷地接吻。"她由衷地笑了。帕特里克惊讶地发现，笑容使她的脸庞柔和了不少。

她随即收起笑容。"不过，我还是很难相信沃拉与马利特的死有任何关联。他们吵得最厉害的那次已经过去好久了。而且，反正……我不知道，只是难以置信。"

"写信打电话来骚扰你们的那个人呢？你完全不知道可能是谁？

马利特有没有提过店里来过举止怪异的顾客，诸如此类的事？"

克斯汀努力回想，然后摇头："没有，我想不起来。不过也许你们的运气会好些。"她冲着那堆信示意。

"是啊，但愿如此。"帕特里克回应，然后把信件扫进袋中，和马丁站起身。

"你确定我们可以带走它们吗？"

"当然可以，我再也不想见到这些该死的信了。"克斯汀随之走至门边，双方握手道别。

"如果发现任何确实的……请务必通知我。"她省略了几个字。

帕特里克点头："好的，一旦知晓更多的情况，我保证会立即联系你。感谢你在这种……艰难时期抽时间与我们交谈。"

她只是点点头，便关上了房门。

帕特里克凝视着手中的袋子："我们今天就用小包裹把它寄到国家犯罪实验室去，怎么样？"

"主意不赖。"马丁回答，迈步往警局方向走去。现在至少知道该从哪里下手了。

"我们对于此次节目寄予了厚望。星期一开播是吗？"

"完全正确。我方已经做好了万全的准备。"弗雷德里克献给厄林一个夸张的微笑。

两人坐在政务厅宽敞的会议室里，圆桌周围摆放着一溜安乐椅。这是厄林上任后着手改变的第一件事情：用时尚漂亮的家具换掉老旧的办公陈设，购进品质与格调兼备的家具。把购物支票悄悄塞进公账完全没问题，办公室永远缺不了家具。弗雷德里克换了个姿势，座椅皮面发出轻微的咯吱声。他接着说道："我们对于目前为止拍摄的画面非常满意。动作部分可能不多，但亦是绝佳的素材——介绍参演人员，定下节目基调，你明白我的意思。随后，我们会让貌似散乱的情节慢慢发展，最终勾勒出整套节目的清晰轮廓。我听说明晚将会举行夜间娱庆活动，这是种很好的开场方式。我了解我的主角们，他们一定会把气氛炒热的。"

"我们期待，《塔南舍》特辑制造的轰动效应，至少要与《奥莫尔》和《特勒布达》不相上下。"厄林喷出一口烟，透过烟雾注视着制片人。"你真的不想来支雪茄吗？"他朝桌上放置的那只盒子侧了一下头。他总是管它叫"雪茄盒"，特地强调重音，细节很重要，只有门外汉才会使用粗陋不堪的纸盒装雪茄，行家手里皆有一只雪茄盒。

弗雷德里克·莱恩摇摇头："不了，谢谢，我还是来支普通香烟吧。"他从衣兜里掏出万宝路，点燃一根，会议桌上方旋即烟雾缭绕。

"我还是要强调，接下来的几周务必要制造轰动效应，这点极为重要。"厄林吞云吐雾地说，"拍摄《奥莫尔》特辑时，《奥莫尔》至少每周一次作为头条出现在媒体上。《特勒布达》也未落其后。我期望我们得到的宣传篇幅至少与之相同。"他弹了下雪茄表示强调。制片人丝毫没有被唬倒。他早习惯了和自以为是的电视台老板打交道，自然不会害怕这个已经风光不再、只能在这个小地方称王称霸的家伙了。

"相信我，肯定会以头条报道。假如开头不得力我们只要造造势就好。相信我，我们非常清楚应该如何激发这群人的热情，他们并没有那么复杂。"他笑了几声。厄林凑趣地附会。

弗雷德里克深入解释道："规则其实简单得要命。我们召集一帮一心想要出名、头脑简单的年轻人，免费供足酒水，在他们周围架起摄像镜头二十四小时不间断地拍摄。他们整夜不睡、吃得也很少，时时刻刻处在压力之下，费尽心思去博取观众的眼球。如果效果不佳，他们会想招儿的：可以去酒吧逛逛、去夜店排头位、肆意拈花惹草，或者收钱为杂志中间页拍写真。相信我，他们会主动制造头条提高收视率。同时，我们拥有适当的工具，帮助他们挖掘潜能。"

"嗯，看来你很清楚自己在做些什么。"厄林倾身，将长长的烟灰弹进烟灰缸。"坦率地说，我对此类节目不怎么感兴趣。假如不是这套节目有特殊吸引我的地方，我才不会看哩。不，我更喜欢过去制作的节目，拿到现在来看它们都是高水准制作。比如《尽享人生》、动作猜谜节目、《哈格·吉格特脱口秀》等等。现在再也找不到像拉什·赫姆韦斯特和哈格·吉格特那样的主持人了。"

弗雷德里克努力克制不去翻白眼。这些老东西总是念叨过去的节目如何如何的好，可你要是真让他们坐下来，看上一集那个什么哈格主持的节目，不出十秒他们就会睡着。一群可鄙的瞌睡虫！然而他只是微笑地看着厄林，像是完全同意他的观点。培植与他的良好合作关系非常重要。

"不过话又说回来，我们自然不愿意任何人受到伤害。"厄林蹙眉忧心地说。在他担任公司高管的那阵子，这个微妙的皱眉动作很好用。操练多次以后它看起来几乎像是发自真心。

"当然不愿意。"制片人同样努力做出关切而担忧的表情。"我们会密切关注主角们的情绪状态。他们在这里期间，我们还特意安排了专业的心理咨询服务。"

"你们请谁来负责这事？"厄林问，放下手中的雪茄烟蒂。

"我们幸运地联系到一位刚搬来塔南舍的心理治疗师。他的太太近来调到了贵地的警察局。他的专业背景很强，我们很高兴能够找到他。他将一周数次为演员们提供心理咨询，有单独交流，也有小组辅导。"

"很好，很好。"厄林频频点头，"我们诚心盼望每个人都平平安安的。"他展露出慈父般的笑脸。

"在这点上我们的意见完全一致。"制片人以笑容回应，但远不是那种慈爱的笑。

卡尔·斯滕菲尔特厌嫌地瞪着餐盘中的残羹剩菜。他手足无措地站着，一手捏着自己的麦克风，一手拎着个盘子："该死，这些东西真他妈恶心。"说话的同时，眼光始终没离开盘子里那些挂满汤汁的土豆、肉块，油腻腻、乱糟糟的一坨。蒂娜从厨房走出来，端着两碟看似精致的菜肴经过他身边。

"嗨，蒂娜，我们什么时候对换？"他瞪着她，懊丧地问。

"依我说，绝对不换。"她迸出一句，用屁股抵开弹簧门。

"妈的，我忍无可忍了！"卡尔喊了一嗓子，把盘子甩进洗涤槽中。身后的说话声吓了他一跳。

"喂，要是摔破了东西得从你的薪水里扣除。"塔南舍杰特维里饭店的主厨冈瑟眼光锐利地看着他。

"丢掉你那愚蠢的想法吧。以为我稀罕这里的高薪么？"卡尔吼叫，"让你知道知道！回到斯德哥尔摩，我一晚上挣的比你一个月的薪水还要多。"他示威似地又拎起一个盘子抛进洗涤槽，盘子碎了。他挑衅地望着冈瑟，企图激怒对方。主厨想要破口大骂，但是扫了眼摄像头又嘟嘟囔囔地走开了，决定去搅拌搅拌炖在热汤锅里的菜。

卡尔冷笑。走到哪儿都一样。塔南舍和斯德哥尔摩的斯图尔普兰并无任何区别。钞票说了算，人人都是金钱的忠实信众。降生在一个由金钱主宰的世界里他也没法子。唯一一次遭遇法则失效是在《岛屿》节目的甄选中。想到这个，一片阴影从他脸上掠过。

到《生存者》栏目试镜时，卡尔的自我期许很高。他习惯了做胜利者，打败一帮蠢笨的土包子自然不成问题。他知道出现在那个节目里的是哪种人。都是些失业者、货栈工人和理发师之流。像他这等人物拿下比赛是顺理成章的事。然而现实犹如当头棒喝：在那个特定环境里，不能掏腰包、不能炫富，别的事情却变得重要起来。当食物告罄、尘土和虱子成了主宰，他忽然间变得什么都不是了。那次的经历深深刺痛了他。在《岛屿》决选中他排名第五，三甲不入。他忽然不得不面对人们不喜欢他的现实。倒不是说在斯德哥尔摩他就是个最受欢迎的人物。但是在那里，至少人们会对他示以一定的尊敬及艳羡。他们喜欢巴结他，因为和他搭伴便可以享受美酒飘香、美女成群的逍遥生活。在《岛屿》里，那个世界似乎遥不可及。某个来自斯莫兰的穷光蛋独占鳌头，某个鲁钝的木匠令众人为之倾倒，因为他是那么的真实、淳朴、随和。白痴！不，《岛屿》是他想要尽快忘却的经历。但是这次不一样。在这里他更像是他自己，倒不是说作为洗碗工，而是有机会显示他是有身份地位的人。他那斯德哥尔摩富人区的口音、梳得溜光顺滑的大背头，以及昂贵的名牌服饰在此间非常打眼。在这里无需半裸身体，像个肮脏的野人那样四处奔跑，卖力展现所谓的"个性"。在这里他可以高人一等。他极不情愿地从托盘里拿过一个脏盘子开始冲洗。他要和制片谈谈，看能否和蒂娜掉换岗位，这种活计与他的高雅形象太不搭调。

仿佛在响应他的想法，蒂娜推开弹簧门走进来。她靠在墙边，蹬掉鞋，点燃一支烟。

"来一根吗？"她递出烟盒。

"好啊。"他也靠在墙边。

"在这里不许抽烟，对吗？"她说，吐出一个烟圈。

"对头。"卡尔也吐出一个烟圈，去追逐她的。

"今晚你有什么节目？"她看着他。

"蹦迪什么的。你去么？"

"去，听上去不错。"她笑着回答："上高中后我就再没去过迪厅。"她一边说话一边活动脚趾。

"没说的，肯定会很酷。整个小镇都属于我们。为了能看我们一眼，人们会蜂拥而来。这不是很酷吗？"

"嗯，我得找弗雷德里克商量商量，让我登台献唱。"

卡尔笑问："你是认真的吗？"蒂娜投来受伤的眼神："你以为我打这种工是为了好玩儿吗？我得倾尽全力逮住这次机会，几个月来我一直在学习演唱课程，自从参演《酒吧》以后，大把的唱片公司对我感兴趣着呢。"

"如此说来，你已经签下唱片合约啰？"卡尔揶揄道，嘬了口烟。

"还没……每次都因为这样那样的原因没谈成。可我的经纪人说只是时机未到而已。必须根据我的形象找准能一炮走红的歌曲。他打算再努力一把，找宾果·莱梅尔商量，让他来拍摄我的宣传照。"

"你？"卡尔干笑。"要说还是芭比胜算更大，你并不具备那种……"他的视线在她身上游移，"那种资本。"

"你什么意思？我的身材和那个该死的婊子比，至少同样热辣。不过是胸部小些而已。"蒂娜把烟蒂扔到地板上，用鞋跟踩灭。

"再说，为了隆胸我正在攒钱呢。"她补充道，不服气地瞅了卡尔一眼。"花上一万几克朗我就可以整成漂亮的 D 罩杯。"

"是喽，祝你好运。"卡尔踩灭烟头。

恰在这时，冈瑟回来了。他的脸本已被升腾的油烟熏红，此刻更是气得通红："你们在这里抽烟？这是禁止的，完全禁止、绝对禁止！"他张牙舞爪地吼叫。蒂娜和卡尔对视一眼，狂笑起来。他真是夸张得可以。两人慢吞吞地返回工作岗位，摄像镜头已经把这一切都捕捉下来。

3

最美好的时候是他们相偎而坐，彼此靠近的时刻。她拿出那本书，轻轻翻动。书页沙沙作响。她身上的香气，挨擦自己面颊的衬衫的柔滑触感令黑暗退避三舍。在那一刻，屋外的一切，可怖的、诱惑的，都变得不再重要。她的声音宛若温柔的波浪，时而扬，时而抑。睏倦的时候，一个人、或是两个人，便把头枕在她的腿上沉沉睡去。睡意袭来前，最后记得的，就是故事，她的声音，书页的响声，和她用手轻抚他俩头发的感觉。

那个故事他们听过许多次，已经烂熟于心。然而每次都像是第一次听。他有时候观察妹妹侧耳聆听的样子。她微张着嘴，聚精会神地凝视书页，头发如瀑披泄在睡袍后面。每晚他都会为她梳理头发，那是他的工作。

听故事的时候，想要到屋外去的强烈欲望立时消失无踪。只剩下一个充斥了恶龙、王子与公主，斑斓奇幻的世界。紧锁的家门不见了，心门也不再禁闭。

他隐隐记得，第一次听这故事自己曾被吓住。但是后来就不怕了。她芬芳温柔的怀抱与柔缓起伏的声线使他不再感到害怕。知道她在保护自己，他不再害怕自己是个不祥之人。

帕特里克和马丁一直待在警局处理其他事情。他们打算过几个小时，等沃拉下班回家后再行拜访。他们本想驱车至其工作地点，但还是决定等到五点钟他在创想公司的工作结束再说。没必要引得他的同事们问这问那。无论如何，还不到那种时候。克斯汀不相信沃拉与匿名信和电话有什么关联。帕特里克却有所保留。必须见到相反的证据，他才能打消这个念头。当天下午，那摞信已被寄往国家犯罪实验室。同时，他也附上申请，追查克斯汀和马利特接到匿名电话期间的来电终端记录。

　　沃拉开门的时候，像是刚洗完澡，只草草穿上了衣服，头发还是湿的。

　　"什么事？"他不耐烦地问。星期一得知前妻的死讯时的悲恸之情此刻踪影全无，至少无法与克斯汀所表现的悲伤相提并论。

　　"我们还想问你几个问题。"

　　"哦，问什么？"仍旧是不耐烦的语气。

　　"关于马利特的死，有几个疑点吸引了我们的注意。"帕特里克直视对方作答。

　　沃拉显然读懂了他目光里的信号，侧身示意二人进屋。

　　"唔，你们来得正好，我正想打电话找你们呢。"

　　"是吗？"帕特里克应道，坐到沙发上。这次沃拉没有把他们领进饭厅，而是来到客厅的组合沙发处。

　　"我想问问能否拿到警方签发的限制令。"沃拉坐到一张宽大的安乐椅上，翘起二郎腿。

　　"限制令？"马丁探询地看看帕特里克，"限制谁？"

　　沃拉双目炯炯："克斯汀，让她远离索菲。"

　　两位警官没有丝毫惊讶之色。

"能问问理由吗？"帕特里克的语气出奇地平静。

"现在索菲没有必要再去见那个……那个……人了！"沃拉激动地说，唾沫飞溅。

沃拉向前探身，手肘抵在腿上："她今天上那里去了。回来吃午饭时，我发现她的背包不见了，于是挨个给她的朋友打电话。她肯定是去见那个……'蕾丝边'去了。你们难道没有办法阻止？索菲回来后，我自然会严肃地和她谈这事。但在法律上一定也有途径防止此类事件发生。对吗？"

"这很困难。"帕特里克答。此刻坚定了自己的怀疑，那么他们打算和沃拉谈的话题就显得无不适当了。

"限制令是一种非常手段，我认为当前情况并不适于采用。"他正视沃拉，后者明显地焦躁不安起来。

"可，可是……"他结巴着说，"我到底该怎么办？索菲十五岁了。她要是抗拒管束，我也不能把她锁在家里。那个可恶的……"他费劲地把咒骂的话咽回去，"她是绝对不肯合作的。马利特在世的时候我是不得已才隐忍了……那一切，但现在还要继续忍气吞声吗？不，办不到！"他一拳砸在咖啡桌的玻璃台面上，帕特里克和马丁被吓了一跳。

"你不认同前妻所选择的生活方式，对吗？"

"选择？生活方式？"沃拉打鼻孔里哼道，"如果不是那个该死的荡妇给马利特洗了脑，所有的事就不会发生。那么，马利特、索菲和我就不会被拆散。马利特不仅毁了自己的家庭，背叛了索菲和我，还让我们沦为笑柄！"他晃着脑袋，仿佛至今无法相信发生的一切。

"你以任何方式表达过不满吗？"帕特里克策略地发问。

沃拉狐疑地看他一眼。"这么问是什么意思？的确，我从不讳言，对于马利特抛弃了家庭我非常不满。然而我绝口不提她离开的原因。你不会想拿这种事情到处去说，说你的太太变成了同性恋，为了个女人抛弃了自己。你绝不会想要吹嘘这种事。"他原想大笑，但是恨意使他的笑声变得刻毒。

"这样说来，你并没有骚扰过你的前妻和克斯汀？"

"我不明白你在说什么？"沃拉眯起眼睛。

"我们在说匿名电话和信，"马丁说，"恐吓信。"

"你们认为我会干那种事？"沃拉瞪大双眼。很难看出他的惊异是真情流露亦或是做戏。"那些东西现在又有何意义可言呢？我是说，马利特的死毕竟纯属意外。"

帕特里克暂时没有搭理对方的话。他不想立马透露他们所知的全部，宁愿步步深入。

"有人给克斯汀和马利特寄匿名信，打匿名电话。"

"没什么值得大惊小怪的，对吗？"沃拉一笑，"那种女人很容易惹人注意。这种事在大城市可能司空见惯，但在这种小地方则不是。"

这个坐在安乐椅上的家伙浑身散发着偏见，让帕特里克几乎窒息。他努力克制冲动，不上前揪住对方的衣领，给他讲讲做人的道理。唯一的好处是沃拉此刻正是泥足深陷，每说一句话，他就陷得越深。

"那么，给她们寄恐吓信、打骚扰电话的人不是你喽？"马丁问，同样难掩脸上的厌恶之情。

"没有。我绝对不会堕落到那种程度。"沃拉无比傲慢地笑了笑。他是如此自负，坚信他和他的家皆一尘不染，规规矩矩。帕特里克不禁渴望撼动一下他那井井有条的世界。

"所以说，你不反对我们取走你的指纹，与犯罪实验室在信封上提取到的指纹加以比对了？"

"指纹？"对方笑意顿失。"我不明白搞这些事情干嘛？"他的脸上分明写着焦虑二字。帕特里克暗自发笑，瞥了眼马丁，察觉搭档也和自己一样。

"请先回答问题。我能否认为你乐意提供自己的指纹，以便警方能将你排除在调查范围以外？"

沃拉坐在皮椅上辗转不宁。他摆弄着玻璃茶几上的物件，眼神游移闪烁。在帕特里克和马丁看来，那些物件摆放整齐如同箭头，但沃拉的意见显然不同。他不停地把它们这样挪挪、那样挪挪，直至它们各归各位，足以镇静他的神经。"好吧。我还是承认好了。"他再次露出笑容，靠回座椅，恢复了适才失去的镇定。"我不妨说出实情。我确实给克斯汀和马利特写过几封信，也打过几通电话。当然，那种行为非常愚蠢。但我的本意是让马利特醒悟到她们的关系无法长久。希望她听从理性的劝说。我们曾经拥有那么美好的生活，完全可以重新开始。只要她丢掉那些愚蠢的想法，不再愚弄自己，还有我。而索菲的处境就更艰难了。想想看，小小年纪就得背负这种污名，一定会让她在学校遭受到排挤。马利特必须看清这点，她们的交往不会有结果。"

"但是四年来她们的感情一直很好，她似乎并不急于回到你身边。"帕特里克尽量面无表情。

"不过是时间早晚问题。"沃拉又伸手摆弄桌上的物件。他忽然转向沙发上的两位警察："可我不明白现在搞这些事情干嘛！马利特虽然走了，但索菲和我唯有摆脱那个人才能开始新的生活，干嘛要横生枝节呢？"

"因为几处疑点表明马利特并非死于车祸。"

震惊带来的死寂充斥着狭小的客厅。

沃拉瞠目望着他们："并非死于车祸？"他的眼光从帕特里克转

向马丁。"这是什么意思？难道说有人……"他说不下去了。如果说这份诧异不是发自内心，那就是他的演技太好了。帕特里克极想知道，在这一刻，沃拉的脑子里在想些什么。

"我们认为她的死可能与人为因素有关。掌握更多的线索需要时间，但是目前，你……是警方怀疑的重点嫌疑人。"

"我？"沃拉不敢相信。"我绝不会加害马利特！我爱她！我只是希望我们可以破镜重圆！"

"这份伟大的爱促使你恐吓她和她的女朋友？"帕特里克的声音充满讽刺意味。

听到"女朋友"这个词，沃拉的脸痛苦地扭曲了。

"可她就是无法理解我的爱。她肯定是遭遇什么中年危机了。不惑之年，内分泌紊乱，影响了思维判断能力。她常常摔东西一定也是这个原因。我们在一起二十年了。你们能体会吗？十六岁那年我俩在挪威相遇。原以为可以厮守一生。年轻的时候我们经历了那么多……"他顿了顿，"那么多坎坷，终于拥有了两个人想要的一切，然而后来……"沃拉不觉提高了嗓门。他摊开双手，表示自己仍然无法理解四年前究竟是什么毁掉了那段婚姻。

"上周日晚上你在哪儿？"帕特里克冷峻地看他一眼，静待回答。

沃拉用难以置信的眼神和他对视："在向我要不在场证明吗？你们真的要这样吗？上周日晚上该死的不在场证明？你们真是这个意思？"

"是的，完全正确。"帕特里克平静地回答。

沃拉几近崩溃，但他竭力克制住自己："我整晚都待在家里，独自一人，索菲那晚去了朋友家过夜，所以没人能证明这点。但是的确如此。"他眼神傲慢。

"你没有跟谁通过电话？或是碰到过某位邻居？"马丁问。

"没有。"沃拉说。

"听起来不妙啊。"帕特里克抛出一句。"也就是说，只要马利特的死因一天没有查明，你就难以洗脱嫌疑。"

沃拉苦笑。"是啊，警察没有头绪，所以上这里来找我要不在场证明。"他摇头道，"我认为你俩都是他妈的疯子。"他站起身来："你们现在可以走了。"

帕特里克和马丁也站起身。"我们问完了，必要时还会再来。"

沃拉再次冷笑："当然会。"他走进厨房，没有说再见。

两位警官走出屋子，关上身后的门，又站了会儿。"你怎么想?"马丁问，把外套拉链一直拉到下巴。春寒料峭，风依然冰冷刺骨。

"我不知道。"帕特里克叹息道，"如果能够将本案定性为谋杀案，事情会好办得多。然而现在……"说着，他又叹了口气，"但愿我能想起这一幕为何似曾相识，有些事……"他没有往下说，表情冷峻地摇头。

"不，我想不出是什么。技术人员或许能从车子内部有所发现。"

"但愿如此。"马丁回应。

两人朝警车走去。"知道吗? 我想走路回家。"帕特里克说。

"那你明天怎么上班?"

"我会想法子的。可以让艾丽卡用安娜的车载我一程。"

"呃，那好吧。"马丁说，"我把车开回家。皮亚不舒服，今晚我得回去哄哄她。"

"希望没什么大碍。"帕特里克说道。

"没有，只是最近她的情绪不太好，老是想吐。"

"该不会是……"帕特里克开个头，瞅了眼马丁又打住了。好吧，现在还不到问那个问题的时候。他笑着冲马丁挥挥手，后者已坐进警车。

回家真好。

"帕特里克昨天回家以后心事很重。"安娜瞥了眼正在专心开车的艾丽卡。

艾丽卡叹口气："是啊，他心烦意乱。早上载他去上班时我想跟他讲讲话，但他还是闷闷的。以前我也见过那种表情。他正为了某些事情犯愁，工作上的事让他忧心忡忡。我能做的就是给他时间，迟早他会开口讲话的。"

"男人呐。"安娜说，一道阴影从她的脸庞掠过。艾丽卡察觉到妹妹的表情变化，霎时感到一阵紧张。她整天担惊受怕，唯恐安娜会再度陷入冷漠，再次失去已刚被唤醒的对人生的热情。此刻，安娜奋力驱赶那段不堪回首的往事。回忆正不断地犯境，想要侵入她的思想。

"跟那起车祸有关系吗？"她问。

"我认为有。"艾丽卡回答，同时小心翼翼地观察前方，驶入位于托普的环岛区域。"他说案件出现了自相矛盾的地方。他们正在深入调查。还说那起车祸让自己联想到了一些事。"

"什么事？"安娜问。"一起车祸能让他联想到什么？"

"不知道，反正他是这么说的。说打算今天想办法把它弄个水落石出。"

"我猜你还没有找到机会给他看那张清单。"

艾丽卡笑答："没有。他的情绪这么低落，我不忍心拿给他看。周末再找个机会跟他提吧。"

"好的。"安娜说。她自告奋勇地承担起了筹备策划这次婚礼的重任。"最重要的一件事，你得跟他商量婚礼的服装问题。我们今天过去看看，你可以替他先火力侦察一遍。不过，不能亲自试穿终究是个问题。”

“帕特里克穿什么问题倒不大，我更担心我自己。”艾丽卡沮丧地说，“婚纱店里不知道有没有加大码的婚纱卖啊？”她把车拐进坎培霍夫的停车场，解开安全带。安娜也除下安全带，转过身来对艾丽卡说：

“别担心，到时你会美若天仙。问题一定会解决的，还有六个星期，你来得及做许多事。一切都会迎刃而解的。”

“看了再说吧，”艾丽卡说道，“做好心理准备。这可不好玩儿。”她锁好车门，用婴儿手推车推着玛雅，沿购物街方向走去。婚纱店位于靠近十字路口的一条小街上。她事先打过电话，确定他们今天正常营业。

“到目前为止，大家感觉都还好吗？”拉斯挨个儿打量着众人。无人回应。大部分人都低头凝视着自己的鞋。除了芭比，她正专注地望着他。

“谁愿意先说？”他向众人投去鼓励的眼神。至少，有些人已经抬起头来。穆罕默德轻描淡写地说了句：“还行。”

“能说得具体一些吗？”拉斯语气柔和，带着点儿诱导的口吻。

“呃，我是说，到现在为止感觉很好。工作进展顺利……”穆罕默德语塞。

“其他人对被指定的工作岗位都还满意吗？”

“工作岗位？”卡尔嗤之以鼻，“成天站在那里洗盘子而已。今天下午我会找弗雷德里克说说，这件事必须有所变化。”他意味深长地瞟了眼蒂娜。后者直瞪着他。

“你呢，乔娜？这一周感觉还好吗？”

乔娜是唯一还在对自己的鞋感兴趣的人。她咕哝了一声，没有抬头。众人围坐在社区活动中心的那间大屋子的中央。此刻他们都探着脖子，想要听清她在说什么。

"抱歉乔娜，我们听不到。可以再说一次吗？另外，希望你可以看着我们的眼睛说话，以示礼貌。否则感觉不够尊重，那是你的本意吗？乔娜？"

"说得对。是吗？"乌费插话，踹她的脚。"你瞧不起我们还是怎么着？"

"乌费，你的话可不太友善。"拉斯警告他，"我们聚在这里，是想营造一个安全友善的氛围，让大家随心所欲地畅谈自己的经历和感受。"

"你的措词对于乌费而言可能太深奥了，"蒂娜嘲讽，"你得说得简单些他才听得懂。"

"婊子。"乌费怒视对方骂出一句。

"我刚才说的正是这个问题，"拉斯的语气变得更加严肃，"像这样互相指责毫无意义。各位眼下正身处于一种考验情绪耐力的极端环境中。而小组辅导是以健康途径纾解压力的良机。"他环视众人，强调自己的意见。有些人点点头。芭比举起手。

"好的。利勒莫尔？"她放下手。

"首先，我的名字不再是利勒莫尔，而是芭比。"她绷起脸，但很快重现笑意："我只是想说这种辅导形式太棒了！大家有机会坐在一起、直抒胸臆。《老大哥》从没搞过这种活动。"

"去你的吧，"乌费歪斜身子靠在椅子上，瞪着芭比。她的笑容消失了，垂下眼帘。

"我觉得她说得很好。"拉斯鼓励地说，"除了小组辅导之外，大家还将得到机会进行单独辅导。我想小组部分就进行到这里吧。芭比……你和我可以开始一对一辅导了。好吗？"

芭比抬起头，再次展露笑容。"好的，我很乐意。有许多话想要倾诉。"

"那么，好的。"拉斯还以笑容，"我建议，我们到后面的房间去谈，以防干扰。然后我会按照座位顺序挨个与你们交流。芭比之后是蒂娜，然后是乌费，以此类推。可以吗?"无人应声。拉斯将这视为一种默认。

芭比和拉斯一关上身后的房门，外面的人立即开始七嘴八舌。除了乔娜，她像往常一样选择沉默。

"真他妈的扯淡。"乌费大放厥词，拍了下膝盖。

穆罕默德不满地看他一眼。"你是什么意思? 我认为这点子不错。出演这种节目一两周后心情糟糕得无以复加，那种滋味你不是没尝过。剧组终于开始为演员着想了，我认为很好。他们希望我们身心平衡。"

"'他们希望我们身心平衡'，"乌费尖声尖气地学他讲话，"穆罕默德，你是个娘娘腔知道吗? 你应该出演那种健康类电视节目，穿着紧身衣坐在那里练他妈的什么瑜珈。"

"别理他，他是个蠢材。"蒂娜瞪着乌费说。于是他转而把矛头对准了她。

"你这头该死的母牛在说些什么鬼话? 你觉得自己聪明得很，对不对? 整天吹嘘自己成绩多好，懂得多少大道理，自以为比我们所有的人都强。现在你还以为自己也能当个流行巨星。"他的笑声充满轻蔑，同时他环顾左右寻求支持。无人响应，但也无人反对。他继续聒噪："天分……你真的相信那种鬼话? 你不过是丢光所有人包括你自己的脸。我听说，你还跑去求他们，让自己今晚他妈的登台献唱。我等着看观众怎么拿烂番茄砸你。我一定会站在前排去砸。"

"乌费，你现在最好住嘴。"穆罕默德斜睨着他，"你是个蠢笨、恶心的家伙。你不过是在嫉妒蒂娜，因为她拥有歌唱天分。而你自己却一无所有，只能在现场秀里当个白痴。这份短命的工作结束后，你只能回到货仓，整天搬运该死的箱子。"

乌费干巴巴地笑了笑，但这次声音有些紧张。穆罕默德一针见血道出了真相，使乌费心头涌起几分不自在。但他驱散了这种情绪。

"信不信由你。今晚尽管自己去听好了，镇上的乡巴佬肯定会傻笑着喝倒彩的。"

"知道吗？乌费，我恨你。"蒂娜眼含泪水独自离开，镜头尾随着她。她跑着想要逃开，却无从遁形，它们饥渴的眼睛无处不在。

帕特里克无法集中精神做别的事，满脑子想的都是那起车祸。如果能想起这案子为何如此似曾相识，该有多好。他取出装有所有案件调查材料的文件夹，坐下来再次从头到尾地翻阅。他已记不清这样查阅了多少次。他还是老习惯，每次专心思考，嘴里都会念念有辞。

"嘴唇边留有淤痕，血液酒精浓度奇高。但是据亲属说，她从不喝酒，真是奇了怪了。"他用手指一行行地在验尸报告上划过，寻找之前阅读时可能疏漏的地方，但是一无所获。帕特里克拿起电话，凭记忆拨通了一个号码。

"你好，佩德森。我是塔南舍警局的帕特里克·赫德斯特伦。我正在研究那份验尸报告。你可否抽出五分钟时间和我再谈谈？"

佩德森同意了。帕特里克继续说道："嘴唇边的淤痕这点，能说说它们的形成时间吗？好的。"他边听边在页边空白处记下答案。

"还有酒精浓度。能说说她当时喝完那瓶酒花了多长时间吗？不，不是指具体的时间点。当然也需要那个信息。我指的是，她是坐着慢慢喝完还是一口气灌下去……对对，就是这个意思。"他仔细聆听，飞快地做着笔记。"有意思，很有意思。尸检过程中你有没有发现其他可疑的地方？"帕特里克一直在听，有一阵子没有动笔做记录。他发现自己太用力地凑近听筒，耳朵被压得生疼，于是放松了一点。

"嘴唇边留有胶带残余物？毋庸置疑，这个信息非常重要。但你还可以告诉我什么别的情况么？"再没有得到什么有价值的答案。他无奈地叹口气，捏揉着鼻梁。"好吧，只好这样了。"帕特里克不甘心地挂掉电话。他原本期望得到更多信息的。他又拿出车祸现场拍摄的相片研究起来，寻找着一丝一毫能够激发自己记忆力的东西。最令人懊恼的是，他并没有十足把握确定自己的直觉是正确的。也许那纯属自己的想象，也许是某种奇怪的似曾相识的感觉。也许那只是以前看过的电视或电影里的某个场景，或者不知从哪里听来的只言片语留下的印象，现在竟使他搜肠刮肚，试图找寻某个本就不存在的线索。然而，正当他心灰意冷地把材料扔向一边时，一个念头突然触动了他的大脑神经。他凑近去看手里握着的那张照片，霎时被胜利的喜悦淹没。或许，自己的直觉并非毫不沾边。或许，在他记忆深处的某个阴暗角落里的确潜藏着某些不同寻常的东西。

他一步跨出房门，该去档案室找找看了。

芭比没精打采地守着传送带上滑过的货箱，扫描货号。泪水涌上眼眶，她倔强地眨眨眼掩饰住。她才不愿像个傻瓜似的坐在这里哭。

早上的那番深谈让她心头五味杂陈。太多的话淤积心底太久，如今又翻腾出来。她望着坐在前方收银台的乔娜，感到有些嫉妒。并非羡慕她的阴郁和自虐行为，用刀子划伤自己的身体那种事芭比永远也做不到。她羡慕的，是乔娜对于周遭人的想法全然无所谓的那种劲头。而对芭比来说，最重要的莫过于拥有光鲜亮丽的外表和展现魅力了。她也遇到过难关。那份可恶的花边晚报挖出旧照，企图证明她并非天生丽质。还是个学生妹的时候，她身材矮小，骨瘦如柴，戴着一副硕大的牙箍，胸部几乎完全没有发育，并且还是满头褐发。照片被当做头版头条刊登令她懊丧不已。不过她的想法与众人所想的不同。她并不担心人们知道自己染过发、隆过胸。她还没有愚蠢到那种地步。真正让她感到伤心的，是自己失去了旧日充满着自信与快乐的笑容。旧时，她喜欢自己，有安全感，十分满意自己的生活。然而，自从爸爸逝去的那天起，一切都变了。

她与爸爸感情甚笃。儿时，妈妈因为癌症早逝。他却父兼母职，努力让女儿得到最完整的爱。她从未感到自己缺少过什么。她知道，妈妈刚过世、自己还在襁褓中那阵，家里发生了最坏的事。一时流言四起，纷扰不断。她后来听说了那一切。可是爸爸已经付出了代价，从错误中汲取了教训，不断努力为自己和女儿营造着美好的生活，直至十月里的那一天。

一切发生时感觉是那么的不真实。刹那之间，她的整个人生被连根拔起，席卷一空。

没有别的家人或是亲戚可以投靠，于是被扔进一个由众多寄养家庭构成的暂住环境。从坎坷中学到的知识是她宁愿自己从不了解的。从前的自信消失了。朋友无法理解，那些事何以能让她发生如此大的改变。那天以后，她的心里少了些什么，再也无法回到从前。有一阵子，朋友们曾经试着开解她，但最后也只能任其在宿命中随波逐流。从那时起，她迫不及待地想在高年级的男生和狂放不羁的女生群里得到认同，再不想做个平淡无奇的假小子了。利勒莫尔这个名字也不再适合她。所以，她开始尽一切所能改头换面。在某个过客男友家的浴室里，她把头发染成了金色，并且淘汰掉老气横秋的衣裳换上新装：紧身的，超短的，性感的。她找到了能让自己脱离苦海的筹码：性感。它能博取关注的目光，带来物质享受，还能让自己鹤立鸡群。一位非常有钱的男友为她支付了隆胸费用。她本不想隆得这么大，但他是买单的人，他说了算。他想要 E 罩杯，便得偿所愿。整形完毕后，就只剩下包装问题了。赞助隆胸的男友之后的那位男友唤她"小芭比娃娃"，解决了她的名字问题。此后，她需要做的就是寻求一个展现崭新自我的最佳平台。刚出道时，她当过一段时间的模特，要么衣着暴露，要么一丝不挂。《老大哥》是她的转折点。随着节目的播出，她成了炙手可热的明星。所有的瑞典人都能从自家客厅里一清二楚地看到她的性生活，而她自己却丝毫不以为然。谁会在意呢？没有家人，没人会痛斥自己败坏门风。在这世界上，她是孤零零的一人。

她通常能够做到不去顾及现在这个芭比内心潜藏的感受，把原来的利勒莫尔深深压抑在潜意识的最底层，仿佛那个女孩从来就不存在一样。她同样抗拒着关于父亲的回忆。想要生存下去就决不能让自己想起他来，那熟悉的笑声，他用手抚摸自己脸颊的感觉，都与现在的生活水火不容。想起那些，会令自己伤心欲绝。然而，今天早上与那位心理治疗师的对话却触及了她内心深处那根不听话地时时震颤的弦。不过自己似乎并不是唯一作此反应的人。所有的人一个接一个地走进后面的小房间，坐在椅子上，面对着那个人，出来以后都情绪不高。有时候，她感到自己成了众矢之的，时而隐隐约约觉察其他人对自己投来恨意的目光。但每一次，当她转过头，细究这些感觉从何而来时，那一刻却已稍纵即逝。

同时，还有些事搅得她心神不宁。作为利勒莫尔的她试图凝神去想，而芭比却极力抗拒。有些东西她要死死埋在心底，无法轻易任之逃逸到现实层面。

在她面前的收银台处，各种货品排着队在传送带上滑动，无止无休。

无论何时，翻查堆积如山的档案都是一项枯燥艰苦的工作。

什么东西都不在它该在的地方。帕特里克盘腿坐在地板上，周围摆满了档案箱。他清楚自己要找的资料属于哪个类别。有一刻，他天真地以为能在贴有"研修记录"标签的箱子里轻而易举地找到它们，然而运气不佳。楼梯上响起脚步声。他抬起头，是马丁。

"嗨，安妮卡说看见你下楼往这里来了，在干嘛呢？"马丁好奇地注视着帕特里克周围摆的一溜箱子。"我正在找几年前我在霍姆斯塔德开会时做的记录。你会以为为它们应该是分门别类有序存放的吧？才不是呢，某个笨蛋把所有的东西都弄乱了，全都不对。"他将又一叠文件扔进箱中，这也是放错了地方的。

"是啊，安妮卡为此数落过好久，说我们把这里的文件弄得乱七八糟的，说她是按照正确位置归档的。但是，显然它们都自己长了脚。"

"真搞不懂，这些人怎么就不能看完后把东西放回原位呢？我记得，我把装有那份记录的文件袋放进了这个箱子。"他指着贴有"研修记录"标签的箱子说道，"但现在却找不到了。所以问题在于，它们到底会在哪个该死的箱子里？'失踪人员记录'、'已结案'、'未结案'，等等等等，猜得到才怪呢。"他朝这间塞得满满当当、箱子堆至天花板的底层斗室挥下手。

"最让我惊讶的是你已经为会议记录存了档。我那份还不知夹在办公室的哪堆文件里呢。"

"啊哈。恐怕我也应该和你一样才好，可是我当时还天真地以为别人可能会用得上呢。"帕特里克唉声叹气地拿过另一摞文件翻看起来。

马丁坐到他旁边，开始翻找另一只箱里的文件。"我来帮你，这样快些。找哪份？是什么会的记录？还有，找它干嘛？"

帕特里克埋着头回答，"就是二零零二年在霍姆斯塔德的一个会，如果我没记错的话。它谈到一些存有疑点、悬而未决的棘手案子。"

"哦？"马丁应道，还在等待下文。

"等找到那份记录再慢慢说吧。现在我只有个模糊的概念。我得唤醒自己的记忆，才能知道该说些什么。"

"好的。"马丁说。尽管仍然感到好奇，但他了解帕特里克，施加压力不会有结果。

帕特里克忽然抬起头，狡黠地一笑："想要知道的话，除非你告诉我……"

"告诉你什么？"马丁茫然地问，但很快从搭档的笑意里猜出了他的意思，笑答："好啊，说定了。不过你先说我才说。"徒劳地寻找了一个小时后，帕特里克突然大喊一声。

"在这里！"他从一只塑料文件袋中抽出几页文件。

马丁认识帕特里克的笔迹，想要倒着读出上面的字，不过失败了，只得沮丧地干等着。帕特里克快速浏览着会议笔记。读完三页后，他的食指突然停在页面中间的位置上，深深蹙眉。马丁催促他读快些。漫长的等待过后帕特里克抬起头来，脸上带着胜利的表情。

"好了，先说你的秘密。"他说道。

"算了吧。我好奇得都快死掉了。"马丁笑着去抢帕特里克手中的文件。但他早有防备，飞快地闪开，把文件高高举起："休想。你先说，我再说。"

马丁投降地叹气："知道吗？你捉弄起人来还真有一套。好吧好吧，你猜中了。皮亚和我就要有孩子了，十一月底生。"他竖起食指警告："可你不许告诉任何人！现在才第八周，第十二周以前我们都希望能够保密。"帕特里克扬起双手，拿在右手的文件瑟瑟作响。"我保证会把严口风的。但是看在上帝的份上，恭喜你们！"

马丁的嘴角咧到了耳根。他一直渴望着散布这个好消息，好几次他都差一点就告诉帕特里克了。皮亚却希望等到安全度过头三个月的关键时期再说。现在终于可以说出这个消息，真叫人舒心。

"好，现在你知道了。告诉我吧，咱俩坐在这里灰头土脸地找了一个钟头，到底是为什么？"

帕特里克收敛笑容，把资料递给马丁，指出那段内容的所在位置，静静等待。片刻后马丁惊讶地抬起头。

"现在，马利特之死确系谋杀，这点毫无疑问了。"帕特里克说。

"同意。"

此刻，一个疑问得到了解答。然而，更多的疑问又接踵而至。摆在两人面前的是无比艰巨复杂的工作。

他猛力摔打平底锅，乒吟乓啷的声音一直传到店堂。穆罕默德把头探进位于店铺后身的厨房。

"你究竟想干嘛？想拆掉这间店还是怎的？"

"滚远点儿！"乌费又拿平底锅撒气。

"抱歉。"穆罕默德举手作投降状。"你今天吃错药了吧？"

乌费没作声，摞起平底锅坐下来。他烦透了做这些事。《塔南舍》没能满足他的愿望，至少目前为止是如此。直到现在他才知道，这回他真的不得不干活了。这太够呛了。打从出生到现在，他还是头一次不得不老老实实地上一天班。一直以来，他都靠着入室偷窃、偶尔打劫这类勾当，过着一份游手好闲的生活。那种生活并不富裕，因为除了小偷小摸，他从来不敢做别的坏事；尽管如此，他从中取得的收益却足以维持生计，无需辛苦做工。而今自己却落到了这步田地。拍《岛屿》时都没这么累人，当时他可以整天四处晃悠，晒太阳，跟其他演员神侃胡侃。偶尔会有挑战，但余下的时光都很轻松。诚然，他被饿得很惨，不过饿肚子对他造成的困扰并不像事先想的那么严重。

《塔南舍》的其他参演人员也让他大为失望。一群白痴。穆罕默德是个愚蠢的窝囊废，在面包店里心甘情愿地干得像个奴隶。卡尔，他之所以出演这个节目，不过是想在夜店场面中继续称王称霸。蒂娜是那么的狂妄自大、目中无人，令他的拳头直发痒。还有乔娜，真是个没用的废物。他就是搞不懂，怎么会有人拿着刀子搞什么他妈的自虐。最后一个不得不提的，芭比。乌费的脸上阴云密布。他有些话要跟那个人尽可夫的婊子说。假如芭比自以为可以为所欲为还不受惩罚，那她就大错特错了。今早听到的消息让他下定决心要和那个隆胸波霸谈谈。"乌费，你今天到底还打不打算干活了？"西蒙严厉地看着他。乌费叹了口气，从椅子上站起，冲着墙上的摄像头做了个鬼脸，走到店堂，他得勉为其难干点活儿。不过今晚……今晚，他得找芭比好好谈谈。

络绎不绝的人流开始朝着社区活动中心涌来。狂欢派对将在这里举行。演员们的床都被搬了出来，各人的私人物品也只得自行锁好。因为还没到进场时间，队伍越排越长，一直延伸至停车场。姑娘们被冻得受不住，连蹦带跳。凛冽的春风一阵猛过一阵，她们开始后悔换上了最短的裙子和低胸上装。所有人脸上都挂着急切期盼的表情。塔南舍已经好久没有搞过这么热闹的节目了。年轻人从小镇各处蜂拥而至，有些甚至是从边远的斯特伦斯塔德和乌德瓦拉跑来的。他们急不可耐地注视着那扇即将打开的大门。里面有自己的英雄，自己的偶像。他们成功地得到了人人梦寐以求的东西：成为明星，与其他名人一起受邀出席派对，在电视屏幕上抛头露脸。今晚，镇上的某个人兴许也能捉住一星半点成名的机会，以特异的举动吸引镜头的注意。就像是《特勒布达》里的那个女孩儿，搭上《酒吧》里的安德里亚斯后，她立马出演了好几集节目。想想看，能那样一圆明星梦该有多好。女孩们紧张地揪扯着衣服，从手袋里掏出唇彩，再为自己补一层妆。她们用手指梳顺头发，喷洒发胶，从小镜子里检视成果，忐忑的心情可见一斑。

弗雷德里克·莱恩望着窗外长长的人龙笑道："看呀，孩子们。聚集的人数超过预计了。今晚大家得使出浑身解数才行，听懂了吗？要不遗余力。饮酒作乐，想干嘛就干嘛。"他眯起眼睛，"只是必须当着镜头做这些。我不想听到有谁溜到外面去寻欢作乐，电视台会以此为由告他违约。"

"靠，你的口气就像个醉鬼。"卡尔评论。其他人齐声笑着应和，唯有乔娜没有附和这群串酒吧的家伙。

弗雷德里克露出笑意，但眼神却无比严肃。"我不想多说，但是我很清楚大家来到此地的目的，那就是——娱乐大众。各位所以能够脱颖而出是因为你们擅于炒热气氛，这也是你们来这里的任务。千万别忘了，我们不惜砸下重金制作现场秀，可不单单是供你们六个人找乐子、享用免费酒水、提高知名度的，你们是来工作的。"

"那乔娜来这里是干吗的？"乌费边笑边环视众人，争取支持。"她连老年之家也娱乐不了。"他尖利刻薄的笑声对于大家而言再熟悉不过了，但是乔娜都没有正眼瞧他，自顾埋头凝视自己的膝盖。

"在十四至十九岁的女性观众群体中，乔娜非常受欢迎。她们当中有许多人都很认同她。所以我们希望她参与其中。"话虽如此，弗雷德里克不禁暗暗赞同乌费的观点。这个女孩就像是个社交黑洞，真他妈的压抑沉闷。让她参与进来的决定有违他的个人意愿，不过除了接受之外，他也没辙。

"好，诸位都明白今晚的重点了，对吗？狂欢、狂欢、狂欢！"他强调，手指着布置妥当的酒桌。"另外，蒂娜献唱时大家都要支持她。对不对？"他瞪住乌费。后者打鼻子里哼了一声。"啊哈，无所谓，那么现在可以开喝了吗？"

"别客气。"弗雷德里克咧开嘴，牙齿闪闪发亮。"让好戏开演吧！"他高举双手，竖起拇指。

他的鼓噪赢得了一片稀稀拉拉的低声响应。随后他们扑向酒桌。门外排起的长龙开始缓缓进入大厅。

帕特里克到家时安娜正在准备晚饭。艾丽卡和孩子们坐在客厅里观看国家一频道的儿童节目。每回比约恩出场玛雅都乐得手舞足蹈，埃玛和阿德里安则看得入了神。艾丽卡的肚子饿得直叫唤，如饥似渴地吸着厨房里飘出的泰式饭菜的香味。安娜说要做出既美味又健康的食物。从香味看来，她的确没有违背自己许下的承诺。

"嗨，亲爱的。"帕特里克进屋时艾丽卡笑着说。他神情疲惫，细看身上还有点脏。"你今天干什么来着？看上去灰头土脸的……"她指着他的衬衣说。

帕特里克低头看眼身上的脏衣服，叹着气解开衬衫纽扣。"我到底层的档案室找东西去了，全是灰。先上去洗个澡把衣服换了，回头再告诉你。"

艾丽卡看着他上楼梯走进卧室。然后她走到厨房去找安娜。

"是帕特里克回来了吗？我听见开门的声音。"安娜专心地盯着灶上的锅，没有抬头。"是他，他上楼洗澡换衣服去了。看来今天的工作很辛苦。"

安娜抬起头。"能帮我把餐具摆好吗？他下来时就可以吃饭了。"

时间掐得刚刚好。帕特里克走下楼梯，头发湿漉漉的，换了身干净衣裳。这时安娜正好把硕大的炖锅端上桌。

"嗳，闻起来真香。"他说，冲安娜笑了笑。自从她走出心里的阴霾，家里的气氛和过去大不相同了。

"这是用清淡的椰汁烩出的泰式咖喱煲，配餐是米饭和炒蔬菜。"

"怎么会突发奇想做起减肥餐来了？"帕特里克有所保留，不确信这锅东西吃起来会像闻起来一样美味。

"你未来的新娘子说，她非常希望能和你以最佳的体态步上红毯。所以从现在起就要严格执行塑身计划。"

"嗯，你说得很有道理。"帕特里克说。"孩子们呢？不和我们一起吃吗？"

"不了，他们在客厅里玩呐。"安娜回答。"我们正好趁此机会清静清静。"

"那玛雅呢？她能照顾自己么？"

艾丽卡笑了起来，说："她自己玩会儿没问题。还有，相信我，玛雅要是闯了祸，埃玛会第一个报告的。"

恰在此时，客厅传来尖叫声。"艾丽卡——玛雅在乱碰电视机！"

帕特里克笑着起身。"我去看看，你俩坐着慢慢吃。"

两人听见他在管教玛雅，事后没有忘记给她一个吻，大孩子们也得到了一个亲吻。坐回饭桌时，他的脸色显得更加轻松了。

"究竟是什么事把你累了一整天？"帕特里克简单地向她们讲述了事情的前前后后。两人都听得入了神，放下餐叉，直视着他。艾丽卡首先开口：

"你认为这中间存在什么联系？下一步你们打算怎么做？"

帕特里克咀嚼过后回答，"马丁和我一下午都在打电话到处搜罗资料。星期一我们想要搞个水落石出。"

"你这个周末有空是吗？"艾丽卡欢欣鼓舞。帕特里克几乎每个周末都在工作。

"是啊，真不容易。反正礼拜一才找得到我要找的人。所以说本周末鄙人任凭你俩差遣了，姑娘们。"他由衷地笑。艾丽卡也不禁莞尔。时间过得好快。两人相恋的情节就像是发生在昨天的事。

她听见女儿在客厅里叽里咕噜的儿语。这次轮到安娜前去照看。艾丽卡终于可以再度享受属于自己的生活了。

梅尔贝里迟到了十分钟。当他匆匆赶到饭店，罗斯玛丽已经就坐了。

"到这里来用餐真是种享受。以前我从没来过。"

"它是间一流的餐厅，我对你保证。"

"是的，环境陈设也很华丽考究。"

她的目光流连在菜单中的各色佳肴上。梅尔贝里也在研究菜单，看见定价时他的心里直打鼓。但是，当他与罗斯玛丽在菜单上方四目相对时，内心的焦虑霎时减退。

她转脸望向窗外的社区活动中心："听说今晚要在那里举办狂欢庆祝活动。"

"对，是那帮现场秀演员。我们通常不用负责这类活动的安保任务。这片地区的娱庆节目都是由斯特伦斯塔德的同僚负责的。除此之外，他们还得处理其间发生的醉酒滋事等等破坏性事件。"

"会出事吗？你今晚真的可以脱岗吗？"罗斯玛丽露出担忧的表情。

梅尔贝里的骄傲自负心理膨胀得更厉害了。能在美丽的女伴面

94

前充当大人物，感觉非常之好。自打被粗鲁无礼地调派到塔南舍之后，这种情况便极少发生。出于某种原因，此地的人无从了解他真正的价值所在。

"我派了两名警官过去巡察秩序，"他说，"所以我们可以清清静静地共进晚餐。好的警长深谙调兵遣将之道，鄙人承认自己在这方面颇有才能。"

罗斯玛丽脸上的笑容证明，她毫不怀疑他是位出类拔萃的警长。所有迹象都表明，这会是一个非常愉快的夜晚。

梅尔贝里再次朝社区活动中心方向望去，随即又抛开了一切杂念。马丁和汉娜自会尽责巡察的。眼前的良辰美景不容错过。

上台前，蒂娜把自己知道的那几项开嗓都练了一遍。当然，她可以假唱。只要手握麦克风把口型对上就行。然而难保不出岔子。那次在厄勒布鲁，光碟在播放过程中突然卡住。因为排演做不到位，她只得口齿不清地低声唱完了整首歌曲。再不能出那种状况了。

她心里明白，其他人都在背后嘲笑自己。如果说她对此完全无所谓，那只是自欺欺人。再者，她也没有退路，只能走上舞台向众人展现自己的实力。这是自己歌唱道路上的重大机遇。还是小女孩儿时，她就一心梦想着成为歌星。她会好几个小时站在镜子面前，手里攥着跳绳手柄或者别的什么东西来充当话筒。出演《酒吧》时，她终于有机会一展风采。参选《酒吧》前她曾经参加过流行偶像大赛。但是那次经历至今仍令她余痛未消。评委席上的那帮白痴把她抨击得遍体鳞伤，那一幕还一遍又一遍地在电视上重播。他们甚至挖苦讥讽，说她低劣的演唱水平和著名足球教练斯文尼斯低水准的人品如出一辙。她没有立时理解对方的用意，还站在那里傻乎乎地挂着笑容。随后那个老蠢材克莱伯叫嚣说，她应该感到无地自容才

95

对。他叫她滚回家，钻到地毯底下去。这番话并不风趣，但至少她能听懂。然而，羞辱之语仍在轮番袭来。她强忍泪水傲然冷对，想让对方收回说过的话。她反击说，听过自己唱歌的人都说她有副天生的好嗓子。爸妈总是热泪盈眶地听自己唱歌，深深地为她骄傲。遭到如此残酷的否定是她始料未及的。当天早上站在初选队伍中，她是那样的兴奋。她环顾四围，踌躇满志，预感自己肯定能够打入三甲，用歌声令克什蒂评委潸然落泪。蒂娜特意选唱了自信能给对方留下深刻印象的歌曲——她的偶像玛利亚·凯利的那首《没有你》。她将倾注全部心力一举征服评委，自此展开全新的人生历程。她把每个细节都设想得一清二楚。要成为流行偶像，跻身名人派对，和达林·赞雅一样，录制音乐电视，进行夏季巡演。她所需要做的仅仅是参加海选赢得比赛而已。然而，一切都变得荒谬之极，她被当做笑柄示于人前。一次又一次，受尽奚落与羞辱。

之后，《酒吧》的制片人打来了电话。她不愿错过这个从天而降的良机。事后她还搞清了自己在偶像大赛上落败的原因。自然是因为胸部不够大。虽然欣赏她的演唱，但评委认定她无法吸引眼球，缺少当明星的天资。对于女孩而言这所谓"天资"通常是指丰满的胸部。因此，从《酒吧》开机伊始她便开始存钱，攒下每个欧尔，现在终于存够了做隆胸手术所需的费用。胸围升级成 D 罩杯后，她的星途便可以畅通无阻了。不过她的底线是坚决不将发色漂白。毕竟自己不是胸大无脑的人。

利夫哼着小曲从垃圾收集车上走下来。在夫雅巴卡，他通常只负责一条固定路线。但因为最近许多清洁工都因为肠胃感冒请病假，他不得不多开几个钟头，比平常绕远些。不过他并不介意。他热爱自己的工作。再说，不管在哪里收集，垃圾就是垃圾，没啥分别。

多年来他对于各种臭气都已习以为常，现在，已经难得有什么臭气能让他厌恶地耸起鼻子了。不幸的是，迟钝的嗅觉同时也妨碍了他欣赏新鲜出炉的肉桂面包或是漂亮女人身上的香气。不过那些都是小事情。他喜欢上班。这句话可不是哪个人都说得出的。

他往上扯扯肥大的工作手套，摁下仪表盘上的指示键。这辆绿色垃圾收集车一面慢吞吞地喷气，一面降低吊臂的高度。通常来说，他可以坐在驾驶室内，控制吊臂自行钳起垃圾桶，把里面的东西直接倒入压缩收集器中。然而这只垃圾桶没放稳，必须先把它摆正。

此刻他站在旁边注视卡车钳起垃圾桶。天色还早，他打了个呵欠。他向来睡得早，但昨晚一直忙着照看孩子，他所疼爱的孙儿们。

利夫向周围放眼望去。这片地段的房子大多是避暑别墅。很快这里又会人潮涌动。每只垃圾桶都得收集，它们会被虾壳和白葡萄酒瓶塞得满满当当。住客总是懒得把酒瓶退到回收站去。每一年、每个夏天都是如此。他再打个呵欠，抬头注视缓缓上升的垃圾桶，里面的东西被倒入垃圾车内。那是什么?! 他被眼前的一幕惊呆了。到底是怎么回事？

利夫砸下按键停止压缩，然后掏出手机。

帕特里克长长地叹了口气。星期六的情况和自己想象的有出入。他再度叹息，这次时间更长，并且无可奈何地东张西望。婚纱、婚纱、婚纱。到处都是薄纱、花饰和亮片，还有鬼才知道是些什么。他若有所思地凝望着自己的准太太，她的焦虑倾向十分明显。不过，也许进了婚纱店所有的女人都会变成这副样子。他只想尽快得到解脱。迫于无奈，他意识到只有一种办法有助于达成目的。于是他吃力地挤出笑容，具体对谁笑却说不清。

"你们说得对。"他响应道，"它真的非常合身。我们就要这套!"

艾丽卡开心地拍手。他轻吻她的唇。"你想玛雅过得还好吗？"

艾丽卡笑答，"安娜自己也有一双儿女，应该懂得怎样照看玛雅。别瞎想。整个冬天我都在照顾他们三个，一点问题也没有。而且，安娜说丹会到家里来。所以你真的无需操心。"

帕特里克舒了口气，艾丽卡说得对。他总是害怕会有不好的事发生在女儿身上。但是此刻自己得停止胡思乱想。玛雅很好。而自己与艾丽卡也难得享受一天二人世界。

"找个地方吃午餐吧？"付好款并向店主道过谢后，他问艾丽卡。他们走出店铺置身街头，阳光洒在身上。

"这主意好极了。"艾丽卡快活地挽住他的手臂。他俩沿着乌德瓦拉的购物街漫步，打量着四周琳琅满目的食肆餐馆。他们最后选定了背街巷内的一间泰风餐厅。正往里走，帕特里克的手机却不识时务地响起来。他看了眼来电显示。倒霉，是局里打来的。

"别跟我说……"艾丽卡扫兴地摇头。从他的神色就可以猜到电话是从哪里打来的。

"我必须接。"他说。"你先进去。应该没什么要紧事。"

艾丽卡咕哝着，很不情愿地照做了。帕特里克站在门口，接听时语气生硬。"喂，赫德斯特伦。"他的表情很快由不耐转为难以置信。

"安妮卡，你究竟在说些什么？"

"塞在垃圾桶里？"

"派人过去了吗？马丁？好的。"

"我现在就回去。但我人在乌德瓦拉，得过一会儿才能赶到。告诉我详细地址。"他从衣兜里掏出一支笔，把地址抄在了手上。挂掉电话，他长长地吁了口气。真不忍心告诉艾丽卡他们得免掉午餐，直接开车回家了。

4

他时常想起另一个人。那一个不似她这般温柔美丽，嗓音冰冷无情，如同刚硬锐利的玻璃。怪的是他却不时心存恋眷。他问妹妹是否记得那个人，她却只是摇头，拾起那条满是粉色小熊、软绵绵的毯子，抱得死死的。他看出她记得。回忆不在其头脑之中，而是深踞在她心里。

有一次他曾问起这回事。那是谁的声音，它到哪儿去了。她难过极了。说没有那么个人，根本没有什么嗓音冷酷尖厉的人。只有她，惟她而已。随后她紧紧拥抱他和妹妹。他感受着衬衫挨擦脸颊的丝滑触感，闻见她身上的香水味。妹妹的头发丝搔着他的耳洞。但他不敢动弹，生怕惊醒了这个幻梦。后来他再没问过。她那伤心欲绝的语气如此异样，让人心乱如麻。他不敢再冒险。

另一次让她伤心，是他问外面究竟藏躲着什么。他本不想问，也知道得不到答案，但就是忍不住。每当他结结巴巴地提出问题，妹妹都睁大眼睛害怕地望着他。她的恐惧使他生畏，却无法不问。这问题仿如一股有生命的自然力，遏制不住地往外迸；它在他的内心深处沸腾，固执地向上翻涌，一个劲地往外冒。

她的回答千篇一律。先是眼中一阵黯淡——尽管自己倾尽一切地付出，他却依然心有旁骛，让她灰心不已。而后是勉为其难的回答，她说话间有时甚至眼含泪水。那种时候是最糟糕的。通常她会跪下，捧起他的脸，再一次安抚说这么做都是为了他俩好。像他们这种人注定只能与世隔绝。若是迈出这道门，他和妹妹都会遭遇不幸。

外出时她小心翼翼地锁好家门。他坐在屋里，满腹疑问。妹妹悄悄爬到他身边。

穆罕默德趴在床沿上，一通狂吐。他隐约觉得自己没有拿东西接着，而是直接吐到了地板上，但他却无力顾及。

"妈的，穆罕默德。你真恶心。"他恍恍惚惚听到乔娜的说话声，眼睛半睁半闭地看见她冲出了房间。可是他同样没有气力去理会。唯一清晰的感觉就是脑袋发胀、头痛欲裂。口很干，满嘴全是刺鼻的酒气和秽物的气味。隐隐记得昨夜的情形。记得自己随着乐曲热舞。记得衣着暴露的少女们紧紧贴住自己，无比饥渴狂放，令人厌恶。他合上眼想要忘掉那些画面，它们反而愈渐清晰。又是一阵恶心。他再伏向床沿，吐出的只有胆汁。听到摄像机就在身边的某个地方运转，发出黄蜂般的嗡鸣声。家人的形象一遍遍浮现在脑海中。想到他们可能看见自己这副德行，他感到头痛得快要死掉，却束手无策，只得伸手将被子拉过头顶。支言碎语倏忽闪过，在他意识中进进出出，犹如赛跑。当他努力拼凑诠释，它们又逃遁无踪。他必须想起一些事，捕捉一丝线索。愤怒的恶言恶语有如利箭射中了某人？一群人？亦或是他自己？该死，想不起来。他像婴孩般蜷起身子，捏紧拳头抵在嘴边。那些话再度冒了出来。咒骂、责难、伤人的字眼。倘若没有记错，它们也都达到了目的。某人哭泣、还击，却无济于事。谩骂声越来越响亮，而后是响亮的一记掌掴声。手掌与脸颊快速相遇保准会带来疼痛。一切就此结束。一声撕心裂肺的嚎哭刺透了记忆的迷雾。他躺在床上，躲在被子里面，蜷缩得更厉害了，竭力驱赶思想中所有看似不相干却喧腾不已的零碎片断。然而没有用。这些片断沸反盈天，似乎没有任何办法能够阻挡它们。它们在向他提出某种要求。他应该记得那些事，只是不愿记起，至少他是这么看。一切情节都纠缠交织，混乱不堪。想吐的感觉再度袭来，他掀开被子俯向床边。

梅尔贝里躺在床上凝视天花板，心情……难以言喻。是种太久没有过的感觉。也许最好的形容是……心满意足。他昨晚是独自上床睡觉，早晨又独自醒来，按理说不会有这样的感觉才是。在他的世界里，这种心情与成功的约会之间向来毫无关联。但自从他遇见罗斯玛丽，一切都改变了，真的改变了，他这个人变了。

昨晚，他过得如此美妙。两人谈天说地，非常聊得来。他生怕漏掉她说过的话，渴望了解关于她的一切。家乡在哪儿，成长经历如何，人生际遇，梦想，喜欢吃什么，喜欢看什么电视节目，等等等等。无意中从窗玻璃上看到二人言笑晏晏，举杯互碰的倒影，他简直难以置信，这辈子都没见过自己笑得那么灿烂。不得不说，那种笑容很衬自己。至于她的笑有多迷人，他早已知晓。

他用双手抱住头舒展身体。看到春日的阳光透过窗户洒进屋内，他想起早该洗洗窗帘了。

他俩站在杰特维里饭店门前吻别互道晚安。带着些许忐忑与犹疑，他轻触她的肩。她上衣面料柔滑微凉的触感传至指尖，又闻见她身上的香气，使他产生一种从未有过的快感。她怎能在如此短暂的时间里彻底征服了自己呢？罗斯玛丽……罗斯玛丽……他闭上眼默念这个名字，回想她的脸庞。他们说好很快又会见面。他掂量着，

101

这个钟点打电话会不会早了点，会不会显得自己太主动、太心急？管他的，孤注一掷吧。跟罗斯玛丽无需玩什么复杂的爱情游戏。他看看表，不早了，她应该已经起身了。他伸手去够电话，但是手还没碰到铃就响起来。他瞅了眼显示屏，是帕特里克·赫德斯特伦打来的。准没好事。

　　帕特里克与罪案现场技术人员同时抵达了发现尸体的地点。他估计，自己从乌德瓦拉启程送艾丽卡回家的同时，他们一定也出发了。驶向夫雅巴卡的沿途气氛沉闷。艾丽卡大部分时间都凝视着车窗外，倒不是生气，只是落落寡欢。他能理解。他的心情也好不到哪里去。接连好几个月，他俩都没有一星半点属于自己的时间。

　　要命，想要两全其美怎么就这么难呢？帕特里克心中感慨，同时把车靠边停下。绿色垃圾收集车周围堵满看客。卡车后面的大块区域已被技术人员用胶条封锁，以防有人踩踏破坏现场。技术科科长托比约恩·鲁德走上前，向帕特里克伸出手。

　　"你好，帕特里克，看情形事态严重啊。"

　　"是啊。我听说利夫在垃圾箱里发现了什么。"帕特里克朝垃圾收集员侧了下头。后者站在不远处，脸色难看。"他的确吓得不轻，现场很恐怖。我们没敢搬动尸体，她还躺在那里。跟我来看看吧。小心脚下，来、套上这个。"托比约恩递给帕特里克一对鞋套，他弯腰把它们罩在鞋上。这样便能使他的足迹与嫌疑人的足迹区分开了。两人小心地越过蓝白相间的警戒胶条。靠近尸体时帕特里克微微感到反胃，努力忍住想要转身逃开的冲动。他讨厌做这种事，几乎到了厌憎的程度。和平素一样，他狠下心肠，踮起脚尖望向卡车后厢。就在各种食物、罐头盒、香蕉皮等等乌七八糟恶臭冲天的垃圾堆里，躺着一具一丝不挂的女尸。躯干整体弯曲，双脚屈于头部两侧，仿佛在做着某种高难度的杂技动作。帕特里克不解地看了托比约恩一眼。

"尸僵。"他机械地阐释："尸体被整体对折地塞入垃圾桶，肢体就此僵住。"

帕特里克面露痛苦揪心的表情。凶手的残暴令人发指，全然蔑视人性。他不仅惨无人道地杀害了这个女孩，更像扔垃圾一般把她丢弃在垃圾桶里。如此行径实在令人作呕。他背过身。

"现场勘查需要多长时间？"

"几小时吧，"托比约恩回答，"这期间你可以查找目击证人。不过兴许不多。"他朝着那些闲置的避暑别墅点点头。它们空空如也。不过也有部分是固定住户，说不定能侥幸得到一些线索。

"出了什么事？"梅尔贝里的声音和平常一样怒冲冲的。二人侧过身，看见他气昂昂地走来。

"一个女人被塞进了垃圾桶里。"帕特里克答，指向路旁的垃圾桶。两名技术人员戴上手套准备开始勘察。"利夫倾倒垃圾时发现了她，"他指了指利夫，"所以她才会在垃圾车里。"

未经许可，梅尔贝里自行跨越胶条去看垃圾车内的情形。托比约恩压根没费心让他罩上鞋套。反正每次勘察现场时，都必须先排除梅尔贝里的鞋印，他们已经特意将他的鞋印存了档。

"妈的，"梅尔贝里捂住鼻子，"太臭了。"他忙不迭地闪躲，显然对垃圾车里的气味比对那具女尸更在意。帕特里克暗自叹气。梅尔贝里永远是这样：举止失当、感受力粗疏。"知道她是谁吗？"梅尔贝里问。

帕特里克摇头。"目前为止一无所知。我想我该打电话给汉娜，让她查看昨天有没有夙夜未归少女的报警记录。马丁正在赶来。我俩可以去找附近的住户们问一问。"梅尔贝里沉着脸点头回应。"对，这样安排很好。和我的想法如出一辙。"

帕特里克与托比约恩交换一个眼神。梅尔贝里习惯附和他人的观点，却甚少拥有自己的主见。

"莫林上哪儿去了？"梅尔贝里边张望边嘟囔。

"应该快到了。"帕特里克说。话音未落，马丁的车进入视线之内。狭长的碎石路人满为患，已经没办法泊车。他不得不倒车，找到一个地方把车停好。他向这边走来，红发竖立，面有枕痕，像是刚从床上爬起来。

"有具女尸。本来在垃圾桶里，现在在车上。"帕特里克简短地介绍。

马丁只是点点头，没有上前查看。见到尸体他就想吐。

"你和汉娜昨晚出勤么？"帕特里克问。马丁点头。"对，我们在社区活动中心附近巡察。场面彻底失控，真是桩苦差，凌晨四点我才回家。"

"怎么回事？"帕特里克皱起眉。

"倒不算太出格。有几个人发酒疯。有个男的因为争抢女伴醋意大作，与人口角。两个学生醉酒闹事。可这些和演员们的骚乱相比根本算不了什么。好几次汉娜和我都不得不上去拉开他们。"

"是吗，"帕特里克提高了警觉，"为了什么事情？"

"很明显，他们全都针对其中一位隆过胸的女演员。在骂战中她还挨了好几拳。我们好不容易才拉开他们。"马丁疲倦地揉揉眼。

帕特里克脑中闪过一个念头。"马丁，请你过去看眼车里的女孩好吗？"马丁面露难色。"非看不可吗？你明知道我……"他把话咽了回去，无可奈何地摇头。"可以是可以，不过为什么？"

"照做就是。"帕特里克说道，他暂时不想透露自己的想法。"回头我再解释。"

"遵命。"马丁脸上一副"悉听尊便"的表情。他从帕特里克手中接过鞋套罩在鞋上，耷拉着肩膀越过胶条，面朝垃圾车后厢磨蹭几步，又做个深呼吸，这才望去。他迅即转回头，满脸惊讶地看着帕特里克："那、那是……"

帕特里克点点头。"是《塔南舍》里的女演员。你刚才说起她的时候我就联想到了。被揍得可不轻啊。"马丁小心翼翼地后退着离开垃圾车，脸色煞白。帕特里克看出，他正在拼命抑制自己不把早餐吐出来。片刻过后他彻底认输，冲向旁边的灌木丛。

帕特里克朝梅尔贝里走去。后者正比手画脚滔滔不绝地和托比约恩·鲁德交谈。帕特里克插话说："我们知道了受害者的身份。是现场秀节目里的一名演员。马丁说，昨晚在活动中心的狂欢舞会上，这个女孩成了众矢之的。"

"众矢之的？"梅尔贝里紧皱眉头。"你说她是被活活打死的？"

"不知道。"帕特里克的声音透出反感。有时他就是无法忍受这个人提出的蠢问题。"法医进行完尸检过后才能知道确切的死因。"——这点无需我说明吧，他心里暗想——"不过必须跟其他演员谈谈，也要调取昨晚摄制的全部录像带，看能否还原当时的情景。这回我们总算有个可靠的目击证人了。"

"是啊，我正想说摄像头兴许捕捉下了重要画面。"梅尔贝里现在认定点子从开始就是他出的。帕特里克忍无可忍地逼迫自己从一默念至十。这种无聊的游戏已经玩了好几年，他的耐性已被蚕食殆尽。"接下来我们会这么做。"他努力保持平静，"我把汉娜找来，问问她昨夜都观察到了哪些情况。也要知会节目制片人以及政务委员会。我相信没人会反对就此停止拍摄。"

"为什么？"梅尔贝里惊讶地盯着帕特里克。

后者目瞪口呆："再明显不过了！一名演员被害身亡，现在还能怎么拍？"

"我看未必吧。"梅尔贝里说。"我了解厄林，他会不惜一切代价让电视台继续拍摄的。为了这个项目他可是赌上了自己的威信。"

帕特里克刹那间有种冰冷的感觉，也许梅尔贝里这回说得对，然而他还是觉得匪夷所思。那群人总不至于真的如此绝情绝义吧？

"你想事态会如何发展？"蒂娜低声问乌费。两人站在活动中心大门外大口大口地抽烟。

"不知道，"乌费冷笑，"要我说，屁事儿都没有。"

"可是昨天……"她没有说完，盯住脚上的鞋。

"昨天的事没啥。"乌费说着，吹出一个白色烟圈，飘散在冷冽的空气中。"相信我，真的没啥。这种大成本制作一掷万金。他们才不会蠢到停止拍摄，白白浪费至今为止所有的投资呐。绝对不会。"

"我看不一定。"蒂娜恹恹地垂下目光。长长的烟灰径自落到羊皮靴面上。

"妈的。"她迅速弯腰掸去烟灰，"现在这双靴子算是毁了。它们贵得要命。讨厌！"

"活该，"乌费讥诮，"谁让你整天活得像个宠儿似的。"

"你什么意思？宠儿？"蒂娜不满地侧目。"的确，我的父母这辈子不靠领取救济金过活。他俩累死累活才有了些许积蓄。但这并不等于说我是个娇生惯养的人！"

"你敢说我爹妈一句坏话试试！你对他们一无所知！"乌费凶神恶煞地捏着烟头在她的脸前晃动。蒂娜没有退却，反而向前迈了一步。"我很清楚你是哪种人。至于你爹妈是哪种人也很容易判断！"

乌费攥紧拳头，青筋暴露。蒂娜立刻意识到自己可能犯了一个错误。回想起昨晚发生的那幕，她陡然后退一步，也许自己确实失言了。她正想说点什么缓和气氛，卡尔朝这边踱来，表情困惑地打量二人。

"你俩在干嘛？想打架？"他戏谑道，"喂，乌费，你揍起小妞来还真有一套。来呀，再干一次。"

乌费哼一声放下手臂，仍然虎视眈眈地怒视着蒂娜。她又退了一步。乌费这个人有点不正常。她脑海中再次浮现出昨夜看到和听到的片断情景和话语，于是畏怯地调转脚步跑进楼内。门合拢前，她听见乌费压低声音反问："你也不赖，不是吗？"

卡尔怎样回答，她没有听见。

艾丽卡瞅见门廊穿衣镜中的自己，闷闷不乐的心情全都写在脸上。她懒洋洋地挂起外套和围巾，凝神倾听。感谢上苍，除了孩子们震耳欲聋的欢叫声，还能听见安娜和另一个成年人的声音。她走进客厅，地板中央躺着三个小孩两个大人。他们一面疯闹，一面发出尖叫，七胳膊八腿又踢又踹，好似怪物一般。"究竟是怎么回事？"她摆出兴师问罪的架势。

安娜蓦地抬起头，发丝乱糟糟的。

"嗨！"丹也抬起头打招呼，马上又被埃玛和阿德里安拽回地板上。玛雅笑得太厉害，尖叫起来，用尽全身气力想要帮忙拖动丹的脚。

安娜站起身，拍拍膝盖上的灰。轻灵的光线映在背后的窗玻璃上，在她的金发边缘投射出一层光晕。艾丽卡惊诧于妹妹如此美丽，同时第一次发现她像极了她俩的母亲。这个念头让她的心隐隐作痛，又一次发出呐喊：为何两人从未享受过母爱？为何艾尔西从未说过一句温柔的话？从未有过爱抚或者是任何表达怜爱的举动？她们从她那里得到的永远只有冷漠与无动于衷。父亲与母亲背道而驰。她刚，他则柔；她冷，他则暖。他总是替她辩解，寻找理由，弥补她造成的缺憾。在某种程度上他做得很成功，却依旧无法取代她的位置。艾丽卡内心的这一角至今空荡荡的，纵使托尔和艾尔西已在四年前的那场车祸中双双丧生。

安娜投来迷惑的眼光，艾丽卡这才回过神。她勉强隐忍翻腾的心绪，向妹妹笑了笑。

"帕特里克到哪儿去了？"安娜问了声。她又看了一眼地板上疯疯打打的几个人，笑着向厨房走去。艾丽卡跟在她身后，没有回答。"我刚刚煮好咖啡。"安娜斟满三只咖啡杯。"孩子们和我还一起烤了些面包。"此时，艾丽卡才察觉到肉桂的味道满屋飘香。

"不过你只能吃这个。"安娜将一碟干巴巴的小饼干放到艾丽卡眼前。"这是什么东西？"她拨弄着它们，气馁地问。

"全麦饼干。"安娜说。随后转身将台面上的一盘新鲜面包装进篮中。

"可是……"艾丽卡无力地抗议，望着饱满松软撒满糖粒的面包直咽口水。

"我没想到你回来得这么早。本想趁你到家之前把它们藏进冰箱里的。只能怪你自己没有口福。想想婚纱你就会有动力了。"

艾丽卡拿起饼干，试着咬了一小口。不出所料，味如嚼蜡。

"帕特里克呢？干嘛着急回家？我以为你俩会好好轻松轻松，一起逛个街、共进午餐什么的。"安娜坐到椅上对着客厅呼唤："喝咖啡啦！"

"帕特里克接到了紧急任务。"艾丽卡决定放弃，把饼干放回盘中，第一口还没有咽下去。

"任务？"安娜惊讶地问。"这周末他不是休息吗？"

"是啊，本该是这样。"艾丽卡意兴阑珊地回答，"可还是不得不去。"她不知还能说些什么。片刻后突然冒出一句:"今天上午,清洁工利夫在垃圾收集车里发现了一具尸体。"

安娜瞠目结舌。"垃圾车?怎么跑到那里面去了?"

"尸体被塞在垃圾桶里。收垃圾的时候……"

"上帝啊,太可怕了。"安娜瞪大眼睛。"死者是谁?是谋杀吗?我猜肯定是谋杀。"安娜自问自答。"怎么会死在垃圾桶里呢?天哪,太恐怖了。"

丹走进厨房,困惑地看着两人。"什么东西恐怖?"他问,在艾丽卡旁边坐下来。

"帕特里克有紧急情况要处理。清洁工利夫在垃圾车里发现了一具尸体。"安娜抢在艾丽卡的前面作答。

"不会是真的吧?"丹仍然满脸疑惑。

"很遗憾,是真的。"艾丽卡恹恹地说。"不过希望你们能够保守秘密。这件事反正很快就会传开,没必要再去添乱。"

"当然不说,我们一个字也不会说出去的。"安娜保证。

"真搞不懂帕特里克怎么受得了那种工作,"丹拿起肉桂包。"我可干不了。给十四岁的学生上语法课都够让人头痛的了。"

"我也办不到。"安娜若有所思。丹和艾丽卡心里都后悔不迭。在安娜面前谈论尸体、谋杀这类事件似乎不太合适。

安娜像是读懂了他们的心思,淡淡一笑。"别担心,不用在我面前避讳。"她脑海中闪现出了哪些画面,艾丽卡揣测也未可知。

"孩子们,快来吃肉桂面包!"安娜打破沉默。

关于谋杀和尸体的话题虽然就此打住,但他们却仍想知道帕特里克那边的情形。

众人无精打采地坐在警察局的休息室里。马丁的脸还没有恢复血色，与汉娜一样神情疲惫。帕特里克双臂交叉趴在桌面上等待着，直到每个人的咖啡杯都被倒满。之后，梅尔贝里点点头，马丁开口说：

"今天早上，垃圾收集工利夫·克里斯滕森在他的收集车里发现了一具尸体。它原本被人塞在垃圾桶里，后来被他倒进了垃圾车内。诚然，他被吓得不轻。"帕特里克啜饮一口咖啡，把杯子放回桌上。"我们火速赶赴现场，确认死者为一名女性。根据看到的情况，初步判定系他杀。同时，她身上的某些外伤属于暴力所致，由此支持了这种推断。不过，这要等拿到尸检报告才能确知。在此之前该案会列为谋杀案处理。"

"查到她是谁……？"古斯塔没说完，就被帕特里克的一瞥打断了。

"是的，我们已经知道她的身份了。"帕特里克转头去看马丁。后者正面对着摆在眼前的罪案现场照片，努力克制反胃的感觉。看来他此时无力说话，于是帕特里克继续说道：

"好像是《塔南舍》现场秀节目里一个叫芭比的演员。我们正在核实真实姓名。在目前的情况下，称呼她为'芭比'似乎有欠尊重。"

"我们……马丁和我昨天还看见她来着。"汉娜说，眼光从帕特里克转移到马丁身上，神情严肃。

"我听说了。"帕特里克说，朝马丁点了一下头。"马丁认出是她。事前就有些麻烦是吗？"他抬起眉，示意汉娜说下去。

"呃，"汉娜犹疑地说，"对，气氛一度非常紧张。其他演员都把矛头对准她。不过我只听见辱骂之词，看见她被推搡了几下而已。马丁和我介入阻止了纷乱。我们最后一次见到她，是她哭着跑开，往镇上去了。"

马丁点头认同。"没错，是这样。当时他们大声辱骂、叫喊，但是并不足以造成她身上的那些外伤。"

"我们需要把那群人找来问话，"帕特里克说道，"看看激起骚乱的缘由是什么。以及他们是否知晓……"他犹豫着说出被害者的名字，"芭比后来去了哪儿。也要找摄制组谈话，调取昨天拍摄下来的录像带探究真相。"安妮卡一字不漏地记下了所有的待处理任务。帕特里克等待数秒，点头让她继续记录。"还得通知她的家人。同时查找任何知悉当晚情形的目击证人。"他稍事停顿，冷峻地说："不出几个小时消息就会传开，麻烦会接踵而至。这是全国性的新闻，对于媒体届时的围攻与即将伴随案件侦破全程的死缠烂打，我们必须做好心理准备。因此，请务必严守口风。我不希望有消息未经梅尔贝里和我的批准被媒体爆料。"

老实说，他倒是担心梅尔贝里会成为那个泄密者。这位警长生性喜好出风头，经验老道的记者不出两下就能从他口中套出关于案子的全部情况。然而现在也只好听天由命。梅尔贝里是警察局长，至少在职衔上是这样。帕特里克不可能封住他的嘴，只得暗自祈祷他的脑子里还残存着一丁点常识。尽管帕特里克对此毫无把握。

"我们分头行动。我现在就去找负责节目制作的那个人……"他打个响指，回想那人的名字。

"莱恩，弗雷德里克·莱恩。"梅尔贝里提醒。帕特里克点头道谢，心里却在嘀咕，难为他倒能贡献一点儿相关信息。"对，弗雷德里克·莱恩。马丁和汉娜负责写出昨晚你俩所见所闻的全部细节。古斯塔……"他想了半天，该给古斯塔分派什么任务。"古斯塔，你负责查问尸体发现地点周边的住户。也许与案情毫无关联，但绝不能放过任何蛛丝马迹。"

古斯塔懒懒地点点头。一份具体的工作，他立刻感到了沉甸甸的责任压力。

"好，那就这样。"帕特里克拍下手，表示会议到此结束。"我们有很多事情要做。"

大家纷纷低声响应，站起身来。帕特里克注视着他们鱼贯走出房间，不知他们对于即将席卷而来的风暴是否真有准备。塔南舍很快会成为全国关注的焦点。本镇的名字会登上各大媒体的头版头条，他们将不得不适应这种状况。

"哇靠，酷毙了！成功近在咫尺！"弗雷德里克·莱恩坐在狭小的工作车内，用力拍了拍技术人员的后背。他们看了一遍昨天的录像，准备开始后期制作。虽然对母带大加赞赏，弗雷德里克认为好的地方还可以锦上添花。

"蒂娜献唱那段可否加些嘘声？母带上的声音听不清楚。我觉得她的表演烂透了，应该把观众的喝倒彩声放大。"他大笑。剪辑人员频频点头，加点儿嘘声，小菜一碟。只要把各个声道的音量略微调大，便可以制造出全体观众一面跺脚一面起哄的逼真效果。"这帮演员出色极了。"弗雷德里克笑言，靠在椅里翘起二郎腿。"他们笨的要死却浑然不觉。就说蒂娜吧，这小妞正经八百地自信能成为卡罗拉那样的流行巨星，却连一个调也唱不准。我跟为她制作单曲的那位伙计聊天时，他说录制过程犹如恶梦，连最起码的水准都达不到。说她的五音严重不全，差点把扬声器给唱爆了。"他哈哈笑着，俯身调大面前调音台的音量。"听听这个，完全是在鬼吼鬼叫！"他笑得眼泪都流了出来。听到她演唱的那首《我想做你的兔宝贝》时，剪辑人员也禁不住呲牙咧嘴。她简直可以去全国音盲社团当会长。难怪"流行偶像大赛"的评委们会把她贬得体无完肤了。有人急促地叩响车门，打断二人的谈笑。

"请进。"弗雷德里克扭头喊了声，他并不认识拉开车门的人。

"呃，有何贵干？"看见警徽他心里一凛，准没好事。不，没准是好事。这要看出了什么事，上镜价值有多高。

"能帮上什么忙吗？"弗雷德里克面带笑容起身问候。警察钻进车里，在电线和电缆之中找了块地方坐下，好奇地四处打量。

"是的，一切就是在此处完成的。"弗雷德里克骄傲地介绍说，"很难想象收视率居高不下的精彩节目，就是在这间斗室里制作出来的吧？当然，还有部分工作得拿到斯德哥尔摩去处理。"他勉为其难地承认，"不过主创部分是在这里完成的。"

这位自称帕特里克·赫德斯特伦的警察礼貌地点头，清了清嗓子。"恐怕我带来了坏消息，"他说，"你们的一位演员出事了。"

弗雷德里克翻个白眼。"哦，谁又闯祸了？"他长吁短叹，"让我猜猜，是乌费又捅娄子了吧？"他转向剪辑人员。"我早说过乌费会是头一个惹是生非的人，被我说中了吧？"他又望向警察，心里不免好奇。他在想，应该怎样在节目中渲染此次突发事件——无论发生了什么。

再次清了清嗓子后，帕特里克低声说道："很遗憾，我们发现了一名演员的尸体。"逼仄的空间仿佛被扔进了一枚炸弹，霎时只剩下设备的运转声。

"你刚才说什么？"弗雷德里克半晌才回过神。"一个主角死了？谁死了？人在哪儿？怎么死的？"他思绪混乱。究竟发生了什么事？与此同时，他大脑中的某一部分却正在紧张地勾勒对此次事件的炒作计划。现场秀节目的拍摄过程中从来没有出现过这样的事。性爱场面在节目中早已司空见惯，挪威版《老大哥》打破了发生性关系之后不幸怀孕的记录。瑞典版《老大哥》因为奥利维尔向卡罗利娜求婚而引起轰动。《酒吧》因为出现手执铁棍歹人的画面一连几周成为头版头条。可是死人！绝对是空前第一遭，独一无二的噱头。他紧张地等待着，不出数秒便得到了答复。

"是个名叫芭比的女孩。今天早上，有人在一个……"帕特里克迟疑了一下说，"……一个垃圾桶里发现了她的尸体，种种迹象表明属于他杀。"

"他杀？"莱恩重复这个词。"你是说谋杀？她是被人杀死的？是这个意思吗？凶手是谁？"他满脸茫然，百思不得其解。他头脑中几种可能的炒作方案尽皆落空。

"我们还没有锁定嫌疑对象。但是讯问工作就此开始，首先要讯问所有的演员。昨晚巡察派对的警官报告说，当时被害者与其他演员之间发生过激烈的争执。"

"是的。他们言词激烈，还拉扯了几下。"他回忆着刚才在录像带里看到的情景。"但严重程度远不足以将一个人置之……"他没有也无需说完这句话。

"我们还需调取你们昨日拍摄的全部录像带。"帕特里克直视对方的眼睛，直截了当地说。

弗雷德里克没有移开视线。"我没有权利让你调取任何一套录像带。"他平静地说，"除非接到正式的授权令，否则我有义务保证所有的资料不被人染指，恕难从命。"

"你难道不明白事关一桩谋杀案的侦查工作？"帕特里克反唇相讥，却不感到惊讶，对遭拒早有心理准备。

"当然明白，但是我们不能随随便便交出电视台的资料，这样做有违职业操守。"他皮笑肉不笑地假装遗憾。对方嗤之以鼻，两人都心知肚明，职业操守并非拒绝的理由。

"考虑到本次事件，我猜想摄制组会立即终止节目的拍摄。"弗雷德里克摇头。"我们绝不能终止拍摄。接下来还有四周的档期要录。现在停止拍摄……不、绝不可能。我想芭比也不会希望看到事情变成这样，她肯定希望节目能够顺利完成拍摄。"

他看着帕特里克，意识到自己说得太过火了。警察的脸涨得通红，似乎马上就要说出难听的话来。

"你不会是在告诉我你还打算……"他说到半截就转换了话题，"她的真实姓名是什么？我不能一直叫她芭比，太不尊重了。另外，我还需要知道她的全部个人信息以及亲属的联系方式。你能提供这些信息吗？会不会也有违职业操守？"

最后一句话饱含讽刺，弗雷德里克却丝毫不以为忤。经过千锤百炼，他对于现场秀中情绪化的敌对氛围早已习以为常。他平静地答道："她的本名是利勒莫尔·佩尔松，从小在寄养家庭长大，所以找不到关于她家人的记录。但是请放心，我们定会将了解的情况据实相告的。"他露出谄媚的笑容。"请问什么时候开始讯问？我们可否全程同步拍摄？"看来没指望，帕特里克义愤填膺的眼神已经给出了清晰的答案。"我们会立刻展开讯问。"帕特里克撂下一句，起身下车。他没有说再见，重重地带上车门。"真他妈的走运。"弗雷德里克端着气感叹，技术人员也只得点头附会。他不敢相信，电视台得到了千载难逢的机会，把一场真实好戏呈现给全体瑞典家庭。全国上下所有的人都会关注这个节目。有那么一瞬间，他有点怀念芭比。随后，他拿起电话。必须把这个消息告诉高层。《塔南舍》变成了《犯罪现场调查》。老天，这将引起何等巨大的轰动啊！

"怎么写好呢？"马丁问。他与汉娜决定留在休息室里写报告。他端起咖啡壶向杯中倒满咖啡。汉娜往杯中加了点奶，搅拌着。"你觉得是各写一份好，还是合并写成一份？"

汉娜想了想。"我觉得，两个人边说边写，同时比对一下各自的记忆内容，出来的报告会更加完整。"

"好吧，也许你是对的。"马丁掀开笔记本电脑，开机。"我打还是你打？"

"你打吧，"汉娜回答，"我只用两根手指头打字，速度太慢。"

"好嘞，我来打。"马丁笑，输入密码。新建空白文档，准备好输入文字。

"昨晚我听见活动中心楼后很吵，才注意到发生了骚乱。你呢？"汉娜点点头。"是，我也是那个时候才察觉到的。之前你我只是扶起一个醉倒在地的女孩而已。那时候是几点？十二点？"马丁记录着汉娜的话。"我记得一点左右听见两个人在吵架，于是呼叫你一起过去巡查，结果在楼后面找到了芭比和乌费。"

"嗯。"马丁边打边说。"我看过表，当时是十二点五十分。我当先转过拐角，一眼看见乌费抓着芭比的肩膀猛力摇晃她。我们跑上去制止。我把乌费拽到一旁，你则站在芭比身旁安抚她。"

"是那样没错。"汉娜回应，抿了口咖啡。"记下这句：乌费凶神恶煞，虽然被拖拽着，还是挣扎了好几次，想去踢芭比。"

"的确如此，我也记得那一幕。"马丁说。报告初现雏形。

"我们阻止了事态的恶化，"他大声念道，"将两人拉开。我警告乌费，要是他再不把气顺下来，我就拖他到警察局去冷静冷静。"

"'把气顺下来'，你不会把这句话写进去吧？"汉娜笑道。

"先这么写着。别担心，待会儿我再换个文绉绉的说法。现在咱们只要咋想就咋说，把详细过程写出来就成。"

"好。"汉娜微笑，转而正色说："我向芭比询问冲突发生的原因。她的情绪非常低落，只是强调乌费怀疑她背地里说他的坏话，所以大发雷霆。但是她压根听不懂对方在讲些什么。后来她渐渐平静下来，似乎没事了。"

"然后我们便放两人走了。"马丁补上一句，从屏幕上抬起头来。他摁了两次回车重起一段，喝了口咖啡，又接着说道："之后的骚乱发生于……呃，两点半左右。"

"对，大概就是那个时候，"汉娜说。"两点半、或者两点四十五分的样子。"

"有个参加派对的人跑下通往学校的斜坡，引起了我们的注意。走近以后，看到几个人正在围攻一个人。他们一面叫骂，一面对芭比大打出手，其中有参演人员穆罕默德、蒂娜和乌费。我俩赶紧过去进行干预。打人者怒不可遏，不断地辱骂泄愤。芭比一直在哭，头发蓬乱，脸上的妆被弄得花里胡哨，不住地发抖。我问他们几个骚乱的原因究竟是什么。他们的说法与乌费口径一致，都说芭比在别人背后说三道四。除此而外，我没有听到别的解释。"

"同时，我站在稍远处与芭比谈话。"汉娜补充，语气有点激动。"看她又惊惧又伤心，我便问她要不要向警方投诉，她说绝对不要。我尽力安抚，想弄清事情的来龙去脉。但是她说自己也不清楚。过了一会儿，我转身去看你那边的情形。回头就看见芭比往镇上跑去，不过她并没有跑进闹市区，而是拐向右边。我本想去追，可是又觉得她也许想要一个人静静。"汉娜的声音有些颤抖，"在那之后，我们就再没见过她。"

马丁抬起头，给她一个微笑，想要安慰她。"我们也无能为力。当时仅仅知道他们在闹矛盾而已，没有任何预兆显示……"他停了停又说，"事情最后会变成那样。"

"你认为凶手会不会就是其中某个演员？"汉娜的声音仍然有些发颤。

"不知道。"马丁浏览着显示器上的内容。"不过这样怀疑不无道理，只有等到讯问过后才能知道分晓。"

马丁点下保存然后关机。他拎着电脑站起身。"我现在去办公室把报告正式誊写出来。要是回想起其他情况,随时过来敲门。"

汉娜轻轻点了点头。马丁离开后她依然坐在原处,握杯的手仍在颤抖。

卡尔在镇上四处遛跶。在斯德哥尔摩,他一周必去五次健身房。可是身处此地,只能靠散步来消耗多余的热量。

他无法想象,没了钱人生会变成什么样。若是和乌费、穆罕默德一样,住在城郊霉臭狭小的租住房里过着入不敷出的日子,会是什么滋味。乌费大肆吹嘘自己入室盗窃以及其他行径的辉煌经历。但是听到这些作奸犯科的事只能得来那么一点蝇头小利,卡尔差点笑喷。哇靠,他每个礼拜从老爹手里拿到的零花钱都不止这个数。

然而富有并不能填补他内心深处的空虚。多年来,他一直在苦苦寻找能够填满它的东西。香槟、派对、女人、毒品,无所不用其极,永无休止地寻找。他不断拔高标准,想把烧钱的艺术发挥到极致。他自己一个子儿也不挣,都是他父亲的钱。卡尔清楚父亲为什么从不拒绝自己,清楚父亲之所以舍得大把花钱全是受到罪咎感的驱使。他不停地用钱满足卡尔,它们却像被扔进了无底洞一般顷刻消失无踪。

两人都企望用金钱弥补他所失去的一切,父亲一味地撒钱,卡尔一味地花钱。

回忆如潮般袭来,他的心开始隐隐作痛。卡尔的步子越来越疾,想要甩掉那些画面,过去的影子却亦步亦趋,唯有香槟加上可卡因才能够赶走它们。少了这两样东西,自己便只能活在回忆里。他奔跑起来。

古斯塔叹着气，自己的精力一年不如一年。大清早去上班就让他感到精疲力竭，想要完成任何工作更是近乎不可能。每每工作，他便四肢发沉，感觉提不起劲，一点精神也打不起来，连最简单的任务也足以使自己焦虑数日。他不明白究竟是怎么回事，几年来这种趋势愈演愈烈。自从马布利特过世，孤寂感便一点一点咬噬着他的内心，甚至连工作原本给予他的些许乐趣也没剩下。首先必须承认，他并非能力出众之人，但也能完成分内的工作，有时甚至还可以享受到一点点满足感。然而现在，一个疑问不停地跳出来：一切究竟所为何来？他没有子女继承他的任何东西，两人唯一的儿子出世才几天便告夭折。晚上回到家便是空空落落，周末也无人共度。他唯一的乐趣就是打高尔夫游戏。他心里很清楚，这玩艺儿与其说是爱好，不如说是种痴迷。他恨不得能一天打上二十四个小时。但是，还有房租要付，他至少得干足退休年限，真是度日如年。

古斯塔坐下来，面对电脑发呆。出于安全角度考虑，局里的电脑都无法上网。因此他得用电话拨打查号台，查询案发地址的户主姓名。经过简短询问，他弄清了垃圾桶所属的那幢避暑别墅的户主姓名。他又叹了口气，这不过是白费力气而已。拿到户主在哥德堡的住所电话之后，他的疑虑得到了印证。显然，他们与本案毫无关联，只是运气不佳，凶手恰巧弃尸在他家的垃圾桶里而已。

他转念一想，想到了那个被杀害的女孩。办案缺乏动力并不代表缺乏同情心。他真心地替被害人和亲属感到遗憾，并暗自庆幸无需见到尸体。之前在走廊上撞到马丁，他的脸色还有些苍白呢。

古斯塔认定，这些年自己见过的尸体已经够多了。从警四十年来，他清清楚楚地记得每个死者的模样。其中多数死于车祸和自杀，死于他杀的是少数。但是他们每个人的样子都深深铭刻在他的脑海中，清晰得宛如照片。有许多死者家属是他负责通知的，见多了人们听到深爱的人遇难的消息时，迸发的泪水、绝望、震惊和恐惧。如今，他已渐渐麻木，仿佛生命苦杯之中的悲伤已经满溢出来了。也许，每一次死亡，每位家人的痛不欲生都如涓滴之水注入这个杯中，直至装满，现在他的心里已经再也盛不下更多的悲伤了。这样的解释并非开脱，却极有可能。

他唉声叹气，拿起话筒拨号，通知户主垃圾桶内发现尸体的事，早干早完事吧。

"这到底是怎么回事？"乌费满脸疲倦，坐在讯问室里烦躁地吵嚷。

帕特里克没搭理他。他和马丁都不说话，只顾整理好面前的文件资料。他们和乌费隔着一张略微摇晃的桌子相对而坐。除了四把椅子之外，这是房间里唯一的家具。帕特里克注意到乌费并不怎么紧张，但是多年的侦讯经验告诉他，讯问对象未必表里如一。他清了清嗓子，将手叠放在面前的资料上面，身体前倾：

"听说昨晚发生过骚乱。"

他注意观察对方的反应，只得来一声冷笑。乌费四仰八叉地仰靠在椅上，一副无所谓的样儿，皮笑肉不笑。

"啊，是说那件事。不说我还忘了，他下手挺狠呐。"他朝马丁偏了偏头，"倒是应该投诉警察暴力执法。"他再发笑。帕特里克的火窜上来。"是吗？"他语调冷静，"我的同僚和其他在场的警官自有说法。我想听听你的说法。"

"我的说法。"乌费伸长腿，把椅子蹬得快与地板平行了，这姿态让人很不舒服。"照我说，那叫做小小的争吵。喝醉了吵个架而已，有什么问题？"他眯缝着眼睛，帕特里克看出，他那被酒精灌晕的脑子正在极力地试图运转。

"问话的人不是你，而是我们。"帕特里克冷冷地说，"昨晚十点，两名警官看见你对一位女演员，利勒莫尔·佩尔松暴力相向。""你是说芭比！"乌费笑喷，"利勒莫尔……老天，真好笑。"

帕特里克极力抑制情绪，真恨不得上前猛揎对面的小子一巴掌。马丁会意地接了话，好让他稍事冷静。

"我们目睹你推搡并殴打过利勒莫尔，冲突因何而起？"

"真搞不懂你们干嘛老是盘问我这件事。没什么大不了的。我们只是有些……有些意见不合而已。我根本没碰过她！"乌费不再四平八稳，不安的情绪渐渐流露。

"为了什么事情意见不合？"马丁追问。

"没啥！呃，好吧。我听说她在背后讲我的坏话。只是想让她承认这件事并且收回那些话！只想让她明白，不能那样随随便便往别人身上泼脏水。"

"昨天夜里你和其他人也是为了这件事逼问她吗？"帕特里克看着面前的目击报告问道。"是的。"乌费回答，把身子坐直了些，不再嬉皮笑脸。"要命，你们可以去问芭比，她能证明我没说假话，不过是吵架而已。我不懂警察干嘛对这件事情死缠烂打？"

帕特里克和马丁对望一眼，然后回头看着乌费，平静地说："恐怕利勒莫尔再也无法开口讲话了。今早她被发现被害身亡，是谋杀。"讯问室里顿时一片寂静。乌费的脸发白，帕特里克和马丁等待着。

"你、你们……在开玩笑，对吗？"他最后说。警察缄默不语。他缓慢地理解了帕特里克的意思，笑意全失。

"该不会？你们认为是我？可是……那只不过是吵架！我绝不会、我没有……"乌费茫然地转着眼珠，语无伦次。

"我们要提取你的 DNA 样本。"帕特里克摆放好相关的器具。

"你不会反对吧？"乌费犹豫了一下，说道："不！你们他妈的尽管提取好了。我什么也没干过。"

帕特里克倾身用棉签从乌费的口颊内侧蘸取样本。乌费一度露出心有不甘的表情，但是为时已晚。棉签已被扔进信封，随后封口。他盯着那只信封，咽了口唾沫，睁大眼睛看着帕特里克。

"你们不会是打算停止节目的拍摄吧？不能那么干。我说，你们不能那么干！"他显得气急败坏。这群人的激烈反应让帕特里克轻蔑至极。区区一套电视节目，其价值怎能凌驾于人的生命之上呢？

"这由不得我们决定。"他冷淡地说，"制作公司说了算。若是握有决定权，我会在五秒之内让那个垃圾节目关机……"他摆摆手，看到乌费松了口气。"你可以走了。"帕特里克抛出一句。芭比赤裸的尸体历历在目，想到她的死将成为一条娱乐新闻，他感到阵阵心酸。这些人的良知到哪里去了？

今天早上，厄林的心情好得无以复加，甚至可以说，这一天开始得堪称辉煌。一大早，他在清冽新鲜的空气里慢跑了一大圈。他向来不是那种善于欣赏大自然之美的人，但是今天早晨，看见日光射透树冠，他感到异常兴奋。回到家中，神清气爽之感犹存。带着这种愉悦的情绪，他想要提出与维维卡做爱，她应该是很容易说服的。这件事通常是厄林的一块心病。婚后她对于性生活多少失去了兴趣。他觉得自己很是吃亏，如果不能占有她的肉体，娶个年轻的太太有什么用？不行，必须改善这种状况。运动产生的快感驱使他渴望和小维维卡严肃地谈谈这个问题，告诉她结婚不仅意味着得到，也意味着付出。是时候提醒提醒她了。毕竟，他是如此的饥渴。厄林刚刚要迈步上楼去找维维卡谈话，电话铃声忽然大作。他本想任它去响，却还是转过身拿起了茶几上的无绳电话。说不定是要紧事。

五分钟后，他呆坐在那里沉默地攥着电话，适才听到的话在脑中轰鸣。他本能地思考着应急方案。随后，他起身朝楼上喊："维维卡，我得去趟办公室。出了点事，我去处理一下。"

　　楼上传来模糊的回应声，表明她已听见。他披上外套，抓过门旁挂钩上的车钥匙。怎么会出这种事情？现在该怎么办才好？

　　像今天这样的日子，当个警长感觉真好。梅尔贝里不断提醒自己此刻站在此处的目的，尽力掩饰内心自鸣得意的感觉。必须展现出身为长官所具备的怜悯之心和英武决断。不过，他的确非常喜欢成为聚光灯的焦点，这种形象很适合自己。"我再给一分钟的时间拍照，然后你们必须安静下来。"听到众人纷纷满含敬意地响应，他按捺住激动的心情，自己天生是个人物。闪光灯继续此起彼伏地闪耀，片刻过后，梅尔贝里抬起手示意停止拍照，用眼光环顾着来自各大新闻媒体的记者们。

　　"如诸位所知，今晨警方发现了利勒莫尔·佩尔松的尸体。"话音未落，无数只手高高举起。他慷慨地朝《快报》的记者点点头。

　　"对于被害人系他杀致死这点，警方是否已有定论？"每个人都手持纸笔等待记下答复。梅尔贝里清了清嗓子。

　　"目前我们还没有拿到验尸报告，不能妄下结论。但是所有的迹象都指向她的死系谋杀所致。"他给出的答案引来一片窃窃低语以及快速记录的声音，标有各家电视台频道名称的摄像机嗡嗡作响，所有的灯光都对准自己，梅尔贝里不知该优待哪个才好。经过慎重的考虑，他选择了处于最佳拍摄角度的四频道。问题层出不穷。他朝一个晚间报社的记者点下头。

　　"请问已经锁定嫌犯了吗？"又是一阵焦急的等待。梅尔贝里眯起眼躲避刺眼的闪光灯。

"我们对几个人进行了讯问。"他作答。"但还没有锁定嫌犯。"

"《塔南舍》会因为此次意外终止拍摄进程吗?"这个问题是新闻频道的记者提出的。

"鉴于目前的状况,警方没有权利或理由干预此事。决定权掌握在节目制片方和电视广播公司手里。"

"但是,一档娱乐节目在其演员遭到谋杀以后还能继续拍摄吗?"那个记者追问道。

梅尔贝里的不快溢于言表。"我说过了,警方对此没有发言权。你们得去问电视台。"

"她是否遭到过强暴?"人们再没有耐性等候他点头示意了,问题如同连珠炮般袭来。

"只有法医才能回答这个问题。"

"可是,有没有迹象表明她遭到过性侵犯呢?"

"她被发现时赤身裸体,因此诸位可以自行揣测。"话一出口,梅尔贝里立刻后悔自己泄露了不该泄露的信息。然而这都要归罪于这种现场压力,这场媒体见面会带给他的兴奋逐渐消退,这完全不同于面向本地媒体的新闻发布会。

"发现尸体的地点会否是案发第一现场?"一位本地记者好不容易挤了进来,大城市报社和电视台记者的争抢功力的确非同寻常。梅尔贝里思考了一会儿,不想再说错话。"眼下没有迹象表明这点。"他最终说道。

"尸体是在哪里被发现的?"晚报社的记者插了进来,"传闻是在一辆垃圾收集车里,是否属实?"众人的目光再次凝聚在梅尔贝里的脸上。他紧张地舔了舔嘴唇。"无可奉告。"见鬼,他们肯定能猜到这样的答案意味着传言非虚。也许该听从帕特里克的建议,媒体见面会前,帕特里克曾建议由他负责答问环节。然而若是失去在镜头前展现风采的机会，笃定会要了梅尔贝里的命。光是想想那种提议就让人气不打一处来。他挺直腰杆，重新获得了勇气。"请说。"他指着某个一直在下边挥手的女记者。"《塔南舍》节目的参演人员是否受到了讯问？"

梅尔贝里爽快地点头。那群人热衷在屏幕上抛头露脸出自己的丑，透露这条信息自己一点也不难。"是的，他们受到了讯问。"

"他们之中谁最有嫌疑？"新闻频道的摄像机正在运转。记者将硕大的话筒对准梅尔贝里的嘴。"首先，警方还没有最终确认它是一起谋杀案。所以，目前尚未锁定嫌疑人。"心口不一。他看过莫林和克鲁斯撰写的目击报告，对于哪几个人做过坏事他已了然于胸。但是他可不笨。没有万事俱备，不能急于透露含金量颇高的内幕消息。

提问的热情渐渐冷却。梅尔贝里一遍遍说出相同的答案。最后，他忍无可忍地宣布见面会到此结束，随后转过身，昂首阔步地走出房间。相机在他身后咔嚓作响，闪光灯一路追随。希望今晚收看晚间新闻时，罗斯玛丽能目睹自己的伟岸风采。

距离芭比死去已有数日。好几次，乔娜都看见人们窃窃私语，对自己指指点点。自从参演《老大哥》以来，她便习惯了被品头论足。但是这次完全不同，人们并不是对自己参演电视节目感到好奇或者艳羡，而是种如饥似渴寻求血腥刺激之感。她觉得毛骨悚然。

一听到芭比的事她就想逃回家去。逃离是她的第一反应，逃回那个她唯一可去的地方。但她清楚那样也改变不了什么。在家里，等候自己的依然只有空虚和孤单。不会有人温柔地拥抱自己，抚摸自己的头，施予这些她全身心强烈渴求着的爱抚之举。没有人会那样做，在家，或是在这里。因此她决定，留下也无妨。她感到身后的收银台空荡荡的。虽有超市的女员工站在那里，却还是空若无人。

乔娜很诧异，芭比的离去在自己心里留下了如此巨大的空洞。从前，她总是耻笑那个女孩，漠视她的存在，根本没有把她当作一个人来看待。现在她走了，乔娜才意识到，纵然她总是随波逐流、肤浅无趣，好以外貌博取眼球，却周身散发着快乐的气息。芭比永远能让大家情绪高昂。她总是在笑，对待节目总是兴致勃勃，不遗余力地为每个人加油打气。然而大家却极尽嘲讽挖苦之能，将其视作胸大无脑的下贱女人贬得一文不值。事到如今，大家才知道，她给予他们的是那么多。

乔娜撸一撸衣袖。今天她没有心情面对顾客们瞠目结舌、表达同情或厌恶的样子。她臂上的伤口比平常更深。芭比死后，她每天都在割伤自己，比以往更加肆无忌惮，切得更深，直至皮肤绽开冒出鲜血。然而，汩汩涌出的血液已不足以排遣她的焦虑。这种感觉日益强烈，日益失控。

她耳中时而听见嘈杂的声响，犹如录音带一般清晰可闻，就像是四面八方真有人在讲话似的。太可怕了，一切都错了，错得离谱。黑暗从内心涌起，她无力拦阻，巴望着黑暗能随着伤口中的血一齐流走，但它却暴怒着势不可挡。

此刻，除了觉得身后空无一人以外，她还感到耻辱与恐惧。她的血管在悸动，里面的鲜血渴望喷涌而出。

"妈的。要是由我说了算，我要立马遣散这个马戏班！"乌诺·布洛松瞪着厄林，往硕大的会议圆桌上砸了一拳。他根本没正眼瞧弗雷德里克·莱恩。后者被请到政务厅商讨善后事宜，陈述制作单位的立场。

"我认为你应该冷静下来。"厄林劝诫对方。事实上，他很想揪住乌诺的耳朵，像管教天性顽劣的孩童一般把他扔出会议室。但基于民主至上的原则他强忍住这股冲动。"发生这种事情实属不幸。但是我们不能感情用事，仓促地作出决定。我们今天坐到一起，是为了秉着理性的态度和平协商。我特意邀请了弗雷德里克，让他自己说明继续拍摄与否。因此，请耐心听听他的看法。不管怎么说，他是位经验极为丰富的制片人。如我所言，虽然这种状况或者说悲剧是史上头一遭，我仍然对他的睿智深信不疑。他定能够帮助我们度过眼前的难关。""斯德哥尔摩白痴。"乌诺压低嗓门，但足以让弗雷德里克听见。制片人装作没听到，起身站到椅后，扶住椅背。

"看得出大家都很激动。当然，我们对芭比——利勒莫尔的辞世深表悲痛。整支制作团队以及身在斯德哥尔摩的电视台管理层均为此次事件深感遗憾。我个人也是如此。"他咳嗽一声，悲痛地垂下目光。片刻局促的沉默之后，他抬头说道："然而，正如那句美国谚语所说，'表演必须继续'。如果在座诸位的家人发生意外——上帝保佑不会出这种事——相信你们不会停止工作，我们也不能。而且我深信，芭比——利勒莫尔本人也希望团队能顺利完成拍摄。"他再次沉默，眼神哀伤。

闪闪发亮的会议桌另一端传来抽泣。"可怜的孩子。"格尼拉·谢林用纸巾轻轻拭去一滴眼泪。

瞬间，弗雷德里克的表情有些不安。随后他继续说道："同时我们也无法忽视摆在面前的现实问题。其中一个难处是，电视台在该项目上投注了庞大的资金。我们一直期盼用这笔投资为我们双方创造可观的效益。制作方将得到收视率和广告收益方面的回报，塔南舍则将获得游客人数的增长和大笔旅游业收入，好处显而易见。"

财务官艾力克·伯林举手想要发问。厄林了解他的问题不利于将讨论导向正确的方向。因此使个眼色，让他把手放下。

"发生这样的事还能指望游客盈门吗？凶杀案对于旅游业而言可

127

是硬伤呐。"前任政务官乔恩·舒斯特眉心紧锁望着弗雷德里克·莱恩，显然希望听到对方的回答。厄林感到血往头上涌，在心里从一默念到十。人们的目光为何永远是那么的狭隘短浅？坐在这里假意怜悯那班……那班东西，一群在现实生活里一天都撑不下去的家伙。至少，在他身为首席执行官所熟悉的那个世界里，没有他们的位置。他冷冰冰地转向舒斯特：

"乔恩。不得不说，我对你的态度非常失望。我以为你会是唯一懂得从大局权衡轻重的人。你是有经验、明事理的人，怎么会在旁枝末节上纠缠不清呢？讨论的目的是保障本镇的最高利益。不能人为地设置障碍，譬如，用婆婆妈妈的同情心限制塔南舍的发展前景。"说出这番明贬暗褒的责备之辞时，他看到前任政务官眼里闪烁着某种不确定的光芒。毕竟，乔恩仍然渴望着以位高权重的形象示人，仿佛他是自愿让贤，将继任者扶上马再送一程一样。尽管他和厄林心里都清楚完全不是那么回事，但厄林觉得，只要事情的发展能如己所愿，陪对方玩玩也无不可。问题在于乔恩是否做出响应。厄林没有再说什么。房间内气氛凝重，众人屏气凝神，想听乔恩作何反应。后者沉吟许久，转向厄林，浓密的白胡须底下现出一个慈父般的笑容："厄林，你说得对。回首从前，我确实数次力排众议以及各种干扰促成过几桩大事。"他点头环顾左右。众人一头雾水，浑然不知乔恩口中的"几桩大事"是指什么。

厄林领首赞许。老狐狸总算识时务，明白要以长远眼光权衡利弊。赢得乔恩的支持之后，厄林才表明态度。"谈到旅游业，我们眼下正处于非常时期。塔南舍这个名字被全国大小报纸醒目地登在头版头条。从表面上看，内容与一起惨剧相关，但实际上，本镇的大名如雷贯耳地留在了每个瑞典人的脑海里。毫无疑问，我们可以化被动成主动。我正想提议请来公关公司出谋划策，看怎样才能利用传媒的力量造福于塔南舍。"艾力克·伯林自说自话地念叨着预算问题，他的话像惹人厌的苍蝇被厄林挥手拂去了。"艾力克，我们现在不谈那些事情。我刚才已经强调过了，那些只是旁枝末节。此刻我们亟需着眼大局，船到桥头自然直。"他转向弗雷德里克·莱恩，后者一直饶有兴致地观望着众人的对话。"因此，《塔南舍》将在我方的全力支持下继续拍摄，我说得对么？"厄林回头逐个审视每个人。

"那是当然。"谢林响亮地回应，仰慕地凝望他。

"妈的，对头，让垃圾节目继续拍下去吧。"布洛松的脸铁青，"反正也不会比现在更糟了。"

"同意。"伯林虽然答得干脆，但仍有无数个问题没有问出口。

"好，很好。"乔恩·舒斯特捻着胡须说道。"很高兴大家都能如厄林与本人这般以大局为重。"他向厄林露出笑脸。厄林迫于无奈也挤出一个笑容，心里暗想，那个老蠢材根本不知道自己在说什么。但他脸上却笑得更加卖力。解开困局并不像原先想象的那么困难。乖乖，自己的斡旋才能着实过人！

"鱼肉还是禽肉？"

"我都想要。"安娜笑答。

"噢，想得倒美。"艾丽卡吐舌揶揄妹妹。两人坐在露台上，身上裹着毛毯，共饮咖啡。艾丽卡腿上放着斯特拉酒店推荐的婚宴菜单，感到唾液正在加速分泌。

"比方说，听听这份菜单怎么样？"她大声读出菜名。"前菜是柠檬汁龙虾生菜沙拉，主菜是九层塔左口鱼烩饭佐蜜酿胡萝卜，甜点是覆盆子酱芝士蛋糕。"

"天哪，简直无可挑剔！"安娜啧啧赞叹直咽口水。"那道左口鱼尤其诱人！"她呷了口咖啡，裹紧毯子，远眺前方的大海。

艾丽卡赞许地看到妹妹近来改变了那么多。她凝望着安娜的侧影，记不清已经有多久没有见到她如此安详的表情了。很久已来，她总是替妹妹感到忧心。现在终于能够释怀，实在值得高兴。

"爸若能看见咱俩此刻坐在这里聊天该多好，"她说，"从前，他总嘱咐我们两一定要相亲相爱。他向来认定我对你呵护得过多了。"

"我了解。"安娜浅笑，转脸注视艾丽卡。"他也曾和我谈心。叮嘱我要长大，要懂事，别把担子全推到你一人身上。我做不到这点。尽管我老爱抱怨你像个妈一样处处管着我，但实际上，我却很享受这种呵护。我老寄期望于你去扮演更为成熟、包揽一切的角色。"

"我常常想，当初妈若是能尽到当母亲的本分，情况肯定会完全不同。毕竟，她才是母亲，我不是。"艾丽卡胸口发紧。想到母亲时她总会如此。母亲，是个儿时记忆中近在身边、内心却离她无比遥远的影子。

"想这些又有什么用呢？"安娜若有所思地拽拽毯子，一直裹到下巴处。虽然春光明媚，寒风却仍在肆虐，从每个缝隙钻进来。"提到这事，谁晓得她心里背负着怎样的负担呢？我从来不记得她谈起过自己的童年时光或是嫁给爸之前的生活轨迹，这不怪吗？"安娜的表情很困惑。此前，她从没认真想过这些。这世上的事总是这样的。

"要我说的话，整个事情都让人觉得怪怪的。"艾丽卡发笑，难掩苦涩的味道。

"可是，你先别笑。"安娜细究，"你记得艾尔西讲起过自己小时候的事儿、父母的情况、她与爸如何相遇，诸如此类的事吗？我连一句也想不起，也没有见过任何照片。有次我曾经问她，怎么没见过外公外婆的相片，她却心烦意乱地呵斥我，说时间过了这么久，她怎么会知道自己把那堆老古董收存到哪里去了。你不觉得有点奇怪么？我是说，谁会没有旧照呢？至少该知道它们在哪儿吧？"

艾丽卡蓦然惊觉安娜言之有理，她也没见过艾尔西过去的照片或听她说过从前的事。仿佛在她和托尔拍下结婚照之前，这个人压根就不存在似的，没有任何关于过去的痕迹可寻。

"嗯，改天你得好好查查……"安娜说到，艾丽卡听出她不想再继续这个话题。"你有那种天赋。现在言归正传，你决定订下刚刚念的那款菜单了吗？我觉得它听起来棒极了！"

"我得问问帕特里克的意思，看他是怎么想的。"艾丽卡回答，"不过，他现在为了那宗凶杀案正忙得焦头烂额。为了琐碎小事去烦他，我总觉得有些……不合时宜。"

她把菜单放回腿上，怅惘地远眺海面。这几天帕特里克忙得人影都见不着，自己非常惦念他。她能够理解，那个女孩死得太惨，他只想尽快破案抓到凶手。与此同时，看到丈夫为了重责大任忙得不可开交，她反过来更加不安于自己眼下赋闲的状态。诚然，她对这个家的奉献是不容抹煞的。她明白并且坚信，没有什么比恪守母责更加重要。但是，她也深切地渴望能够坚强而独立，渴望能够做回自己而不仅仅是玛雅的妈妈。安娜已经从幽暗的囹圄中得到了自由，艾丽卡盼望自己可以每天提笔写作几个钟头。她向安娜透露过这个想法，妹妹热情地主动请缨，要在她笔耕时负责照料玛雅。艾丽卡已经开始思索新的选题，她想要撰写一部好书，一部触及人性深刻层面、扣人心弦的真实罪案推理小说。想到写书的事，她的工作热情油然而生。

"我想去上网查些资料，"她起身说道，"看有什么新案子可写。等玛雅醒来，请照顾她一会儿好吗？"

安娜笑意吟吟。"玛雅尽管交给我，放心工作去吧。祝你满载而归！"

艾丽卡笑着走进自己的工作室。

5

咸水的气味。飞鸟凄鸣，划过无边无际的那片蔚蓝。船身在摇晃的感觉。他感到有些东西不再一样。某人不见了。某种温馨柔软的东西被冷酷刚硬所代替。此刻怀抱自己的手臂散发出刺鼻的难闻气味。衣服上有，皮肤上也是。但最难闻的，是那个女人的嘴发出的恶臭。他想不起她是谁，也不解自己为何念念不忘。似乎是在梦里，污秽却又熟悉的景象依稀可见。他想要了解更多。

他苦恼自己为何止不住地发问。为何不能像妹妹那样安分守己地度日？每每听到他的问题，她总是那么惊慌。他不想惹她难过，却无力做到。每当忆起咸水的气味和掠动发丝的微风时，他就无力做到。当他想起一个男人把他和妹妹高高抛起的感觉。他的身旁站着原先语调慈蔼，后来却变得冰冷的那个女人。有时候，他搜索自己的记忆，似乎见过她微笑的样子。

也许她说得对——那个真实、美丽，深爱着他俩的她。那一切只是一个噩梦。噩梦终会结束，被令人心悦的美梦代替。他没有顶嘴。但是有时候，他发觉自己在怀念那股咸味，怀念鸟儿凄厉的鸣叫，甚至那个冷硬的嗓音。但他从来不敢说出来。

"马丁，我们到底查到了什么？"帕特里克心烦意乱地甩开笔，那只笔从桌面弹落到地上。马丁镇静地拾起它放回笔筒中。

"才过了一个星期，帕特里克。你知道查案是很耗时间的。"

"我只知道统计表明案件的侦查过程越长，破案的几率也就越小。"

"我们正在全力以赴。"马丁注视着帕特里克，"说正经的，你干嘛不放自己半天假，好好洗个澡放松放松呢？你看起来精疲力竭的。"

"放松？在这份儿喧杂吵嚷当中？我可办不到。"帕特里克说，用手指捋着满头竖立的乱发。电话突然铃声大作，两人随之一惊。帕特里克拎起电话筒立即挂断。一分钟后，它再次响起。他心烦意乱地冲入楼道大喊："妈的，安妮卡，拔掉我屋的电话线！"他走回办公室摔上房门。与此同时，局里的其他几部电话也响个没完没了。但是隔着门，便不觉得太吵了。

"帕特里克，冷静，你干着急也是无济于事。必须吃点东西，休息一下。还有，最好出去向安妮卡道个歉。否则她会翻脸无情，给你苦头吃。星期五下午你休想再尝到她亲手焙制的小松饼了。"帕特里克重重坐到椅上，忍俊不禁："你说松饼，不会绝情到不给我吃松饼吧？"

"搞不好圣诞节的自制太妃糖礼包也没着落了。"马丁点头，表情一本正经。

帕特里克夸张地瞪大眼睛。"连奶糖也没得吃，她不至于小气到那种地步吧？"

"我想会。"马丁说道，"所以你现在最好过去跟她说声对不起。"

帕特里克笑着投降。"好吧，遵命。"他又捋了捋头发。"报社、电视台的记者像疯了一样。我没有预料到阵势会如此之猛，完全是肆无忌惮。他们难道不明白这般穷追猛打势必会妨害案子的侦破？叫人怎么工作！"

"我觉得这一周以来咱们已经做得不少了。"马丁平静地说，"我们讯问了所有的演员，察看了利勒莫尔失踪当晚舞会的录像带，查问了所有能查问的人，我认为咱们已经完成了大量的工作。至于由《塔南舍》事件引发的混乱局面，我们也无能为力。"

"你相信吗？他们居然决定继续播出那套狗屎节目。"帕特里克愤怒地挥动双手。"一位女演员被害了，电视台竟然拿这件事大肆炒作，在黄金时间段播出，供全体瑞典国民茶余饭后观赏。这对于被害者而言是极大的污辱。"

"你说得都对。"马丁尖锐地反问，"但是我俩又能做些什么呢？梅尔贝里和那个见鬼的厄林·拉森是一丘之貉。他们热衷于利用媒体的影响力，因此绝对不会喊停的。我们无法改变外在的环境，唯有恪尽职守埋头工作。我还是那句话，稍事休整，对你自己、对案子都大有裨益。"

"你是在暗指我忙得回不了家吗？实在是抽不出空。不过咱俩可以去杰特维里搓顿午饭。这样算是稍事休整了吧？"他瞪着自己的搭档，但心里知道，对方说的有道理。

"那是必须的。"马丁站起身来，"出门的时候别忘了向安妮卡道歉。"

"记住了，妈妈。"帕特里克取下外套，与马丁前后脚迈出房间。直到这时他才觉察到自己饥肠辘辘。

周围电话铃声响个不停。

克斯汀不想、也无需去上班。她的病假还没休完，医生嘱咐她要注意休息。成长经历赋予了她很强的工作观念，通常会不顾一切全身心投入工作之中。然而问题在于，她觉得自己与将死的人没有分别。她的身体没有问题，照常走动，照常吃饭，照常洗澡，延续着往日的生活，但这一切只是机械运动。也许她里面的那颗心已然死去。一切都变得不再重要，再没有什么能够唤醒快乐的感觉，甚至于对什么都漠不关心。一切都冷冰冰的，了无生气。距离警察敲响家门已有两周，当时她便知道自己的人生即将发生巨变。每夜入睡前，与马利特争吵的情形一遍遍在克斯汀的脑海中重现。她无法摆脱这个事实——两人的最后一次交谈竟是在怒气之下。克斯汀痛悔不已，那些脱口而出伤害马利特的话，倘若能够收回只言片语该有多好。依马利特的意思去做有何不可？为何非得逼着她答应出柜不可？只要她俩得以相依为伴便足矣，形式问题并不重要，不是吗？至于别人怎么想、怎么说，此刻看来全都微不足道。

克斯汀百无聊赖地躺到沙发上，摁下电视遥控器，拉过毯子盖住自己。它是马利特为数不多的挪威探亲之旅中带回来的，散发着羊毛织物特有的味道和马利特的香水味。克斯汀把脸埋在其中贪婪地呼吸，企望这股香气能够填满胸中的空洞。

忽然间，她非常想念索菲。那女孩更多地使自己想起马利特而非沃拉。索菲来看过她两次，虽然竭力安抚克斯汀，但她自己也是一副随时都会崩溃的样子。她突然之间长大了，脸上有种罕见的成熟——那种经历痛苦的洗礼才会出现的成熟。克斯汀想要赶走它，把时钟拨回到从前，召回她这个年纪应有的天真烂漫。然而，一切都已去而不返。同时，克斯汀清楚自己将失去索菲。那孩子对于这点浑然不知。无疑，她无比依恋母亲的知己，但人生不会允许这种事情继续。许多事在召唤着她，当悲伤渐逝，友情、恋情、派对、学业，以及豆蔻少女生活中的全部要素将会占据她的生活。另外，沃拉也会想方设法让孩子与自己划清界限。日子长了索菲将放弃反抗，慢慢减少登门拜访的次数，最终彻底切断联系。再过一两年，倘若在路上偶遇，两人自会寒暄几句，随即转身各奔东西。剩下来的唯有另一段延续一生之久的回忆。她俩纵然再不舍，能捉住的也只能是雾霭般的回忆而已。失去索菲是件自然而然的事。克斯汀漫无目的地换着台，大多是些鼓动观众拨打热线竞猜字谜的节目，无聊透顶。两星期以来一直萦绕在脑际的疑问再度升起。究竟是谁想伤害马利特？谁抓住了在气头上离家出走的她？她害怕了吗？死亡来得很快吗？她疼么？知道自己会死么？重重疑问无休止地困扰着克斯汀，却没有答案可寻。虽然从电视报章上看到了现场秀女演员被谋杀事件的陆续报道，但奇怪的是，她对此却漠不关心。她整个人已经被自己的痛苦所充满。她反倒担心，后一起案件会转移警方的视线，使其松懈对马利特案的侦查进度。媒体的狂轰滥炸肯定会使警方全力缉拿杀害那个女孩的凶手，他们不会再把马利特放在心上。

克斯汀撑起身子去够茶几上的电话。她决心捍卫马利特的权益，直至有人肯做点什么。自己亏欠她的实在太多。

自从芭比死后，参演人员每天都会聚在正厅中央接受心理疏导。起初这种安排遭到过抗议。大家先是沉着脸一言不发，继之以尖刻的言语。直到弗雷德里克指出，这是继续拍节目的先决条件，他们才勉为其难地同意配合。然而约莫过了一周，他们开始身不由己地爱上了小组辅导时间。拉斯从不说教，而是默默聆听，只在关键处说上一两句精当的评语，然后有的放矢地逐个与众人交流。连乌费也喜欢上了拉斯，尽管打死他也不会承认。同时，也没有任何人再对之后的单独辅导环节提出异议。虽说没有人是兴高采烈前来进行心理治疗，但全都渐渐接纳认同了这种做法。

"几天来大家对于发生的事件感想如何？"拉斯逐个儿看了一遍众人，等待有人自愿发言。他的眼光落在穆罕默德身上。

"我觉得还凑和。"穆罕默德半天才说，"情势过于混乱，根本没有时间去思考。"

"思考什么？"拉斯追问，促使他进一步解释。

"思考发生的事，芭比的事。"他埋下头凝视自己的手。拉斯移开目光扫视众人。

"你认为无须思考是件好事？其他人也有同感么？身处乱局正好让自己什么也不用去想？"

又是沉寂。

"我除外。"乔娜忧伤地说，"我觉得很难过，难过得要命。"

"说说看，怎么个难过法？"拉斯侧着头问。

"想到发生在她身上的事，脑海中老是闪现一些画面，她是怎么死的什么的，还有，她躺在……垃圾桶里的模样，令人作呕。"

"其他人脑海中也会闪现这样的画面吗？"拉斯的眼光停在卡尔身上。

"那是当然，毋庸置疑。但是想这些事没有任何意义，芭比已经死了。"

"你们不认为勇敢面对那些画面才能根本解决问题吗？"

"扯淡，来瓶啤酒就能解决问题。卡尔，你说是不是？"乌费嘻皮笑脸地踹了一脚卡尔的小腿肚，看见没人买账，讪讪地收起笑容。拉斯转脸注视他，这眼光让他坐在椅上局促不安地扭动。按照拉斯的说法，他是唯一一个至今仍在负隅顽抗的人。"乌费，从外表看来你总是那么的冷漠。然而想起芭比时，你脑海中会浮现出什么样的画面呢？"

乌费环顾众人，仿佛不敢相信听到的话。芭比能让自己想到什么？他看着拉斯坏笑。"谁要是说首先想到的不是她的奶子准保是扯谎，来聊聊硅胶波霸！"他将手圈作杯状左顾右盼争取支持。但是这次依然没人搭理他。

"老天。乌费，闭嘴。"穆罕默德厌恶地说道，"你是真白痴还是在作秀？"

"你他妈敢骂我？"乌费身体前倾逼视穆罕默德。但他的低级大脑即刻清醒过来，那番妄语的确过分，于是再度沉默，心有不甘地闭上嘴。她活着的时候人人都讨厌她。然而此刻，他们却如孩子那般伤心欲绝，宛若哀悼最亲密的知己。

"蒂娜说得不多。你怎么看待利勒莫尔的死？"

"我觉得实在是太可惜了。"她噙着泪摇头感叹，"我是说，她还那样年轻，还有一份具有国际影响力的事业摆在面前。本来拍完这套节目后，她会为《情色》杂志拍摄写真的，事情都已定妥了。另外，她也正在洽谈前往美国进军《花花公子》的事。我是说，她有可能成为下一位维多利亚·希尔维斯特。维多利亚现今韶华已逝，而芭比极有可能接棒。我俩曾多次聊到这个话题，芭比踌躇满志，同时也非常理性。现在却出了这种事，太可惜了。"泪水顺着脸颊滑落，她用手拭去它们，动作轻柔，免得弄花了睫毛膏。

"嗯，是啊，太可惜了。"乌费哀呼，"世界失去了下一位维多利亚·希尔维斯特。该怎么办是好啊？"他皮笑肉不笑地举手向天。看到众人投来憎厌的目光，"好吧好吧，我闭嘴就是。坐在这里尽情哭泣吧，你们这帮伪君子。"

"乌费，看来你对这件事有诸多不满啊。"拉斯轻声说。

"倒不是不满，只是觉得他们真他妈的虚伪，一个个为了芭比抹眼揩泪的，她活着的时候有谁把她放在眼里？至少我很诚实。"他摊开双手。

"你一点儿都不诚实，"乔娜喃喃地说，"你是个蠢货。"

"听听，神经病开口说话了，卷起袖子让我看看你近期的大作，疯子。"他哈哈大笑。拉斯站起身。

"我想，今天的小组辅导就到此为止吧。乌费，你和我该进行单个辅导了。"

"好，好。不过别指望我会坐在里面掉眼泪，这群笨蛋已经哭得够多了。"他站起拍了蒂娜的后脑一记，她回头还以一拳。在众人注视之下，他嬉皮笑脸，懒洋洋地跟在拉斯背后走了。

罗斯玛丽今天要来塔南舍与自己共进午餐。这是继上次在杰特维里饭店吃饭后两人再度见面。梅尔贝里欣喜若狂地盼着时针指向十二点。他站在饭店门外不停地跺脚望钟，还差十分钟。他搓着手东张西望，打量停车场内进进出出的车辆。他仍旧提议来杰特维里，说起罗曼蒂克的气氛这里是不二之选。

五分钟后，他看见她那辆小巧精致的红色菲亚特驶入停车场。他心跳加速口干舌燥，下意识地摩挲自己的头发，在裤子上蹭手，然后向她走去。她迎上他的目光，笑意盈盈。他拼命克制住在大庭广众下揽住对方的腰肢深情一吻的冲动。这股冲动使他感到震撼，仿佛再度回到了青春年少的时代。二人拥抱、握手，他请她先进一步入内。触到她的背时，他的指尖微微颤栗。走进餐厅时他大吃一惊，帕特里克和莫林正坐在靠窗的位子，讶异地注视这边。罗斯玛丽好奇地看了看他，又看看他的两位同僚。梅尔贝里不得不上前介绍。两人与她握手问候，笑容灿烂。梅尔贝里叹气，心内连连叫苦，流言蜚语即将传遍警局。不过……跟罗斯玛丽出双入对，对自己而言绝不是什么丢脸的事。

"愿意和我们坐在一起吗？"帕特里克指着两个空位说。

梅尔贝里刚要拒绝，罗斯玛丽已经爽快地答应了。他暗喊倒霉，自己只想与她独处，和那两个人一起吃饭势必会破坏浪漫亲密的气氛，但是他只得佯装笑脸接受。他站在罗斯玛丽身后，厌恶地扫了帕特里克一眼，同时无可奈何地为她拉出座椅。帕特里克和马丁盯着他看，像是不敢相信自己的眼睛。没啥可奇怪的，像他们这个岁数，恐怕从来就没听说过"绅士"这个词。"认识你很高兴……罗斯玛丽。"帕特里克望向对面，问候道。她绽开笑容，眼周的笑纹也随之加深了。梅尔贝里忍不住地偷瞄。她的双眸亮晶晶的，唇边慢慢漾开笑容……不，任何词藻都难以形容她的美。

　　"那么，你们是在哪儿认识的？"莫林用调侃的语气问道。梅尔贝里不悦地皱起眉，他极其不愿别人嘲弄自己或是罗斯玛丽。"是在蒙克达尔的谷仓舞会上认识的。"罗斯玛丽两眼放光，"伯蒂尔和我都是被朋友硬拉去的，本来都不太感兴趣。可是，有时候命运会把你推向缘分的。"她朝梅尔贝里莞尔。他的脸因为快乐而发红。如此说来，自己并不是一个单相思的傻瓜。她对于那晚的不同寻常也深有感触。

　　服务生过来等候客人点餐。"大家随便点，今天我请客！"梅尔贝里被自己的话吓了一大跳。有一瞬他感觉后悔，但罗斯玛丽倾心仰慕的表情让他下定了决心。帕特里克与马丁惊异地看他。他不耐烦地催促："快，趁我改变主意之前快点餐吧，否则这顿算你们的。"帕特里克勉强回过神，吞吞吐吐地说："我要鱼扒。"同样震惊的马丁只剩点头的份儿，示意要一样的。

　　"我要肉燥饭。"梅尔贝里说完，转脸望着罗斯玛丽。"亲爱的，你呢？女士今天想来点儿什么？"帕特里克被水呛着，咳嗽起来。梅尔贝里用责备的眼神瞟他，以与其共餐为耻——两个成年人对于基本礼仪竟是一窍不通，年轻一代的教养落差不容小觑。

"我来份猪排，谢谢。"罗斯玛丽摊开餐巾铺在腿上。

"你居住在蒙克达尔吗？"马丁彬彬有礼地问，为她斟满水杯。

"我现在住在丁格尔。"她啜了口水，回答道，"我被迫提前退休，所以决定搬去和家人同住，现在暂时住在妹妹家里，等找到地方再作打算。以前我一直住在东岸，因此碰到感觉对路之地方才会落脚。一旦定居下来，恐怕就很难再离开了。"

她唇边绽开的笑意使梅尔贝里心动不已。仿佛心领神会，她矜持地垂下眼帘，接着说道："一切要看缘分的安排。看我们在人生的旅途中遇见了谁。"她抬起头，与梅尔贝里四目交会。他从未如此欣喜雀跃，正待开口说点什么，服务生走来上菜。罗斯玛丽转向帕特里克提出一个问题。

"对了，那起凶杀案你们查得怎么样了？伯蒂尔告诉我案子骇人之极。"

帕特里克一时没有答话，只顾专心致志地对付餐叉上的鱼肉、土豆、蔬菜和调味汁，把它们送进嘴里。

"是的，用骇人来形容再恰当不过了。"他咽下食物后说，"媒体的穷追猛打也把我们搞得焦头烂额。"他转脸望向窗外的活动中心。

"我真不明白人们为什么喜欢观看那种垃圾节目。"罗斯玛丽摇头感叹，"特别是在惨剧发生之后，简直和秃鹰一般残忍嗜血！"

"正是，正是。"马丁黯然神伤。"问题可能出在，他们没有把屏幕上的演员当作活生生的人来看待。这是我能想到的唯一解释。不然谁会对着一起惨案欢呼雀跃呢？"

"其他演员是否具有作案嫌疑？"罗斯玛丽口吻神秘地压低声音。

帕特里克瞟了一眼他的上司，与老百姓探讨办案情况令他的内心有所保留，但是梅尔贝里默许了。

"我们正从每个角度探悉案情的真相，"他小心谨慎地回答，"还没有锁定具体的嫌犯。"他决定就此打住话题。

好一阵子，四人默默地吃饭。食物虽好，但同桌几位的怪异关系使他们很难找到共同话题，气氛有些冷场。电话铃声忽然响起，打破了沉寂。帕特里克从衣兜里摸出手机，起身快步走到角落接听，以免打扰其他用餐的客人。几分钟后他径直走回桌旁，对梅尔贝里说："是佩德森打来的。利勒莫尔·佩德森的验尸报告出来了，我们有了更多的线索。"他神情冷峻。

汉娜很享受独自在家的静谧。她决定回家吃顿午饭，家离警局不远，只有短短几分钟的车程。她在饭桌旁边坐下，吹了吹用微波炉加热过几分钟的食物，这是昨晚剩下来的酱肉，她总认为这道菜次日吃起来口感更佳。

独自在家让她感觉闲适轻松。尽管深爱着拉斯，但他在家总会让她感到紧张，那种有话说不出的焦虑感横在两人之间、弥漫在空气里。她意识到，那种感觉让自己多么精疲力竭。问题在于，她深知两人的关系被某种他们永远无法改变的东西所累，正在一点点地枯萎下去。过去如同一条又湿又沉的毛毯，压抑着他们的生活，憋得人透不过气来。有时候，她试图说服拉斯与她合力掀开这层毯子，透进一点点空气、一点点阳光。然而他只会活在这阴暗潮湿当中，不知道别的活法。至少这种生活方式很熟悉。

她常常盼着转机出现，打破使他俩泥足深陷的恶性循环。这两年她很想要个孩子，以此重新开始。但是拉斯拒绝了，连提都不想提起。他说自己很忙，她也是。拥有事业就足够了。她不那么看，总觉得缺少了什么。

"感觉还好吗？"面包店的烘焙间里，西蒙关切地看了一眼待在角落桌边的穆罕默德，在他对面坐下。卖力工作过后，两人决定稍事休息。不过这意味着必须让乌费留在店堂内招呼客人，因此西蒙不时会不放心地往那边瞄上一眼。

"五分钟之内他还不至于惹出事端，反正我是这么看的。"穆罕默德呵呵一笑。

西蒙也放松下来，笑着说："不幸的是，自从那个另类分子出现在员工队伍中，我连一刻也不能省心。分派演员时我无疑抽中了下下签。"他说着，喝了一小口咖啡。

"也许是吧，可你还有我！"穆罕默德咧嘴笑道，"乌费和我好坏相抵，结果就不好不赖了。"

"说得对，我还有你！"西蒙大笑。但他的笑意很快消退，长久地凝视着穆罕默德，但穆罕默德却转开了视线。那眼神里包含着那么多问题，那么多难以启齿的话，他眼下不想去回应，永远也不想。

"还好吗？你一直在回避我的问题。"西蒙追问。

穆罕默德感到自己双手有些颤抖，他敷衍了事地回答："哦，还好，我和她不算很熟。现在都乱成一锅粥了。至少电视台的人高兴了，收视率打破了以前所有的纪录。"

"啊哈，每天在店里看你俩都看不过来了，我连一集都没看上。"西蒙的眼光不再意味深长。穆罕默德放松下来，狠咬一口刚出炉的面包，享受扑鼻的肉桂香气和美味。

"讯问的情况怎样？"西蒙也抓起一个面包。

"还好。"穆罕默德不愿与西蒙谈这些。再一层，他在撒谎。他不想向西蒙透露隐情——在那间小屋子里蒙受的羞辱、无休止的逼问、无休止地回答却永不能令对方满意。"他们很有礼貌，没有大肆怀疑我们中的任何人。"他躲闪着西蒙的目光。一幅幅画面划过他的脑际，但都立即被他驱散。他不愿接受它们对自己的提醒。

"为你们做心理辅导的那位治疗师怎么样？"

"拉斯人不错，大家都很喜欢和他交流。"

"乌费反应如何？"西蒙朝店堂歪下头。能看见乌费正握着一根法棍面包，在门廊里蹿来蹿去，模仿弹吉他。穆罕默德不禁失笑。"你觉得呢？乌费……呵呵，乌费，他还行吧，本来可能更糟的。他也做不到敞开心胸向拉斯畅所欲言，但是已经不错了。"

一位年长的女士步入店内，面对乌费狂野的舞蹈表演，她不禁望而却步。穆罕默德见了，赶紧说："我看得救救那位顾客了。"

西蒙回头一看，立刻站起身："对头，再不出手霍顿夫人恐怕要犯心脏病了。"

两人出去时，西蒙的手不经意碰到了穆罕默德的，后者蓦地抽回手，像被烫到一般。

"艾丽卡，下午我得跑趟哥德堡，会晚点儿回家，大概八点。"

幸亏艾丽卡如此包容大度，上车时他这样想。他本可以叫上马丁一起去的，但是没有必要两人都去见佩德森。马丁最近也忙得够呛，的确需要提前下班回去看看皮亚。帕特里克发动车刚要上路，手机又响了。

"赫德斯特伦。"他以为又是哪个记者来搞疲劳轰炸，所以声音稍显不快。然而当他听出电话那头是谁，立时一阵后悔。

"你好，克斯汀。"他问候着，连忙熄掉引擎，积蓄一周有余的内疚感此刻汹涌而出。因为利勒莫尔的案子，他懈怠了对马利特案的侦察。尽管并非有意，但少女凶杀案引发的媒体压力实在是太大了。他神情歉疚地听完克斯汀的话，答道："恐怕……我们还没有掌握足够的线索。"

"我理解，你们最近一定非常忙碌。"

"我向你保证，警方定会将马利特的死因追查到底。"他面露厌恶的表情，讨厌自己说了谎。不过事到如今也只能暂且安抚对方，再做些亡羊补牢的努力了。结束通话后，他沉吟片刻，拨通一个号码，说了足足五分钟，对方听得云里雾里。撂下电话后，帕特里克如释重负，开车朝哥德堡方向驶去。

两小时后，他抵达了位于哥德堡的法医鉴定署，径直走到佩德森办公室前敲门。他们通常以电话、传真的方式沟通，然而这回佩德森坚持要当面讨论验尸结果。帕特里克怀疑，外界对此案的高度关注使得上层不肯放过丝毫机会。"你好，好久不见。"佩德森站起来握手。

"是啊。虽然频繁地通电话，但是距离上次面谈的确有一阵子了。"帕特里克回答，在宽大的办公桌对面坐下。

"抱歉一向告诉你坏消息。"

"也是重要的消息。"帕特里克补充道。

佩德森笑了。他身材高大魁梧，却散发着一股与这份残酷的职业完全不相称的儒雅气质。眼镜悬在鼻尖，微微泛白的头发总是略显蓬乱。凭第一印象，旁人兴许以为他是个不修边幅、惯于敷衍了事的人。然而事实却完全相反。佩德森是个对细节精益求精的人，由他办公室内的陈设便看得出这一点：一叠叠资料整齐地摆放在桌面，文件夹和卷宗分门别类地排列在书架上。他拿起一份报告研究了半天，然后抬头对帕特里克说道：

"毫无疑问，这个女孩是被勒死的。舌骨以及甲状软骨上角骨折。但是除了颈部两侧的瘀伤没有缢沟，充分证明属人手所为。"他将一帧大幅特写相片放到帕特里克眼前，指着上面的瘀痕说。

"你是说她是被人用手掐死的？"

"是的。"佩德森回答。他虽然对躺在尸检台上的每位受害者都

145

深感同情，但在语调中却不露痕迹。"另一个证据是，眼结膜及眼周皮肤上均有瘀斑，即出血点。"

"用这种方式掐死一个人需要多大力气？"帕特里克紧紧盯着利勒莫尔的相片，她的面庞惨白发青。

"大到超乎想象的地步。想要掐死一个人，必须向喉部持续地大力施压。但从本案来看，"他扭头咳嗽，然后接着说道，"从本案来看，行凶者走了条捷径。"

"怎么说？"帕特里克向前探身问道。佩德森迅速浏览报告，找到对应的位置。

"在这里——'在其体内发现了镇静剂成分'。显然她是处于昏睡状态时被害的。"

"天哪，"帕特里克再次注视照片，"有可能弄清镇静剂是怎样进入她体内的吗？我是指，她是否喝下了含有镇静剂的东西？"

佩德森摇了摇头。"她的胃液里全是酒精。我不清楚她究竟喝了些什么。但的确酒气熏天，她死时烂醉如泥。"

"是的，警方听说案发当晚她曾纵酒宴乐。你认为会不会是某一杯酒里被人动了手脚？"

佩德森摊开手："无从得知。"

"好，现在我们知道她是在昏睡状态中被扼死的。还有别的情况吗？"

佩特森再次浏览报告。"有，还有几处外伤，她死前被殴打过。一侧脸颊的皮下及肌肉组织出血，像是被猛力搧过一巴掌。"

"这点与警方知悉的情况吻合。"帕特里克冷峻地说。

"另外，死者腕部有几道很深的切口，肯定曾经血流不止。"

"切口。"帕特里克自语。他见到垃圾车内的尸体时，倒没有注意这点。再者，当时自己也未细看，只是匆匆凝望一眼便转开了脸。

不可否认，是条很有价值的线索。

"关于这点你能告诉我多少？"

"不多。"佩德森伤神地捋着自己的头发。帕特里克觉得眼前这个形象无比熟悉，这几天来，他每每在镜中看见自己也是这般模样。

"从入刀方式判断，我认为不可能属于自伤。尽管现今这种自虐方式十分流行——尤其是女孩儿们，常常割伤自己。"

帕特里克眼前浮现出乔娜录口供时的样子，以及她手腕上直至肘部纵横交错的伤痕。一个想法在他脑海中逐渐成形。不过现在下结论还为时尚早。

"时间呢？"他问道，"确知死亡时间吗？"

"你知道的，这方面的分析并不是那么精确。但根据尸体被发现时的体温判断，死亡时间约在午夜以后。根据我的经验推断，大概是死于凌晨三时至四时之间。"

"明白了。"帕特里克若有所思。他没有记笔记，因为离开时对方会为他提供一份验尸报告的副本。

"还有别的吗？"他听得出自己语调中满含急切。整整一个礼拜他们都在黑暗中摸索，苦于无法掌握线索推动侦查工作。现在就是有一点点蛛丝马迹他也不肯放过。

"嗯。有意思的是，我们从她手里拉出了一些毛发。我猜凶手把她的衣服都剥光，就是企图毁掉所有的证据，却不知道她在濒死之际抓住了什么。"

"会不会是垃圾桶里带出来的？"

"不会。因为它们被她攥在掌心。"

"是吗？"帕特里克感到自己急不可耐。佩德森的眼神告诉他，这是条极有价值的线索。"是什么样的毛发？"

"事实上，'毛发'一词很不确切。那是一撮狗毛，根据国家犯罪实验室的准确描述，是西班牙灵缇身上的粗毛。"他将犯罪实验室的分析报告摆在帕特里克面前，慈悲地盖住了利勒莫尔的相片。

"有可能追踪锁定它们属于哪条狗吗？"

"说不准。"佩德森有些遗憾地摇头作答，"与人类一样，犬科动物亦拥有独一无二的DNA。但是，毛发上必须连有毛囊才能提取到DNA，而狗掉毛时毛囊通常不会随之脱落。在此案中，所有的狗毛上都没有找到毛囊。但是另一层，西班牙灵缇属于世界稀有犬种，全瑞典可能仅有两百条左右。"

帕特里克咋舌道："你连这个都知道？你的知识面得有多宽哪？"

佩德森大笑。"自从《犯罪现场调查》开播，法医们的社会地位便节节高升。人人都把我们视作无所不知、无所不晓的神人！不过要让你失望了。事实是，我的岳父恰巧就拥有一条灵缇。每次见面我都得对那条狗的光辉事迹洗耳恭听一番。"

"我懂你的意思。我也有过相似的体会。倒不是现在未婚妻的父母——他们几年前遭遇车祸去世了，而是我前妻的父亲，他的话题永远是又打算卖掉自己的哪辆汽车。"

"正是，老婆那边的家人总有某些成癖的嗜好——不过我想大概人人都有吧。"佩德森笑道，但转而严肃起来，"如果对于发现狗毛的事还有什么疑问，你得直接联系犯罪实验室。我所知的仅限于手头的这份分析报告。我会把副本给你。"

"太好了。"帕特里克说。"还有最后一个问题。利勒莫尔死前没遭到过性侵犯吗？没有发现她曾被强暴之类的迹象么？"

佩德森摇头："没有此类迹象。这并不意味着此案与性无关，但没有证据表明她遭到强奸。"

"非常感谢你的帮助。"帕特里克准备起身道别。

"另外一宗案子进展如何？"佩德森冷不防问了句，帕特里克跌回坐椅，脸上写满愧疚。

"那……那案子不幸地遭遇了搁置，"他难过地说，"太混乱了。电视台、报社和上头每五分钟打一个电话，追问利勒莫尔案的侦查进度。这多多少少让另一件案子遭到了冷遇。但是这种情况必须改变，从现在开始我会重新调整重心。"

"不管凶手是谁，警方都该尽快将其绳之以法。我从没见过如此残忍冷血的杀人手段。"

"同意。"帕特里克心不在焉地应道。几小时前克斯汀打来电话时的声音仿佛萦绕在他耳际。那声音是如此绝望而毫无生气。他无法原谅自己忽略了马利特。"不过像我说的，现在我会调整工作重心。希望今天能查出点什么。"他站起身，接过对方递来的一摞报告，握手道谢。

他发动车子，驶向一个地方，希望能在那里找到更多答案，或者至少能发现一些新的问题。

"在佩德森那里有收获吗？"马丁手握听筒，记下电话那头帕特里克对法官报告的概述。

"狗毛的那部分很有意思。算是找到了一个切入点。"他边听边说。

"切口？我明白，有个人唤起了你的注意。"

"再次盘问？好的，我会和汉娜一起对她进行问讯。没问题。"

马丁说声再见，挂掉电话。他坐在那里沉思了片刻，然后起身去找汉娜。

半小时后，讯问室，乔娜坐在两位警官对面。找到她并不费事，她的工作地点就在警局对过的赫德米尔街面上。"乔娜，上次我们问过你星期五夜里的情形，有没有什么想要补充的？"马丁用眼角的余

149

光看见汉娜用鹰一般锐利的目光盯着乔娜。然而乔娜却躲闪着她的视线，垂头凝视桌子，咕哝一声作为回答。

"乔娜，你在说什么？你得说话，因为我们听不见你说的是什么！"汉娜逼问。在这厉声训问之下，乔娜不得不抬起头来，任何人都休想对汉娜的命令置若罔闻。

乔娜清晰地轻声回答："关于星期五的情形我已经全都说过了。"

"我觉得你没有。"汉娜的语气冷厉得宛如对方割伤自己的刀片。"我觉得你连一丁点情况都没有坦诚相告！"

"我不明白你在说些什么。"乔娜不由自主紧张地拉扯衣袖。马丁瞅见袖子下方的那些伤疤，感到不寒而栗且费解——怎么会有人心甘情愿把自己伤害成这副模样？

"别再撒谎！"汉娜高声喝道。连马丁都吓了一跳。

汉娜压低声音，但声线凌厉。"我们知道你在撒谎，乔娜。我们可以证明你在撒谎。趁现在还有机会，将全部实情说出来吧。"

乔娜脸上闪过一丝惶恐，不断揪扯身上那件肥大的毛衣。她犹疑片刻，说道："我不懂你的意思。"

汉娜一拍桌子："别扯了！我们知道是你割伤了她。"

乔娜焦虑地望向马丁。他用较为平静的语气劝说："乔娜，假如你知道什么，一定要如实说出来。真相迟早会大白，把事情说清楚对你会有利得多。"

"可我……"她畏怯地看马丁一眼，身子瘫然堆萎下去。"对，我用刀片割伤了她。"她低声说，"在她逃开前，吵架的时候。"

"你为什么那么干？"马丁冷静地发问，用眼神促使对方说下去。

"我、我不知道，她背地里说了我很多坏话，说我喜欢自虐什么的。我气得要死，想让她尝尝那是一种什么滋味。"她转而注视汉娜。

"我也搞不懂……我是说，平时我根本不会那么失控的。可能是喝了点酒……"她闭上嘴，低头盯着桌子。

她整个人看起来是如此恐惧伤心，马丁简直想上前施予拥抱，但他提醒自己对方是谋杀案件中的讯问对象。他瞥了眼汉娜。她板着脸，面无表情，似乎全无怜悯之意。

"后来发生了什么事？"她冷冷地问。

乔娜凝视着桌子回答："后来你们出现了，你和其他人包括芭比交谈。"她抬头看着汉娜。

马丁询问同事："你当时发现她在流血吗？"

汉娜思索了一会儿，缓缓摇头。"没有，必须承认我没觉察到这点。当时夜色很黑，她又抱起双臂，很难看清细节，之后她便逃开了。"

"还有其他我们不知道的情况么？"马丁语调温和，乔娜投来感激的目光。

"我保证，真的没有了。"她一个劲地摇头，飘散的长发遮住脸庞。她向后拢发时，整条前臂上纵横交错的伤痕一览无余。马丁不禁倒抽一口凉气，老天爷，那会有多痛啊。他是个连撕去膏药都受不了的人，想到让刀刃切入自己的皮肤，不，他永远也做不到。

他征询地看看汉娜，后者摇头。于是他动手整理面前的笔录资料。

"乔娜，我们还会再次对你进行讯问。不用说，在命案调查中隐瞒事实不是一件好事。我相信，你若回想到或听说更多的情况，一定会主动地联系我们。"

她轻轻点下头。"我可以走了么？"

"你可以走了。"马丁说，"我送你出去。"

走出讯问室的时候，他回头去看汉娜。她正坐在桌旁倒带，神情冷峻。

帕特里克在布罗斯城里费了好大劲才找到自己要去的地方。出发前虽已打听明白到布罗斯警察局怎么走，可是进城之后就糊涂了。所幸有几个当地人指路，他最终来到了警察局并且停好车。在前台只等了几分钟，金·格雷德里斯督察就赶来了，并把他带到办公室。帕特里克接过对方端来的咖啡，并道了谢，坐到访客椅上。格雷德里斯督察在自己的办公桌后落坐，好奇地注视着他。

"是这样的，"帕特里克呷了口香醇的咖啡，开口道，"我们手头有一起案子颇为蹊跷。"

"你指的是现场秀女孩的那起凶杀案?"

"不是，"帕特里克说，"利勒莫尔·佩尔松被害前一周，我们接到车祸报警电话。一个女人将车驶出路面，冲下陡坡后撞到树上。乍看之下像是起致命的单一车辆肇事案。因为证据表明，女驾车人死前喝得烂醉。"

"但背后另有隐情?"格雷德里斯饶有兴致地探身问道。

帕特里克心里猜测，他大约年近六十了，身形健硕高大，一头浓密的斑白头发，过去或许是金色的。想到自己不断退后的发际线，再看看对方头发的茂盛长势，帕特里克不觉心生妒意。照这个趋势看，等自己到那把年纪时，搞不好会像梅尔贝里一样，绝对比不过面前这个人。帕特里克暗自叹了口气，又喝下一大口咖啡，才回答格雷德里斯的问题。

"是的。第一个说不通的地方是，每个与死者相识的人都发誓坚称她从来滴酒不沾。"他看见格雷德里斯的眉头耸了起来。他继续讲述，待会儿督察自会得出结论。

"这是一个无可否认的警示信号。之后的尸体解剖也是疑云重生。嗯……总之，最终我们得出结论，死者是被谋杀的。"帕特里克竭力去描述一桩悲剧，却发现例行公事的警方陈词是那样的贫乏无力。尽管唯有这样表述，二人才能心领神会其中的意思。

"验尸报告怎么说？"格雷德里斯盯着帕特里克问，似乎对答案已了然于胸。

"死者的血液酒精浓度为六十一毫克，但大部分酒精是在肺部发现的。另外，她的嘴唇边及口腔留有瘀痕和擦伤，嘴唇边还发现了胶带残余物。踝腕关节也有勒痕，表明死者曾经受到过某种绑缚。"

"你说的一切在我听来都似曾相识，"格雷德里斯拿起桌上的文件袋，"可你怎么会找到这里来？"

帕特里克笑道："按我搭档的说法，我们是在尘封的档案中间找到你的。几年前咱俩都参加了霍姆斯塔德的那次会议，当时的一项小组研讨任务是提出一桩悬案，就办案过程中令我们感到疑惑、不知所措的地方集思广益。这次遇到这个案子，我就联想到了你当时在会上提出的那个悬案。因为存有笔记，所以我预先核实了自己的记忆无误，才给你打电话。"

"不赖嘛，你的记忆力令人惊叹。此事对于你我都有好处。那桩悬案困扰了我多年，调查陷入了死胡同。我非常乐意将所知的全部信息倾囊分享。不过作为回报，你也得把这个案件的情况告诉我们，如何？"

帕特里克点头同意，接过对方递来的一叠材料。

"可以带走它吗？"

"当然，我们留有原件。你想马上交流一下吗？"

"我想自己先看看，然后在电话上和你沟通。届时我会提出很多问题，你将尽早拿到我方的案件资料，争取明天寄出。"

"很好。"格雷德里斯说，站起身来。"要是能够侦破此案，那就太好了。被害人的母亲已经完全崩溃了，身心备受煎熬。她不时打来电话询问，真想能有所交待啊。"

"我们定会全力以赴。"帕特里克与同僚握手道别，将文件袋抱在胸口，向大门走去。他恨不得赶紧回去阅读材料。他有种预感，这将使侦察工作柳暗花明。一定会的。

拉斯一屁股坐进沙发，把双腿架在茶几上。近来他累极了，持续的疲惫感挥之不去，使人感觉麻木。头疼的次数增多了，似乎永不停歇。头痛与疲倦交替袭来，犹如无底深渊，不停地向下拉拽着他。他轻缓地按摩太阳穴，缓解疼痛。他感到汉娜的手指压在他的手指上，徐徐加力。他把双手放回腿上，仰头合上双眼。

"感觉还好么？"她一边柔和地推揉，一边轻声地问。

"还好。"拉斯觉察到，她担忧的语气传染了自己，宛如悄悄潜入的不速之客惹他生厌。他不愿看到她担心，讨厌自己使她担心。

"你看起来可不像还好。"她抚摸他的额头。被爱抚的感觉很好，但他知道，她还有那么多没问出口的问题，令他无法放松。他心神不宁地拂开她的手，坐直身子。

"我说过了，我很好，只是有点累而已。可能是春倦。"

"春倦，"汉娜苦笑，带着些嘲弄。"现在又扯到春天上头去了，是吗？"她仍旧站在沙发背后。

"是啊，还能扯到什么事情上去呢？怪就怪我这段时间忙得像个疯子吧。除了写书，还得去活动中心教那群白痴如何守规矩。"

"你就这样称呼自己的主顾、或者说患者吗？他们知道你把他们当成白痴吗？我认为这倒不失为一种很好的疗法。"

她的声调尖锐，明显企图刺伤和激怒他。他不明白，她干嘛要这样？干嘛不能让他安安静静地待着？拉斯抓起遥控器靠回沙发，背对着汉娜。他在那里调来调去，最后选定了《风险》节目。他在与节目中的选手们一较高下，他知晓每个问题的正确答案。

"你真的有必要忙成那样？为了那个现场秀节目？"她追问道。所有的潜台词使得两人间的气氛骤然紧张起来。

"我总得干点事吧。"拉斯回了句，希望她能闭嘴。有时他怀疑她到底是不是理解自己，理解自己对她的一切付出。

"汉娜，我只是和过去一样，做着我不得不做的工作。你对这点心知肚明。"

两人的目光胶着了片刻，汉娜转身离去。他凝视她的背影消失，听见关门的声音。

荧屏上，闯关仍在继续。

"谜面是《老人与海》？"他喃喃自语。这些题目太简单了。

"说说，你们觉得节目拍得如何？"乌费打开两听啤酒递给姑娘们。她们笑着接过。

"很棒。"金发少女评论。

"非常棒。"棕发少女说。

卡尔今晚压根儿不想拈花惹草。这俩小妞是在活动中心外面闲荡时被乌费拽进来的，此刻这家伙正在尽其所能大展魅力攻势，尽管这从来不是他的强项。"你最喜欢谁？"乌费亲热地揽住金发女的肩膀。"我，对吗？"他嬉笑着把她挤到一边，对方咯咯发笑。他得意地补充："其实根本不存在什么竞争对手，因为现在我是这里唯一的真男人。"他对着瓶口牛饮，随后把酒瓶指向卡尔。

"拿这伙计来说吧。他是个典型的斯图尔普兰花花公子，绝对配不上像你俩这么棒的小妞。他那种人只知道怎么刷空老爹的信用卡。"两女发笑。他接着说道："再说穆罕默德吧，"他指着躺在床上看书的人，"他和油头粉面的公子哥儿完全不同，是货真价实的工人阶级。他是个上进的家伙，却也无法摆脱一个事实——只有瑞典人才是最棒的。"他张开双臂，试图借机把手探进金发女郎的毛衣里。她立即明了对方的意图，紧张地瞄了眼对准自己的镜头，然后轻轻推开他的手。乌费脸上的不悦稍纵即逝，很快恢复了常态。姑娘们做不到那么快对镜头熟视无睹，耐心等上一会儿，会一帆风顺的。这几周他心心念念想着在镜头前来点寻欢作乐的画面——或是干脆趁此机会彻底纵情。靠，肯定会缔造收视传奇的。在岛上那次他几乎就要得手，可惜那个瘸腿的约克莫克妞儿醉得不够深。他至今火大，极想一雪前耻。

"妈的，乌费，你就不能收敛点吗？"卡尔越来越反感。

"什么？收敛点？"乌费再次尝试揩油，又被挡了回来。"我们来这里可不是为了收敛的，我蛮以为你会是这里最狂野的派对动物！还是离了斯图尔普兰你不屑于在别的地方狂欢？"乌费冷嘲热讽。

卡尔求助地看向穆罕默德，但后者正全身心陶醉在那本好书里。卡尔再度感到厌倦至极。当初自己干嘛求着赶着跑去试镜？！《生存者》固然够呛，但和这次相比！硬生生被囚禁在一群白痴当中。他缓缓戴上耳机，身子向后一仰，专心去听手机音乐。喧闹的乐声总算淹没了乌费的聒噪。思绪天马行空，自由飘荡起来，立时将他掳回了过去。从记事伊始，儿时的画面有如小电影般在他眼前掠过，画面模糊，还有些抖动。他看见自己扑进妈妈怀里。她的发丝里透出炎夏的草香，在她的怀抱中他感到那么的安全。还有爸爸站在旁边，满眼爱意笑望母子俩。但他永远都是正要出门，永远都在准备赶去某个地方，永远没有时间停下脚步抱抱自己，也没有时间闻闻妈妈头发上天美香波的味道。但是那种味道他却记得一清二楚。然后，画面快进，直到一个截然不同的场景。特写镜头，她的双脚，当他推开她的卧房门，就看见了她的脚。那时他十三岁，早不是扑进她怀里的年纪。其间发生了许多事，一切都变了。

他记得自己大声唤她，有些生气地问她为什么不回答。但是推开门时，那层悄无声息的压迫感让他心中一凛，有种不祥的预感。他慢慢走近她身边，她像是睡着了，仰卧着，从前的长发剪成了一袭短发，面庞上蚀刻着痛苦与疲倦。那一刻，他以为她真的睡着了，睡得很沉。然后他看到床边地板上的空药瓶，那是药力发作时从她手中滑落的。她终于彻底逃离了自己无法忍受的人生。

那天以后，父子俩便生活在一种沉默而敌对的气氛中，两人对发生的事只字不提。母亲下葬一周后，新欢就此搬入家中。他连招呼也没打一声。没人面对现实——正是父亲的决绝之语导致母亲最后做出了那样的举动。无人谈起母亲的遭弃，对父亲移情别恋毫无掩饰，赤裸裸地抛弃了她，如同丢掉一袭冬衣再添新裳。

他们之间的交流只剩下钱了。经年累月的心结堆积成一笔巨债，永远还不清的良心债。卡尔漠然地接受了。他甚至主动伸手要钱，只是绝口不提两人皆知的事因。不提当日，那屋里静寂无声，他呼唤却无人回应。

"九点钟我想开个会。请问下其他人是否有空好吗？在梅尔贝里的办公室。"

"你看起来很累，昨晚彻夜狂欢去了吗？"安妮卡抬眼从护目眼镜框的上方看着他。

帕特里克微笑，却难掩眼里的倦意。"是就好了，昨晚一直在看报告和材料，看到大半夜。所以今天需要召集大家开会。"

他走向办公室，低头看看表，现在八点十分，困得要命。用眼过度，加上缺觉，双眼觉得又干又涩。他还有五十分钟的时间将清思路，之后就得将自己的发现公诸于众。

五十分钟稍纵即逝。当他踏进梅尔贝里的办公室，所有人员都到齐了。早上来警局途中，他已经通过电话把核心内容告诉了梅尔贝里，因此警长多少知道他要说些什么。其他人满脸迷茫，但也很有兴趣听一听。"近日我们的主要精力一直放在利勒莫尔案的调查上，却忽略了对另一起案子，马利特·卡斯伯森死因的调查。"帕特里克背对梅尔贝里的办公桌，站在活动挂页旁边，严肃地凝视着同事们。无人缺席。安妮卡照常手执纸笔记录，马丁坐在她身旁，红头发竖起，脸上的雀斑在冬天苍白的肤色映衬下极其显眼，他正表情急切地等候帕特里克开口。他身边坐着汉娜，共事半月以来，她一直表现出众望所归的冷静与训练有素。帕特里克看到，她初来乍到便已很好地融入了这支队伍，感觉上像是已经加入了许久。古斯塔一如既往蔫蔫地瘫坐在椅子上，眼睛黯淡无光，人在心不在。出了高尔夫球场他总是这副眼神，帕特里克不快地想。梅尔贝里则把肥硕的身躯向前探着，这表明他极其关注帕特里克的讲话。他了解帕特里克有所发现，就连他也无法对两案之间的关联视而不见。现在要做的，只是直截了当阐明全部的事实，以便开展侦查。

"如大家所知，最初我们把马利特的死因归结为交通意外，然而法医鉴定和尸检报告表明事实并非如此。她曾遭到捆绑，被人用某种物体强行塞入口腔和喉部，之后被灌入大量酒液，这也是造成其死亡的直接原因。然后，一名或数名凶手将她的尸体转移到车里，企图造成车祸的假象。除此而外，我们对本案的情况一无所知，亦没有尽力深入调查，因为我们……"帕特里克搜索着恰当的词句，"把全部的精力都投在了与媒体相关的案件侦破上。我们在资源配置上有失误，事后看来这是个极大的遗憾。不过，后悔内疚毫无意义，我们唯有加倍努力，弥补白白浪费的时间。"

"你从开始就怀疑过……"马丁开腔。帕特里克打断他的话。"的确,我发现了可能存在的关联性,昨天就此事做了跟进。"他转身拿起放在梅尔贝里书桌上的那叠材料。

"昨天我去布罗斯见一位名叫金·格雷德里斯的同僚;我们两年前在霍姆斯塔德一起参加了一个研讨会。当时他详述了自己经手查办的一桩案件。虽然怀疑死者系死于他杀,却苦于找不到足够的证据加以证明。我拿到了关于那宗案子的全部资料……"他停顿片刻,眼光扫视众人。"我发现,两宗案件碰巧具有明显的相似之处。那名被害人体内、包括肺部也有大量的酒精。但是根据亲属的描述,他生前从不饮酒。"

"物证也相同吗?"汉娜蹙眉道,"嘴唇边擦伤,胶带残留等等。"

帕特里克懊恼地挠头。"遗憾的是我没有找到这部分信息。死者三十一岁,男,名叫拉斯穆斯·奥尔松。最初警方判断他死于自杀。先是灌下整瓶酒,然后从桥上跳了下去。于是侦查基于该假设展开,然而证据与表象并不一致。我得到许可看了尸检照片。以外行的眼光来看,死者两侧手腕及嘴唇边皆留有擦伤。但我还是把相片寄给佩德森,等待他的评判。昨夜我整晚都在研究拿到的那些资料。我认为,两起案子之间的关联性确凿无疑。"

"照这么说,"古斯塔质疑道,"有人几年前在布罗斯谋害了那个人,之后又有意加害塔南舍的马利特·卡斯伯森。我个人觉得有点牵强附会,两名死者间究竟有着怎样的关联呢?"

帕特里克理解古斯塔的疑虑,但仍感到火冒三丈。他有百分之百的把握,这两个案子铁定有联系,必须把它找出来。"这正是我们要查清的,"帕特里克回应,"我想,我们可以先写下已知的一点情况,然后集思广益,看能否找到突破口吧。"他拔掉笔帽,在挂页正中央划了条竖线,在两栏顶端分别写上"马利特"和"拉斯穆斯"。

"好的，我们了解被害人马利特的哪些情况？我知道另外一起案件的调查资料，所以奥尔松的信息由我来填写。稍后再把副本分发给各位。"

"四十三岁。"马丁说道，"与室友克斯汀同住。有个十五岁的女儿。开有一间店铺。"帕特里克逐句写下他的话，然后停下来等待，在手上转着笔。

"滴酒不沾。"古斯塔在这一瞬间忽然显得格外清醒。

帕特里克着重地向他的方向点了点头，在挂页上大大地写下"滴酒不沾"。然后，在"拉斯穆斯"那一栏快速填写对应信息：三十一岁，单身，无子女，在宠物店工作，滴酒不沾。

"有意思。"梅尔贝里双臂交叉在胸前，重重点头。

"还有别的吗？"

"生于挪威，与前夫闹翻后离异，个性细心谨慎……"汉娜摊开双手，想不到更多。帕特里克写下这几点。马利特这一栏比拉斯穆斯的长出许多。他在后者的描述中也添上"细心谨慎"。在报告记录中家属曾有这样的描述。沉吟一会儿，他又在马利特一侧写下"车祸？"在拉斯穆斯一侧写下"自杀？"

其他人都不作声，确认没有待写事项了。

"两个截然不同的人，却以同一种异乎寻常的方式遭到谋杀。二者的年龄、性别、职业及所处地域都不同。他们身上没有任何的共同点，除了从不饮酒这条。"

"在我听来，"安妮卡说，"禁酒主义者这个词几乎带有宗教色彩。就我所知，马利特并未涉足任何形式的宗教组织，她仅仅是个不喝酒的人而已。"

"对，我们也必须查核拉斯穆斯的情况。这是我们找到的唯一一个共通点，也是个很好的起点。马丁和我会去布罗斯找拉斯穆斯的母亲谈谈，而古斯塔则与汉娜去找马利特的室友和前夫谈话，尽可能搜集与节制饮酒相关的细节。有没有特殊原因？她是否加入过某种组织？一切可能存在于她和那个布罗斯单身汉之间的联系。譬如，她从前住在哪儿，是否在布罗斯地区居住过？"

古斯塔恹恹地看着汉娜。"好的，上午我们就去办这事。"

"没问题。"汉娜回应，但是一脸对于任务不满的表情。

"有什么问题？"帕特里克带着怒意问汉娜，但他立刻感到后悔，自己疲劳过度了。

"没有。"汉娜不悦地说道。"只是觉得希望非常渺茫。我认为调查很可能会陷进死胡同。我是指，真的可以就此推论两个案子存在关联吗？也许二人只是凑巧死因相同。两名被害人之间并没有任何显而易见的联系，使得整件事迷雾重重。不过，这只是我的个人见解。"她摊手，暗示众人都同意自己的观点。

帕特里克硬邦邦地抛出一句，"那么你现在就该三缄其口，完成分派给你的任务便是。"那声音冷淡得让自己都感到陌生。

他转身走出办公室，感到众人诧异的目光都追随着自己。他们有权感到惊讶。帕特里克一般不会发脾气。只是汉娜触到了他的痛处——假如他的直觉错误怎么办？可是某种感觉告诉他，这两个案子之间必有关联，现在他只需要把这种关联找出来。

"哎？"克里斯蒂娜抿了口茶，如咽苦药。她拍着肚子唉声叹气地宣布，为了照顾自己脆弱的肠胃，从此戒了咖啡。艾丽卡非常惊奇，自打认识克里斯蒂娜她就嗜咖啡如命，所以她的决心有多坚定有待时间验证。婆婆长篇大论地讲述自己那敏感的肠胃无法忍受咖啡的蹂躏。趁她转身去逗弄玛雅，艾丽卡朝安娜翻了个白眼。她和帕特里克以前从没听她说过什么"肠胃敏感"，然而不久前克里斯蒂

161

娜在《艾勒斯生活周刊》上读到一篇以此为题的文章，便立即宣称她有了那种症状。

"这是奶奶的小宝贝吗？是的，是奶奶的小宝贝。亲爱的小宝贝儿。"克里斯蒂娜开心地逗弄着玛雅。玛雅只是好奇地注视她。艾丽卡有时候想，女儿已经聪明到超过奶奶了。不过至今为止她一直忍着，没把这想法告诉丈夫。克里斯蒂娜像是听见了儿媳的心声，回过头来斜睨着她。

"婚礼……筹备得怎样了？"这话里已经听不出一丝耳语味道。她说"婚礼"的口气就像是在说"狗屎"，所幸她也不愿意参与任何筹划事宜。

"一切进行得非常顺利，谢谢关心。"艾丽卡满脸堆笑，心底却涌起一串难听的话。说到骂人话，她的词汇之丰富能令水手咋舌。

"是嘛。"克里斯蒂娜不快地说。艾丽卡觉察到，对方之所以发问，是企图让自己产生些许大难临头的感觉。安娜坐在旁边坐观这对婆媳斗法，此时决定伸出援手。"每件事都安排得顺顺当当，甚至早于预计时间，艾丽卡，对不？"

艾丽卡骄傲地点头。然而这时她心底的怨憎又换作一个硕大的问号。妹妹到底在说些什么，早于预计？她未免太乐观了吧。但是她一点都没有流露出疑惑，她早已学会把克里斯蒂娜视作一条鲨鱼。倘若被她嗅出丁点血腥味，迟早会有人缺胳膊少腿的。

"音乐部分呢？"克里斯蒂娜抱着最后一线希望发问，同时皱着眉头又逼着自己抿一口茶。艾丽卡故意喝了一大口黑咖啡，还晃晃杯子，让香气飘到对方一侧。"我们从夫雅巴卡雇了支名叫车库的乐队，他们很棒。"

"这样啊。"克里斯蒂娜毫不掩饰她的愠怒。"那么届时会演奏你们年轻人喜欢的流行音乐啰？我们这些长者看来得提前离席了。"

艾丽卡感觉安娜踢踢自己的腿肚，却不敢望向妹妹，恐怕二人会放声大笑。尽管她觉得眼下的情势并没那么好笑。

"咳，希望你至少认真考虑过宾客名单的事。除非玻塔姨妈和露丝姨妈也来，否则我是绝对不会出席婚宴的。"

"是吗?"安娜天真地发问，"帕特里克跟她们一定很亲，他小时候肯定与这几位姨妈来往密切吧?"克里斯蒂娜遭遇了猝不及防的一击。她沉默了好一会儿，然后重新打起精神。"呃，那倒不是……"

安娜仍然一派天真地截住她的话。"帕特里克上次见到她们是什么时候?他好像从没提起过自己的姨妈呀。"

克里斯蒂娜蹙起眉，节节败退。"那是很久以前的事了。大概是帕特里克……十岁左右吧。"

"如此说来，我们还是把席位留给他这二十七年来见过的人好啦。"艾丽卡强忍住和妹妹痛快击掌的冲动。

"你若是一意孤行我也没办法。"克里斯蒂娜泄气地说，明白这块失地是无法收回了。然而她还是要尝试从别的方面打开突破口。她再呷了一口那难以下咽的茶，姿势优雅地放下茶杯，直视着艾丽卡。"我希望至少让洛塔来当伴娘!"

艾丽卡求救地望着安娜，没料到对方使出这招。她根本没想过要帕特里克的姐姐当伴娘。这个角色自然得留给安娜。她沉默片刻，思索怎么应对克里斯蒂娜的新花样。最后她决定就此摊牌。

"安娜会当我的伴娘。"她从容不迫地宣布。"至于其他的细节我想暂时保密，婚礼当天你自然就知道了。"克里斯蒂娜脸上有种蒙羞受辱的神情。她想要张口抗议，又在艾丽卡寸土不让的坚毅眼神下溃不成军，只好自我安慰道:"好吧，我不过是想帮忙而已。你若是不乐意接受就算了……"

艾丽卡没吭气，只是面带微笑，又喝了一大口咖啡。

去布罗斯的路上，帕特里克一直在睡觉。这几个礼拜里发生的所有事情让他精疲力竭，昨晚又熬了一宿阅读格雷德里斯的资料，他累坏了。当他醒来时，车已驶近布罗斯。因为一直把头倚在车窗上，他的颈部肌肉酸痛不已。他睡眼惺忪，呲牙咧嘴地揉着脖子。

"还有五分钟就到。"马丁说，"我和埃娃·奥尔松通过话，打听到她家的住址。应该就在附近。"

"太好了。"帕特里克梳理着思绪。拉斯穆斯·奥尔松的母亲接到电话时语气激动，并且邀请二人到住所聊聊。"这么久了，"她说，"终于有人肯听我说话了。"帕特里克真心希望他们最后不会令她失望。

她为马丁指的路准确易找，他们很快便找到了那片公寓楼。他们在楼下摁响门铃，楼门开启。当他们走到二楼时，房门立刻开了。一位身材娇小的褐发女士站在门口。双方握手问安后，她将警察领进客厅。

"请坐。"她指着印有花卉图案的沙发说。屋内采光很好，三层窗芯阻断了马路车流的噪音。唯一的声响是老式壁钟发出的嘀嗒声。帕特里克觉得，它的形状和富丽鎏金的款式很眼熟。奶奶以前就有只一模一样的。

"两位都喝咖啡吗？也有茶。"她投来热切的一瞥。她如此迫切地想要取悦警察，使帕特里克心疼不已。他感觉到这家里平日应当少有访客。"我们都喝咖啡。"他微笑回应。她轻手轻脚地斟咖啡时，他在想，她与这些茶杯一样小巧而精致。大约五十几岁吧，不过也很难说。因为她身上透出一股永恒的悲哀，仿佛时光都凝滞不动了一般。很奇怪，她似乎洞察了他的想法。

"拉斯穆斯去世差不多有三年半了。"她望着房间另一头大方桌上的照片说。帕特里克随之看去，认出了文件袋内相片中的那个男人。只是，两种氛围有着天壤之别。

"可以吃块点心吗？"马丁问。埃娃·奥尔松的视线恋恋不舍地从爱子的留影上移回，她点点头："当然可以，请别客气。"

马丁拿过一块点心盛在面前的小碟中。他看了看帕特里克，后者深吸一口气，开口说道：

"正如我在电话上所说的，我们正在重新调查拉斯穆斯的死因。"

"我了解。"埃娃忧郁的眼中闪现出一星微光。"不过我不明白，为何会由塔南舍的警察——你们来自塔南舍对吧？——为何由你们出面调查呢？这本该是布罗斯警方的事呀。"

"是啊，循例本该这样，但是此地的警方已经终止调查。而我们认为，本警区的一桩案件可能与本案有关。"

"另一桩案件？"埃娃吃惊地问，送到嘴边的杯子也悬住了。

"正是。目前我不便透露细节。"帕特里克解释，"但如果能知晓拉斯穆斯遇害时的详细情况，对于破案会很有帮助。"

"哦，"她欲言又止。帕特里克意识到，尽管她很高兴警方重新开始调查她儿子的案件，却仍旧惧怕挖出尘封的记忆。他静默着，等候她抚平心绪。片刻后，她用略微颤抖的声音说道：

"那是三年前，确切地说，是三年半以前的十月二号。拉斯穆斯……当时与我同住。他自己照顾不好自己的生活起居，所以我让他搬回来和我一起住。他每天八点钟出门上班。那份工作他干了八年，跟每位同事相处都很融洽，他们对他都很友善。"回忆过去，她微笑着说，"他总是三点到家，从不晚于三点十分，从不，可是……"她开始哽咽。"那天他突然迟归。先是等到三点一刻，而后三点半。四点的时候我知道出事了，肯定出了事。于是我打电话报警。可他们……他们拒绝受理。说没准儿马上就会到家。他是个成年人，不能因为这种牵强的理由列为失踪案处理。他们就是这么说的，'理由牵强'。对我而言，除了出自母亲的直觉之外，我找不到更为有力的理由。"她苦笑。"拉斯穆斯……"马丁拿捏着得体的表达方式，"平日的生活自理能力如何？"

"你是问他的残障程度有多严重？"埃娃直截了当。对方微微点头。"他本来一点问题都没有，他大多数科目的学习成绩都很好，在家务事上也是位得力助手。打从开头，我们母子俩就相依为命。"她又露出笑意，内中承载了太多的爱与哀愁，令帕特里克于心不忍地挪开视线。"十八岁那年的那场车祸改变了他。他头部受伤，再也无法正常生活，无法自理，无法像同龄人一样规划未来或离家独立生活。因此他待在家里与我同住，我俩相依为伴，过得很好。我认为拉斯穆斯也是这么看的。无论如何，我俩尽力而为。当然，他曾经有过一段灰暗时期，但是我们并肩度过了难关。"

"那段'灰暗时期'正是警方拒绝立案侦查的原因，对吗？"

"对。车祸发生两年后，拉斯穆斯曾经尝试结束生命。他意识到变故给自己造成的影响，从今往后一切再也无法回到过去。但是我及时发现，阻止了他。他承诺说以后再不会那么干。我知道他信守了诺言。"她看看帕特里克，又望向马丁。

"后来呢？他出事当天发生了什么事？"帕特里克小心翼翼地问。他伸手去拿榛仁塔，他的肚子在叫，提醒午饭时间已过，来块甜点也许可以抵挡抵挡。

"将近八点整，警察摁响了门铃。见到他们我就知道的确出事了。"奥尔松太太用餐巾轻拭顺着脸颊滑落的泪珠。"他们说找到了拉斯穆斯，说他从桥上跳下去。太……太荒唐了。他不可能那么干。还说他自杀前似乎喝过许多酒，这点根本说不通。拉斯穆斯滴酒不沾，自从车祸以后，再也不喝了。我告诉他们，不，一定是弄错了，但是没人相信我。"她再次低头拭泪。"过了一段时间，警方以自杀定论。可我仍不时给格雷德里斯督察打电话，为了让他加深印象。我觉得他相信我的话，至少部分相信，然后你们就出现了。"

"是啊，"帕特里克若有所思，"我们出现了。"他太清楚，人们是多么难以接受家人自杀的现实。他们百思不得其解，为何所爱之人如此狠心地离去，留给自己锥心之痛。他们心里其实往往知道亲人确系自杀。然而，在这件案子上，帕特里克宁可相信这位母亲的陈述。她的故事带来的疑问与马利特案一样多，之前的直觉更加强烈了。"他的房间还保持着原样么？"他脱口而出。

"当然。"埃娃起身，很乐意听到不情之请。"他的房间一直原封未动。似乎过于伤感……但这是拉斯穆斯留给我的全部。我常常走进去，坐在他的床边，跟他讲话。告诉他我一天过得如何，天气怎样，有些什么新闻。疯狂的老女人，是不是？"她莞尔一笑，整张脸庞立时生动起来。

帕特里克看得出，她年轻时定是位美人胚子。不是那种大气之美，而是玲珑俊俏。走廊内挂着的照片证明了这点。年轻的埃娃臂弯里搂着一个婴儿，满脸幸福——尽管当个单身母亲定然非常不易，尤其是在过去的年代。

"就是这里。"埃娃将二人领进走廊尽头的房间。拉斯穆斯的卧房与家里其他的房间一样整洁优雅，同时又拥有独特的风格。很明显，他自己精心布置过它。

"他非常喜欢动物。"埃娃自豪地说，在床沿坐下。

"我看出来了。"帕特里克笑应。到处都是动物图片。动物枕套、床单。地板上还铺着以虎为主题的大幅地垫。

"他的梦想是成为一名动物饲养员。男孩们都想当消防员或者宇航员，拉斯穆斯却想当饲养员。我以为他长大一些就会改变志向，但他却异常坚定。至少直到……"她的声音低了下去，随后清了下嗓子，用手轻抚床单。"车祸之后他依旧对动物兴趣不减。他能在宠物店工作就像是……上天的垂怜。他热爱自己的工作，干得也很出色。给动物喂食，清扫鸟笼，清洁水族箱，每样工作他都勤勤恳恳，非常称职。"

"我们可以四处看看吗？"

埃娃站起。"愿意待多久就待多久，想问什么就问什么。尽力还我和拉斯穆斯一个公道。"

她走出房间。两位警察静静地对视一眼，什么都不必说，二人均感受到肩头上沉甸甸的责任。他们不愿让这位母亲的希望幻灭。虽然不可能保证能够理出头绪，但仍会全力以赴。

"我查看抽屉。你可以看看衣橱。"帕特里克拉出书桌的顶格抽屉。

"好。"马丁走向白色的简易衣柜。"有没有特定目标？"

"老实说，没有。"帕特里克答道，"任何东西。只要能证明两案之间确有联系。"

"好的。"马丁吁口气。他知道，即使有一个特定目标，查找也非常困难。如果根本不清楚自己找的是什么，那就更是无法完成的任务。

两人在卧房仔细查找了一个小时，没发现任何令人感兴趣的东西。一无所获。他们沮丧地出来找埃娃。后者正在收拾厨房，闻声便迎到走廊里。

"感谢协助。"

"别客气。"她眼里流露出希望。"找到什么了吗？"两位警官以沉默作答。她眼中的希望变成了失望。

"我们查找的是本案与我们警区中另一位被害者的关联。那是个名叫马利特·卡斯伯森的女人。能想起什么来吗？拉斯穆斯和她会

168

不会有过接触？"

埃娃思索着，缓缓摇头。"我认为不会。没听说过这个名字。"

"唯一显而易见的关联是，马利特也不饮酒，但她被害时血液中却存留了大量的酒精。拉斯穆斯并非某种苦行教派的成员，是吗？"马丁问。

埃娃再次摇头。"没有那回事。"她迟疑片刻，随即又一次强调，"不，他没有加入过任何那类组织。"

"好的。"帕特里克说。"非常感谢你的协助。保持联系，我们需要问许多问题。"

"晚上也可以打电话过来，我都在家。"

面对这双哀伤的褐色眼睛，帕特里克感到无比惆怅，很想上前拥抱一下这个瘦削娇小的女子。

警察正待离开，她拦住他们。"等等，有件东西你们可能会感兴趣。"她转身走进自己的卧房，很快走回来。"这是拉斯穆斯的背包。他总是背着它，出事时也……"她哽咽着，"从警察局领回它后，我一直没有勇气拆开这个袋子。"

埃娃将装有背包的透明塑胶袋递给帕特里克。"把它拿去吧，也许会有所发现。"

屋门在二人身后关闭。帕特里克拎着袋子站在原地，注视里面的背包。发现尸体的现场照片上也有它。区别在于——由于是夜间拍摄，相片并未反映出覆盖其上的这些黑点。他意识到，它们是凝干的血迹。拉斯穆斯的血。

她一面用手机通话，一面胡乱翻弄着手上的那本日记。

"自然，它就在我手里。"

"可是你们出多少？"

"就这点？"她失望地皱眉。

"这东西可是千金难求。你们可以弄成一个系列报导呢。"

"不行，我还是问问《鬼魅》好了。"

"一万克朗，成交。我明天寄出，不过到时钱也必须如数到账，否则交易取消。"

蒂娜心满意足地合上手机，走到活动中心侧面，坐在一块石墩上读那本日记。她从不了解芭比，也不想去了解。出事以后去探究死者生前的想法，这感觉有些怪怪的。她贪婪地翻阅日记，仿佛能看到它们在晚报上刊出时的样子，中间的精彩词句都加了下划线突出显示。让她深感失望的是，芭比并非自己所想的那么愚蠢。她的思维判断能力良好，甚至闪现着睿智的光芒。看到一处地方，她再度蹙眉。正是这段使她决心把日记卖给晚报社。当然，寄出前她会撕去这一页。

> "今天，我听了蒂娜的演唱排练。今晚她将在活动中心政务厅里演唱这首歌。可怜的蒂娜，她还浑然不觉自己的嗓音有多难听。我真想不通，那么难听的声线怎么就能让演唱者本人如痴如醉呢？不过，既然偶像大赛就建立在这个基础之上，这种现象倒也不奇怪。显然，是她的妈妈把当歌星的想法灌输到她脑子里的。蒂娜的妈妈肯定是位音盲。这是我能想到的唯一的解释。可我不忍心告诉蒂娜，所以态度阳奉阴违。实际上是在帮倒忙。我们时而聊起她未来的星途，演唱会和巡演的种种成功。我鄙视自己当着她的面撒谎。可怜的蒂娜。"

蒂娜气急败坏地扯下这一页，撕个粉碎。该死的婊子！如果说她以前还对芭比的死感到些许难过，那么现在这种感觉已经荡然无存了。那个荡妇罪有应得！满口胡言不知所云。蒂娜用鞋跟猛踩地上的纸屑，把它们踩进砂砾之中。

这里还有一段让她感到惊讶和费解的文字，写在大家抵达塔南舍后不久。芭比写道：

"不知为何，他令我觉得好熟悉。我的大脑拼命搜寻过去的影子，却一无所获。那个人走路、说话的样子，我知道自己曾经见过，却又不知是在哪儿。只知道自己越来越不安宁。内心像是被某样东西搞得翻肠搅肚，不得安宁。不知道。"

"不晓得为什么，最近我常常想起爸。我以为那部分回忆许久之前就已经删除一空了。想念他只会使我心痛难捱。不敢去想他的笑脸，低沉的嗓音，他轻抚我的头发、吻我的前额跟我道晚安。我想起来了，每晚临睡前，他总是先亲亲我的额头，再亲亲我的鼻尖。好多年了，我第一次想起这些事。仿佛脱体旁观看见了自己。看见我对自己做的事，以及容许别人对我做的事。看见爸的眼里满含着困惑与失望。他的利勒莫尔到哪儿去了？她躲在一大堆惶惑、恐惧、漂白水和硅胶填充物后面，无处可寻。我把自己包裹在层层伪装背后，好躲避爸的目光，让他无法找到我。我不敢去想他的眼神，多年来在父女间传递着的默契的眼神。曾经令人备感安全，但为了活过以后岁月的寒冬就必须抛弃的那种温暖眼神。然而现在，那种感觉回来了。我再度想起、感觉到它。某种东西在呼唤我。我知道，爸想要告诉我些什么。

但是，这种感觉与他有关。我知道这一点。"

蒂娜把这段话读了好几遍。芭比到底在说些什么？难道说她在塔南舍认出了某个人？蒂娜对于这点好奇得很。她将长长的褐发绑成马尾垂在一侧肩膀上。然后把日记放在腿上，点燃一支烟，深吸几口，继续翻阅。除了刚才那段，其他部分都没什么意思。不过是对其他演员的看法，对未来的一些想法，以及和大家一样，对每天枯燥乏味的生活感到厌倦什么的。蒂娜忽然想到，警方也许会对这本日记感兴趣。但是看到地上散落的碎纸片，她又打消了这个念头。她会很高兴看到芭比隐秘的想法成为报上的头条新闻，她活该，心口不一虚情假意的婊子。

她瞟见乌费朝自己走来，无疑是想过来讨根烟抽。于是赶紧将日记塞进外套的内兜，装出无所谓的样子。这是自己的独家发现，她可不愿与人分享。

6

对外面世界的渴望日益强烈。她偶尔会允许两人在草地上跑跑跳跳，但是时间很短。她眼中的焦灼总使他不住地戒备并寻找她所讲的那些暗藏在周围的鬼怪。唯有她能保护他们远离魔爪。

然而，虽说心存惧意，出外的感觉却无比美好。阳光晒得皮肤暖暖的，青草软绵绵地搔着脚丫儿，他与妹妹快乐得发狂。有时看着二人蹦跶雀跃的模样，连她也忍不住欢笑不已。有一次她还在草地上和他俩追逐翻滚，玩捉人游戏。那一瞬他体会到了纯粹而真实的喜悦。然而远处一辆汽车驶来的声音让她倏地站起，眼含怯意，喊叫着将他们撵进屋。快点！在莫名的恐惧驱赶下，两人冲进家门，一直跑进房间。她紧随其后，锁上屋内所有的房门。他们紧紧搂成一团，蜷缩在地板上瑟瑟发抖。她一遍又一遍地保证，没人能把他们抢走，没人能再伤害他们。

他相信她的承诺。庆幸她犹如最后的堡垒，护卫两人不受任何人的伤害。然而与此同时他仍在全身心地渴念着外边，渴念和煦的阳光、脚底的青草。渴念自由。

古斯塔和汉娜往克斯汀住处走。路上，古斯塔偷偷瞄了一眼汉娜。他发现自己在相当短暂的时间里迷上了汉娜·克鲁斯。并非出于老男人的肮脏欲念，而像是父爱一样。同时，她让自己想起亡妻年轻时候的模样。同样是金发碧眼，身材娇小而结实。看得出，汉娜不喜欢与被害者家属交谈的任务。他瞅见她紧咬着牙关，忍不住想拍拍她的肩头给予安慰。但是他预感到她不会领情，搞不好还会碰一鼻子灰。

他们事先打电话联系过克斯汀，告诉她要登门拜访。当她开门时，古斯塔看出她刚刚冲了个澡。脸上脂粉未施，一副心如死灰的表情，这种表情他在从警生涯中早见过无数次了。在亲人逝去后，最初的震惊渐渐沉淀，悲伤显得更加赤露清晰。直到这时他们才清醒地意识到，发生的一切已然无可挽回。"请进。"克斯汀说。他发觉她的脸色由于足不出户而透着一层青白。

他们在餐桌旁坐下，汉娜表情刚毅。屋内的物件整齐干净，只是空气有点闷，似乎验证了古斯塔的判断——克斯汀自马利特死后便足不出户。他心想，不知她如何解决吃饭问题，是否有人为她采买生活用品。仿佛在回答他的疑问，她拉开冰箱门取牛奶，打算为他们冲咖啡。他扫了一眼，冰箱里的东西塞得满满的。她还端出些面包，看样子是从面包店买来的。显然的确有人替她采购食品。

"找到更多线索了吗？"坐下后她懒懒地问，但她的语气仿佛是在例行公事，而不是出于真心关切。这是人遭遇冷酷现实时的另一种反应。她明白逝者已矣，马利特再也回不来了。意识到这点，她一时间会懒得寻找答案，寻求什么解释。不过这种心态的表现各各不同，古斯塔由将近四十年的从警经历中深知这一点。一些死者的亲人会不顾一切挖掘事实真相，但是大多数情况下，人们只是以这种方式延缓承认和接受现实。他曾见过许多受害者亲属时隔数年，甚至直至自己逝去仍不甘心面对现实。但克斯汀与他们不同，她直面马利特的死。此举似乎耗尽了她全部的生命力。她动作缓慢地为他们倒咖啡。"抱歉，一位要茶是吗？"她神思恍惚。古斯塔和汉娜都摇头。沉默片刻，古斯塔开口回答克斯汀先前的问题。

"是的。有了一些头绪，我们正在进行调查。"他语塞，不知应当告诉她多少情况。汉娜接过话题。"警方掌握的线索指向另外一起发生在布罗斯的谋杀案。"

"布罗斯？"克斯汀默念。从进门到现在，他们第一次看见她眼中有了光。"可我不明白，布罗斯？"

"是的，我们也很吃惊。"古斯塔回答，伸手去拿面包。"我们来的目的，就是想核查马利特与布罗斯的那名被害人之间是否存在什么关联。"

"关联……谁？"克斯汀转动眼珠，把头发拢到耳后。

"那是个三十出头的男性，叫拉斯穆斯·奥尔松。他死于三年半以前。"

"已经结案了吗？"古斯塔瞟了眼汉娜。"没有。警方当初的结论是自杀，但是各种迹象却……"他摊开双手。

"但是马利特从未在布罗斯居住过，至少据我所知是这样，你们不妨问问沃拉。"

"我们自然会去找沃拉聊聊，"汉娜说，"但据你所知，真的没有任何联系吗？拉斯穆斯和马利特之死的一个共同点是……"她犹豫一下，又说道，"虽然二人都从不喝酒，但死前均被迫大量饮酒。马利特不是某个苦行派或宗教组织的成员吧？"

克斯汀笑了，脸上现出一抹神采。"马利特？宗教？不，如果她是的话，我会知道的。圣诞节早晨我俩总会去教堂。但除此而外，她在夫雅巴卡根本不上教堂。她和我都对宗教不感兴趣。不过她仍旧保留着儿时的信念，深信冥冥间存在某种伟大的力量。我希望那是真的，尤其是现在。"她轻轻补充一句。

汉娜和古斯塔都没有说话。汉娜低头凝视桌面，古斯塔觉得她的眼里似乎闪烁着泪光。他能理解，虽说他自己已经有好多年没在死者家人面前落泪了。不过，他们是来工作的。于是他轻言细语地问："拉斯穆斯·奥尔松的名字能否使你想起什么？"克斯汀摇摇头，双手拢在咖啡杯上。"不，我从来没有听过这个名字。"

"看来收获不大。我们也会和沃拉谈谈。如果想到什么请给我们打电话。"古斯塔起身，汉娜紧随其后，她看起来轻松了不少。

"我会随时与你们保持联系的。"克斯汀坐着没动。

古斯塔在门口停下，不由自主地回头劝说："克斯汀，出去散散步吧。天气那么好，你需要呼吸点新鲜空气。"

"你的口气很像索菲。"克斯汀笑道，"你说得对。下午我也许会出去遛个弯儿。"

"很好。"古斯塔拉上屋门。汉娜没有理会他，已径直朝警局方向走去。

帕特里克小心翼翼地将装有背包的塑胶袋放在桌上。他戴上乳胶手套——他不确定是否有这个必要，因为三年半以前布罗斯警方已经检查过了——但为了安全起见，他还是戴上了。这不完全是出于职业素养，还因为他不愿触摸到上面的血渍。

"她很孤单，太不幸了。"马丁站在他身旁观望。

"是啊，儿子似乎是她在世上唯一的亲人。"帕特里克感慨着，拉开背包的拉链。

"肯定很艰难。独自生下孩子，好不容易把他拉扯大，却出了车祸……"马丁顿了顿，"又死于非命。"

"而且没人相信她的话。"帕特里克边说边从背包里掏出一件物品。是随身听，一种过时的产品。看得出，拉斯穆斯对于科技的兴趣不大。帕特里克知道，这种音乐播放器如今已经改了名字但他不知道具体该叫它什么。一部连有耳机、机身小巧的播放器。不知是否还能工作。它从桥上坠落时受到了严重的撞击，帕特里克把它拿起来的时候，里面稀里哗啦直响。

"坠落高度是？"马丁拉过一把椅子坐到桌旁。"十米。"帕特里克聚精会神地清空背包。"唉，"马丁露出痛苦的表情，"现场肯定惨不忍睹。"

"没错。"帕特里克眼前闪过那些现场照片，他转换话题。

"我有点担心警力分配的问题，现在得同时查两个案子。"

"我知道，"马丁说，"我能猜出你的想法。我们犯了个错，迫于媒体压力而搁置了马利特案。但是事已至此，别无他法。唯有更加明智地分配注意力。"

"说得对。"帕特里克掏出一只钱夹放到桌上，"不过我还是追悔莫及，本不该疏忽大意的。而且利勒莫尔案目前也毫无进展。"

马丁沉吟了会儿。"依我看，警方眼下掌握的，仅仅是一把狗毛和制片公司的几卷录像带而已。"帕特里克打开钱夹翻看。"是，我也这么想。狗毛的事很有意思，必须追查到底。佩德森说那属于稀有犬种，也许可以从相关人员及俱乐部名单中找出它的主人是谁。我的意思是，全国上下只有两百条那样的狗，想找到本地区的狗主人应该不难。"

"言之有理。"马丁自告奋勇，"我来负责怎么样？"

"不用，我觉得梅尔贝里更加胜任。"马丁现出忿忿不平的样子。帕特里克笑起来："开玩笑的，我当然希望由你来负责！"

"哈哈，好笑得要命。"马丁探身往桌上看看，正色问："找到了什么？"

"没什么特别的。两张二十克朗、一张十克朗的纸币，身份证，一张写有家庭住址和母亲座机与手机号码的纸条。""就这些?""还有张他和埃娃的合影。"他把相片举起来给马丁看。年少的拉斯穆斯搂着母亲的肩头，两人笑望镜头。拉斯穆斯比母亲高出许多，姿势里有种保护的意味。当时一定还没有发生车祸，变故后两人便角色互换了。帕特里克轻轻将相片插回钱夹。

"世上有许许多多孤独寂寥的人。"莫林迷茫地看着前方。

"此话不假，你想到谁了么?"

"嗯……我在想埃娃·奥尔松，也想到了利勒莫尔。那种无人哀悼的滋味。父母双亡，也没有亲戚，无人可以通知。她身后只留下几卷长达数百小时的现场秀录像带，将来会被搁置在哪里的档案柜中，落满灰尘。"

"假如她住得近些，我一定会去参加葬礼。"帕特里克低声说，"人死了，不应当连一个送葬的都没有。但我听说葬礼地点在埃斯基尔斯蒂纳，所以没法参加。"两人沉默地坐着，仿佛看见棺木徐徐降下，没有任何亲友在旁送别，不由得感到一股无法言喻的凄凉。

"记事簿。"帕特里克突然大声说道。这是一本厚重的金边笔记本。拉斯穆斯肯定非常爱惜它。

"写什么了?"马丁问。

帕特里克翻阅着内容，里面写满字迹。"似乎是宠物店工作事项的备忘录。瞧这里:'大力神:一日喂食三次，勤换水，每天清洁笼舍。古德龙:一周喂食一鼠并打扫饲养器。'"

"'大力神'听来像是兔子或是荷兰猪什么的。我猜，'古德龙'应该是条蛇。"马丁笑言。

"拉斯穆斯的母亲说得对，他的确是个细心谨慎的人。"帕特里克翻阅整本记事簿，全是与饲养动物有关的，寻不到什么让人感兴趣的东西。"好像就是这样了。"

马丁叹了口气。"我原本也没有奢望什么重大发现,不过总还是抱有一点希望。"

帕特里克将本子塞进包底,一个声音唤起了他的注意。"等等,里面还有东西。"他重新拿出笔记本放回桌上,把手探入包底,掏出被压在底下的东西——一见此物,帕特里克与马丁不禁诧然对视。这个发现完全出乎意料之外,但毫无疑问地证明了拉斯穆斯与马利特二人的死亡确有关联。

接到古斯塔的来电,沃拉很不高兴。说他正在工作,请他们迟些再过去找他。古斯塔被对方傲慢无礼的态度激怒了,因此老实不客气地通知沃拉,他们会在半小时后到达创想公司。沃拉用抑扬顿挫的挪威腔嘟囔着"执法权"什么的,但他清楚自己还是不拒绝为好。汉娜依然情绪不佳,两人上车驶向夫雅巴卡时,古斯塔暗暗猜想着她究竟是怎么了。也许是家里的事不顺心吧,不过两人之间不太熟,所以还是不问为好。他只希望不是什么严重的事。她看起来一句话都不想说,所以他一直没开腔。驶过昂洛斯的高尔夫球场时,她看着窗外问。"这间球场好不好?"

古斯塔非常乐意接受对方主动邀话:"很棒!特别是第七洞尤具挑战性。有次我曾在这里一杆进洞,不过不是第七洞。"

"哦?我懂得不多,但也知道一杆进洞是个好球。"汉娜今天第一次露出笑容。"他们有没有在会所里开瓶香槟酒庆祝?据说是种惯例啊。"

"说对了。"聊起那次经历古斯塔容光焕发。"他们确实请我喝香槟来着,毕竟那是局精彩好球。实际上,是我迄今为止发挥得最好的一场。"

汉娜大笑。"你绝对是个彻头彻尾的高尔夫球迷。"

古斯塔微笑地看着她，但又连忙回头看路，这时车子已经过了莫胡尔特，拐进了一条窄小的巷道。"嗯，我反正也没别的事可做。"他脸上的笑意消失了。

"我理解，你太太过世了。"汉娜和善地说，"没有孩子么？"

"没有。"他一语带过，不想提起那个儿子，如果他能活到今天，该成年了。

汉娜并未追问。在沉默中，车子驶进了创想公司。下车时，他们看见好多双眼睛好奇地转向自己。两人跨进大门，沃拉立刻气恼地迎了上来。

"我希望你们真有要事。你们干扰了我的正常工作。现在同事们会交头接耳好几个礼拜了。"古斯塔懂他的意思。事实上，他们本可以过一个钟头再来的。但是沃拉身上的某种东西就是让自己心头不爽。这种反应可能不够大度、不够专业，但他就是这么感觉的。

"到我办公室去吧。"沃拉说。古斯塔听帕特里克和莫林讲过，沃拉家里如何干净齐整，所以踏进办公室时并不觉得惊讶。但汉娜却没听说过沃拉的这种癖好，面对眼前的景象，她不由得挑起了眉毛：只见写字台一尘不染，闪闪发亮的台面上没有一支笔或一根曲别针。唯一的物件是本绿色的备忘簿，规规矩矩地放在桌子正中央。墙边立着装满工作文件夹的书柜，写有字迹工整的标签，排列紧凑而整齐。一切都井井有条。

"请坐。"沃拉指指访客椅说。他自己则坐到写字台后，把双肘撑在桌面上。古斯塔不由得怀疑，桌面涂了那么厚的亮光剂，恐怕沃拉的西服都要被染上点子了。这桌子亮得简直可以照清他的脸。

"找我什么事？"

"我们正在寻找你前妻的死与另一宗凶杀案的关联。"

"另一宗凶杀案?"沃拉惊得差点失了方寸,但很快就镇静下来。"什么凶杀案?那个荡妇的案子吗?"

"你指的是利勒莫尔·佩尔松?"汉娜对于沃拉如此贬低被害女子义愤填膺。

"对。"沃拉不屑一顾地摆手,表明自己根本不在乎汉娜对他不恰当表述的看法。

古斯塔此刻极想激怒对方。他恨不能掏出车钥匙,在那闪亮的桌面上刮出一大道划痕。总之要做些什么,撕下他的假面具,使之阵脚大乱。

"不,我们说的并不是佩尔松案。"古斯塔语气冰冷,"是布罗斯地区的案件,被害者名叫拉斯穆斯·奥尔松。你认识他吗?"沃拉脸上震惊的表情很逼真,但这说明不了什么。在漫长的职业生涯中,古斯塔遇见过无数演技精湛的伪装者,其中一部分人简直可以在皇家剧院登台表演。

"布罗斯?拉斯穆斯·奥尔松?"他的声音像是一小时前克斯汀的回声。"不,我没听过这个名字。马利特不曾在布罗斯居住过,她绝不可能认识什么奥尔松。至少离婚前不会。离婚后就难说了。她堕落到那步田地,发生什么事情都有可能。"他的语气极尽轻蔑。

古斯塔将手插进衣兜捏住车钥匙,只想毁掉那张桌子。

"所以说,你不知道马利特与布罗斯或我们提到的人之间有任何联系?"听到汉娜重复发问,沃拉盯住她。

"我的回答不够清楚吗?别老逼我说第二遍,请你们做笔记。"

古斯塔捏紧钥匙。汉娜对沃拉的讽刺口吻倒是不以为然。她平静地说:"拉斯穆斯也不喝酒,二者会不会有关联?她曾否加入过某种苦行派团体?"

"没有,没有任何联系。我搞不懂你们干嘛老盯着马利特不喝酒这点不放。她不过是对酒不感冒而已。"他站起身，"如果没有别的问题，我得回去工作了。下次再来找我时拜托去我家。"

一来没有更多的问题，二来的确想要逃离沃拉的办公室，因此古斯塔和汉娜同时起身离开。他们没费神与沃拉握手道别，任何寒暄都是多余。

与沃拉谈话没有带来收获。驶回塔南舍的一路上，古斯塔一直在闹心。沃拉的反应似乎有点怪，他的言语态度里有一种东西，一直让他心烦意乱。但那究竟是什么，他无论如何也搞不清。

汉娜也沉默着。她凝望窗外景致，沉浸在自己的世界里。古斯塔很想伸出手，说些安慰的话，但是忍住了。他甚至不了解该安慰对方什么。

父亲上班时屋里非常清静，索菲情愿独自待在家。他要是在家，总会盘问她的功课做得怎样，盘问她去过哪儿、要去哪儿、跟谁讲电话、讲了多久。不住地盘问。而且，她还必须随时随地保持一切整洁如新。茶几上不能留下杯子印儿，碗碟不许堆在洗涤槽里不洗，鞋必须整齐地码放在鞋架上，洗完澡浴盆里不许留有一根头发丝儿，等等，没完没了。她清楚，马利特下决心离开，这也是原因之一。她从小浸淫浸溺在争吵声中，十岁那年，索菲便对父母争执的每个细节一清二楚。但妈妈抓住了离开的机会。马利特在世时，索菲每隔一周便可得到喘息的空间，远离父亲严苛的完美主义。在克斯汀和马利特的住处，她可以随意把脚翘在茶几上，可以把芥末酱留在冰箱里而不用放回橱柜，任里亚地毯的绒头打结而无须将它梳理得一丝不乱。那些日子很棒，也为忍耐又一周的苛责提供了缓冲。然而如今，那份自由不见了，她失去了避难所，被禁锢在闪亮洁净的方寸之间，忍受着无休止的盘问。只有放学回家时才能稍稍喘息，随心所欲玩闹一番。比方说，坐在纯白沙发上尽情享用巧克力汁，用沃拉的 CD 机播放流行音乐，把沙发靠垫蹂躏得皱皱巴巴。只是得保证赶在屋主回家前将一切归位。沃拉踏进家门时不能露出一丝破绽。她担心的是，万一某天他提早下班逮住自己怎么办。不过这种可能性微乎其微。

索菲比任何时候看得都清楚，马利特给了自己温暖。沃拉给予自己的世界洁净而冰冷。马利特则给予自己安全温暖之感以及几许小小作乱带来的快感。索菲百思不得其解。最初父母到底互相看上了对方什么，两个天差地别的人怎会相遇、相恋、结婚，还生了孩子？打从记事起，这个问题便是索菲心头的一个谜。

她忽然想起什么。离老爸回家还有一个钟头。她走进沃拉的卧房，这里以前属于妈妈。她清楚东西放在哪里，就在房间尽头的那个衣橱里。东西被收在一个大盒子里。虽然被沃拉唤作"马利特无用的旧物"，却仍未遭弃。索菲讶异妈妈离开时没有带走它。也许她是渴望留下过去的一切，开始新的人生。她只想带走索菲，拥有女儿便足矣。

索菲坐在地上打开盒子。里面装满了相片、剪报，索菲儿时的一撮胎毛，以及在产房里戴在她俩腕上表明母女关系的塑料名牌。

索菲拾起一个小盒子摇一摇，里面有响声儿，打开后作呕地发现里面有两颗小小的乳牙。准是自己的，但是仍然令人作呕。

她花了半个小时察看盒中之物。一一细看，然后把所有物件整齐地摆放在地板上。她发现，马利特旧照上的那个少女与自己惊人地相似。尽管从未意识到二人是如此相像，但她喜欢这样。她全神贯注地凝视着马利特与沃拉的结婚照，满腹疑问。当年两人便已知道自己的婚姻无法长久了吗？她几乎可以肯定。沃拉神情严肃却很愉悦，马利特表情淡漠，近乎不带任何感情，完全不像一个神采飞扬的新娘。

剪报已微微泛黄，索菲的触碰使它们沙沙作响。有结婚启事，索菲的出生启事，婴儿袜编织技巧，各色佳肴菜谱，婴幼儿疾病护理须知等等。索菲觉得自己已将母亲的一生尽收眼底。几乎能感觉到马利特正坐在自己身边，自嘲地看着那些如何清洁烤箱、如何烤制完美圣诞火腿的剪报。索菲拿起母亲在产房里的一张相片，把一个皱巴巴的红色褓襁搂在臂弯里，满脸幸福。索菲把手放在自己的肩膀上，想象母亲的手正扶在自己的肩头，尽力感受着从马利特而来的温暖。然而现实无情地干扰着她的幻想。她只感觉自己的手触到了毛衣纤维，那只手冷得像冰一样。为了省电，沃拉总把暖气开到最小。

第一眼看到沉睡在盒底的剪报时她以为是放错了，因为认定标题很不相干。她翻到背面，想弄清马利特为何会将其从报上撕下来。但那只是则洗衣皂广告。于是她又翻回正面，犹豫着阅读起来。只读了一句，她的身体便整个僵住了。双眼死死盯住每句话，每个字。震惊不已。不可能，绝对不可能。

索菲仔细地把全部物件收进盒内，放回衣橱。无数想法在她脑海中发狂似地旋转，旋转

"安妮卡，能帮我个忙吗?"帕特里克颓然坐倒在对方办公室内的一把椅子上。

"当然，没问题。"她忧心地看着他。"你都散架了。"帕特里克忍俊不禁。

"多谢恭维。现在我感觉好多了。"

安妮卡没理会他的自嘲，继续温和地教训他。"回家去、吃饭睡觉。你最近的工作节奏太不人道了。"

"谢谢，我知道。"帕特里克叹息，"可我能怎样呢？在媒体狼群般的围攻下同时查两件案子。现在，其中一件更是与本境之外扯上了关系，所以我才来求你。请你向全国各地的警区发出通告，筛查出所有具有此类特征的未结谋杀案，及对致死事故或自杀情况的调查记录。"

他将记有要点的清单递给安妮卡。她细看一遍，读到最后一项时，她吃惊地抬头看他。

"你认为还有更多的相同点？"

"我不清楚。"帕特里克闭目揉捏鼻梁，"只是无法找出卡斯伯森之死与布罗斯那起有什么联系，因此想确认会不会还有其他类似的案例。"

"你认为是连环凶杀案？"显然，安妮卡很不情愿如此定义。

"不，至少现在不能肯定。鉴于连环凶杀案的定义是连续两起以上，因此从理论上说，我们要查的还真是个连环案。"他勉强笑笑，"不过，务必要守口如瓶。可以想象泄密会带来怎样的骚乱。报上打出通栏标题——'连环命案肆虐塔南舍'。"他笑着说，安妮卡却并不觉得好笑。

"我来发全境通告。但是你必须回家，马上。"

"才四点。"帕特里克反对，尽管他全身心都想采纳安妮卡的建议。她身上有一种母性特质，甚至能令五尺男儿折腰，渴望依偎在她怀中，让她抚摸自己的头。像这样一个女人居然没有孩子，帕特里克对此非常惋惜。他了解，她与丈夫连纳特努力了许多年，始终没有生下一男半女。

"你现在这种状态帮助不了任何人。回家去好好休息，明天精神抖擞地来上班。你知道，我会办好这件事的。"

与意志和良心角力片刻后，帕特里克最终顺从了。他感到自己已被榨干了，对任何人都全然无用。

艾丽卡牵住帕特里克的手转头看他。两人走过英格丽·褒曼广场时，她眺望河水，深深呼吸。空气冷冽清新，落日的余晖在地平线上留下一抹橙红色。

"你今天能提前下班真是太好了。最近你看起来总是很累。"她把脸依偎在他的臂膀上，帕特里克揽紧她。

"能回家我也很高兴。我没有办法，几乎是被安妮卡撵出来的。"

"有机会提醒我谢谢她。"艾丽卡心情轻松，步伐却很沉重。二人才爬到朗贝肯山的半山腰，都有些气喘吁吁。

"我俩状态不佳啊，对不？"她故意大口大口地喘气。

"是不怎么样。"帕特里克喘息道，"你没关系啊，因为你成天都坐着工作。我可为警队抹黑了。"

"胡说。"艾丽卡捏捏他的脸颊，"你是他们的精英。"

"上天庇佑塔南舍的居民们。"他笑道，"你妹妹的减肥餐见效了，至少一点点。今天早上我觉得裤腰有点松。"

"很好。你清楚只剩几周就要结婚了吗？我们必须坚持到底。"

"那就干脆啥也别在乎，大吃特吃，一起变胖吧。"帕特里克左转，拐过艾娃便利店。

"变老，我们要一起变老。"

他搂住她表情认真地说。"你和我将一起变老，住在老人之家。玛雅每年会过来看我们一次。因为我俩的威胁，如若不来就跟她断绝关系。"

"瞎扯，你真可怕。"艾丽卡往他臂上擂了一拳。"你明知道我俩老了以后要跟玛雅同住的，那意味着必须把她未来的追求者统统赶跑。"

"没问题，我有枪支许可证。"

他们行至教堂，停下脚步，仰视着这座高大尖顶的塔式建筑。教堂整体由花岗岩筑成，结构坚固，踞守夫雅巴卡至高点，绵延数英里的河川俯首可见。

"儿时我曾幻想有一天能在这里结婚。"艾丽卡说，"那一天仿佛永远也不会到来。可现在，我来了。长大成人，有了孩子，要结婚了。想来有些好笑，对吗？"

"这算什么，"帕特里克回应，"别忘了我还离过婚，那种成长经历更为深刻。"

"是啊，我怎能忘记凯伦。"艾丽卡带着笑意，声音里却透出几分苦涩。每每谈起帕特里克的前妻，她总会这样。她并非嫉妒，初遇时也绝无奢望对方会是个三十五岁的处男。只是想到他曾有过另外一个女人，毕竟有点儿不是滋味。

"我去看看门是不是开着？"帕特里克走到大门前。

发现门虚掩着，他们便轻手轻脚地走进去，仿佛生怕触犯了某条未知的戒律。圣坛处有人回过身来。

"哦，你们好。"是夫雅巴卡镇的牧师哈罗德·斯普尤特。他和任何时候一样笑容可掬。两人从未听说过关于这位牧师的负面评语，因此都期盼由他来主持婚礼。

"你们是过来排练的吗？"他上前问候。

"不，我们是散步碰巧经过。"帕特里克与牧师握手。

"啊，那么别让我打扰你们。"哈罗德说，"我只是没事闲晃悠，两位请自便。倘若想问与婚礼有关的事，请尽管问。婚礼前一周我们还会排练一次。"

"好极了。"艾丽卡越来越喜欢他了。听说他在迟暮之年寻获真爱，并且在牧师公馆同居，她觉得这样很好。他和玛格丽特是经旁人介绍相识的，他俩住在牧师公馆——"活在罪恶之中"，至今没有正式结婚。但是就连最年迈、最虔诚的女信众也从未诟病过这件事。信众惊人的包容力足以证明他受欢迎的程度。

"我想用红玫瑰和粉玫瑰装点这里。这主意怎么样？"艾丽卡四下打量着。

"挺好。"帕特里克心不在焉地回答。但是当他看到她的表情，立时感到愧疚。"艾丽卡，很抱歉让你一个人独挑大梁。可是……"

"我理解，帕特里克，别老道歉，安娜可以帮我，我俩能打理好一切。不过是场小小的婚礼嘛，有什么大不了的？"

帕特里克挑起眉毛，她莞尔一笑，承认道："好吧，筹备婚礼非常费力。做计划也够操心的。让你妈妈心平气和很不容易。不过也很有趣，非常有趣。"

"好吧。"帕特里克感觉好些了。

离开教堂时暮色已深，他们沿原路缓缓返回。下了朗贝肯山，向南顺萨尔维克方向行走。夜幕降临夫雅巴卡。教堂的尖顶高高耸立，守望和护卫着小镇。

梅尔贝里在狭小的公寓里像疯子似地跑来跑去。他邀请罗斯玛丽过来吃晚饭，却没有时间准备，这不是太傻了嘛。然而他是如此强烈地渴望见到她，渴望听到她的声音，与她交谈，聆听她今天过得怎样，在想些什么。于是他情不自禁拨通了电话，问她八点钟愿不愿意过来共进晚餐。因此，此时他整个人都处于恐慌状态。五点钟下了班，他便一头冲出警局。之后，他站在冈索姆超市里，不知道究竟该做什么菜。友善的店员小莫娜走过来，问他是不是需要帮忙。他说了自己的难处，对方领他来到熟食区。先是烤鸡，然后是做沙拉需要的土豆、莴苣等蔬菜，再来两根新鲜法棍，最后是饭后甜点卡蒂奥冰激淋，这就足够了。

到家以后，他手忙脚乱地收拾了一个钟头。自从上周五开始，家里就乱糟糟的。随后他开始准备菜品，结果却发现挑战比自己想象的要大。他站在那里瞪着那只烤鸡，那鸡仿佛也在轻蔑地回瞪着他。这家伙的头早就被剁掉了，居然还能瞪人！

"妈的……"他边骂边揪扯下一只鸡翅膀。怎样才能用这东西在餐盘上摆出让人胃口大开的式样呢？它滑溜得像只泥鳅。最后他放弃了斯文，直接各撕下一块鸡胸肉和一条鸡腿放在二人的盘中。只能这样了。接着在肉旁舀上满满一匙土豆沙拉。接下来是沙拉：切切黄瓜和番茄片儿他还能应付。他把沙拉盛入一只塑料大碗。它的颜色有点儿太红，并且有刮痕，但他家里像样的餐具实在不多。再说重头戏毕竟是美酒。他开了瓶红酒搁在桌上，万一不够橱柜里还有两瓶，绝不能有一点马虎。今晚志在必得——他吹着口哨，得意洋洋地想。至少她不能抱怨他没有尽力。他从来都没有这么费尽心力去取悦哪个女人，从来没有。

最后一个营造气氛的微妙细节在于音乐。他收藏的 CD 虽说乏善可陈，却还能翻出一张弗兰克·希纳特拉的精选集。最后，他想起还应该点上几支蜡烛。一切就续，梅尔贝里后退一步欣赏着自己的杰作，心内万分满意。谁能说他不是一个浪漫到骨子里的人呢？

门铃响起时他刚好换上衬衫。抬头看钟，她早到了十分钟。他连忙把衣角胡乱塞进裤腰里。"该死。"刚梳好的头发从头顶滑落下来，他气得骂了一句。门铃再次响起，他冲进浴室，把那缕不听话的头发重新盘在头顶。他最后瞥了一眼镜中的自己，气度不凡。开门的时候，他从罗斯玛丽倾慕的眼神中看出，她对自己也同样赞赏有加。而他只要看她一眼，就立刻神魂颠倒。她身着一袭珠光红裙，唯一的配饰是条垂坠流畅的金项链。接过外套时，他闭目片刻，陶醉于她的香水味。这个女人究竟为何使自己折服得五体投地？挂外套时他感到双手在颤抖，于是强迫自己深呼吸好几次，才恢复常态。像个紧张羞涩的小毛孩儿可不成。

共餐时他们谈笑甚欢。在烛光的舞动中罗斯玛丽美目流盼。梅尔贝里讲述了自己从警生涯里的种种故事，对方兴趣浓厚，使他倍受鼓舞。伴着主菜和甜点，两人一气喝掉两瓶红酒，然后转移阵地，在客厅沙发上品酌咖啡和干邑。欲言又止的气氛让梅尔贝里很有把握，她今晚会留宿于此。罗斯玛丽望了他一眼，意味显而易见。他不敢冒险在重要关头轻举妄动。他深知，女人对于时机的把握异常敏感。然而，最后他再也按捺不住，凝视罗斯玛丽亮晶晶的眸子，大口咽下干邑。是的，一切顺利美好。梅尔贝里如痴如醉、飘飘欲仙。

"这到底是什么?!"十点，梅尔贝里火冒三丈地踏进警察局。他从来不是早起型的人，今天看起来却比平日更加疲倦。

"你看了没?"与安妮卡擦肩而过时，他挥动着手里的报纸。随后直接来到帕特里克的办公室门口，没有敲门，"砰"地推开门。安妮卡探着脖子，想要看清里面的情形，却只听见断断续续的咒骂。

"您在说什么呐?"梅尔贝里偃旗息鼓后，帕特里克淡淡地问。并且示意局长坐下再说，他的样子像是随时都可能心脏病发一样。虽说心情不好的时候的确盼着这个人死，但他并不希望这家伙死在自己的办公室里。

"你看了没有？那些可恶的……"梅尔贝里气愤得说不出话，将报纸摔在写字台上。帕特里克一头雾水，怀着一种不祥的预感，拿起报纸翻到头版。他注视着新闻标题，感到自己也开始怒火中烧。

"见鬼。"他的嘴里迸出一句。梅尔贝里兀自点头，一屁股坐到椅子上。

"他们究竟是从哪儿搞到这些东西的?"帕特里克挥动报纸。

"天晓得!"梅尔贝里道,"别让我逮到那个出卖情报的混蛋,否则……"

"还说了些什么?看看内页。"他翻到内页报导部分,手指有些颤抖。看着看着,他脸上的表情愈来愈愤怒。"那些……妈的!"

"哼,这帮媒体,他们真是无孔不入哇。"梅尔贝里摇头。

"得让马丁瞧瞧这个。"帕特里克说着起身,站到门口喊了一声,随后坐回原位。

几秒后马丁出现在门口。"什么事?"帕特里克一言不发地举起晚报头版。

马丁大声读道:"今日头条,凶杀案被害人日记独家披露——她与凶手相识?"他不禁失语,震惊地看着两人。

"内页还有日记摘录。"帕特里克懊丧地说,"这里,看吧。"他递过报纸。马丁读着,屋里一片沉寂。

"会不会搞错了?是真的吗?她有日记吗?还是报社在胡编乱造?"

"查查就知道了,刻不容缓。伯蒂尔,你也一起来么?"他不好不问。

梅尔贝里想了想,摇头回答:"不,我还有重要的事要办。你俩去吧。"

帕特里克想,他看起来如此疲惫,所谓"重要事务"很可能包括打个盹儿。不过梅尔贝里不去,他倒是正中下怀。

"走吧。"帕特里克朝马丁点下头。

他们大步流星地往活动中心方向走去。警察局位于塔南舍的一条小街上端,活动中心则踞于另一端。步行不到五分钟,他们先找到泊在广场上的工作车，敲响车门。走运的话，制片人就在里面。如若不然只好打电话找他了。

他们很走运，那声"进来"的确出自弗雷德里克·莱恩之口。他正与技术人员讨论上午拍摄的录像。警察进来时他没好气地回过头。

"这次又怎么了？"他问。毫不掩饰内心的不耐烦，觉得警察办案是对自己工作的一种干扰。准确地说，他热爱查案为节目带来的噱头，但是讨厌警察不时占用自己和演员的时间。

"我们想跟你和演员们谈谈。召集所有的人到政务厅集合，就现在。"帕特里克的耐性已经荡然无存，压根顾不上礼节性的寒暄。

弗雷德里克浑然不知对方已勃然大怒，还在嘀嘀咕咕发牢骚。"可他们在工作。我们正在拍摄节目，你们不能……"

"现在！"帕特里克吼道，把弗雷德里克和技术人员吓了一大跳。

制片人嘟囔着摸出手机，挨个给演员们配备的工作手机打电话。打过五通电话后，他对两人酸溜溜地说："任务完成。他们几分钟后就到。我有个问题，什么事情十万火急，让你们长驱直入，干扰这个价值几百万克朗的项目进度？该项目碰巧获得了贵地官员的全力支持，因为它将大大造福于此地！"

"过几分钟你自会明白。"帕特里克说，与马丁下车，同时瞟见弗雷德里克又抓起手机。

参演人员一个个步入活动中心。一部分人因为临时被叫离工作岗位表情不悦。也有些人，比如乌费和卡尔则似乎很乐意受到打扰。

"搞什么名堂？"乌费坐在舞台边沿，摸出烟盒想点上一根，但是帕特里克一把将香烟从他嘴里抽出，扔进废纸篓里。

"这里禁止吸烟。"

"搞什么？"乌费忿忿不平，但不敢激烈反抗。帕特里克与马丁的神情告诉他，他们不是到这里来宣传防火须知的。

距离两位警察敲响工作车门八分钟后，最后一名参演人员蹒跚进来。

"又怎么了？干嘛愁云惨雾搞得像举行葬礼似的。"蒂娜笑着重重落坐在床沿。

"蒂娜，闭嘴。"弗雷德里克抱着手靠在墙边。他必须保证这次干扰尽可能短暂，并且，他已经给自己的关系人物打过电话了。绝对不能再容忍警方的骚扰，为此付出的代价已经够昂贵的了。

"召集大家是因为一件事。"帕特里克逐一审视着房间内的每个演员，"我想知道是谁找到了利勒莫尔的日记并把它卖给了晚报社？"

弗雷德里克吃惊地皱起眉头。"日记？什么该死的日记？"

"《新闻晚报》今天刊登的日记摘录。"帕特里克看都没有看他一眼，"头版上登的那些。"

"我们今天上头版了吗？"弗雷德里克顿时来了精神。"妈的，太棒了。我得找来看看。"

看到马丁的眼神，他闭上嘴。但是仍然无法掩藏笑意。就传媒而言，头条新闻值万金。没有别的什么能令收视率一路飙升。

众人皆沉默不语，只有乌费和蒂娜直视警察。乔娜、卡尔和穆罕默德都局促地盯着地板。

"假如无法知晓那本日记是从哪儿来的，"帕特里克说道，"以及是谁找到了它、现在它在哪儿，那么我将行使所有权利，关闭这间小小的游乐场。你们之所以得以继续拍摄，全是因为警方的许可。但如果不马上说出实情……"他特意没有说完这句话。

"老天，说话呀。"弗雷德里克焦急不已，"要是知道就说出来。明明知道却死不开口的话，我定要把那颗耗子屎找出来，让他永远别想再靠近摄像头一步。"他压低嗓门威胁。"此刻没有说出实情的人已经被解雇了，明白吗？"

人人坐立不安，大厅内鸦雀无声。最后，穆罕默德清了清嗓子说：

"是蒂娜，我看见她拿走的。芭比把它藏在床褥底下。"

"你他妈的闭嘴，阿拉伯白痴！"蒂娜咆哮，对穆罕默德怒目而视。"他们没办法拿节目怎样，你不懂吗？哦，真他妈笨，你只不过需要管好自己的嘴而已。"

"现在轮到你闭嘴了！"帕特里克走向蒂娜，大吼道。她俯首听命，第一次面露惧色。

"你把日记交给谁了？"

"我不能透露我的消息来源。"最后关头蒂娜仍在嘴硬。

乔娜叹口气，说道："你就是那个消息来源，白痴。"她自顾凝视地板，对蒂娜的怒视不以为然。

帕特里克一字一顿地重复问话，如同对待三岁小孩："你—把—日—记—给—了—谁？"

蒂娜不甘心地说出那个报社记者的名字。帕特里克顾不上和她废话，径自转身走开。他担心自己一旦开口便停不下来了。

帕特里克和马丁从弗雷德里克旁边匆匆走过，制片人哀声求告着："现在怎么办？你们不会真要——我是说，我们可以继续拍摄对吗？我的老板………"意识到自己的话没人理会，弗雷德里克讪讪地闭上嘴。

帕特里克在门口回过身。"你们可以继续在电视上丢丑。但是假如以任何方式再次干扰本案的调查………"他的话只说一半，警告的意味尽在不言中。

他转身而去。演员们鸦雀无声，无精打采。蒂娜仿佛完全崩溃了。但她依然使劲瞪了穆罕默德一眼，暗示过后找他算账。

"回去工作，得补上失去的时间。"弗雷德里克挥手将众人赶出大厅。他们纷纷往大街上走去。表演必须继续。

"到底发生了什么事？"穆罕默德重新系上围裙，西蒙担心地看了他一眼。

"没事。胡说八道一通。"

"你们认为这样做真的妥当吗？那女孩被害后还在继续拍电视？总觉得有点……"

"有点什么？"穆罕默德说，"麻木不仁？道德沦丧？"他提高了声音："我们是群没有大脑的小丑，只会在电视上喝酒闹事，甘愿丢尽自己的脸是吗？你也是这么看的，对吗？你有没有想过，我们在这里的生活，比待在家里还要好上一点？这是一个逃避的机会，可以躲开那种早晚会吞噬我们的东西，你知道嘛?!"说到这里，他哽住了。西蒙轻轻将他按坐到面包店内间的一张椅子上。

"这一切究竟是为了什么？我是说，对你而言?"西蒙在他对面坐下。

"对我而言？"穆罕默德的声音浸透了苦涩，"那就是叛逆。把一切有价值的东西踩在脚下，把一切践踏得粉碎，让他们永远没法支使我把它们重新拼起来。"他把脸埋在手心里抽泣。西蒙温柔地抚拍他的背。

"你不愿按照他们的意愿去生活，对吗？"

"一言难尽。"穆罕默德抬眼看着西蒙，"其实，他们并没有逼迫我或是威胁说要把我送回土耳其什么的。不是你们瑞典人一提到移民就会想起的那些。问题在于'期望'和'牺牲'。为了我们、为了我，爸妈牺牲了太多。只为了孩子们能在国外过上好日子，拥有各种各样的机会，他们抛弃了一切。只盼儿女们的人生能比自己的强。

但是我看到他们的心境每况愈下。看到他们眼中写满了渴望、对于故土的牵念。那个国家于我而言意义不同。我出生在瑞典。诚然，我们每年夏天都会去土耳其，但我的心不在那里。可是，我同样也不属于这片土地。在这个国家，我必须实现父母的梦想，完成父母的心愿。姐姐们成绩优异，而我这个儿子却不。我不是读书的那块料，但爸妈就是不明白。所以，我得彻底毁掉他们的梦，将它踩在脚下，踏得粉碎。"泪水顺着穆罕默德的脸颊滑落，西蒙温暖的抚触只令这痛楚更加强烈。他厌倦一切，厌倦永远达不到父母的期望。

他缓缓抬起头来。西蒙的脸庞离他的脸仅有几寸。西蒙用那双温暖的、沾满新鲜面包香气的手拭去穆罕默德脸上的泪，用询问的目光看着他。然后，将嘴唇轻轻贴在他的唇上。穆罕默德惊觉这种感觉是如此美好。

"我想跟伯蒂尔聊几句。他在吗？"厄林对安妮卡挤挤眼。

"进去吧。"她淡然回答，"你知道他的办公室在哪儿。"

"谢谢。"厄林又挤了挤眼。他弄不懂，自己的魅力为何似乎无法打动安妮卡，但又随即安慰自己说，那不过是迟早的事。

他快步走到梅尔贝里的办公室外敲门。无人应声。他再敲了一次，隐约听见嘟囔声，还有一些古怪的动静。厄林好奇梅尔贝里到底在里面干什么。门终于打开了。梅尔贝里站在那里，有点摇摇晃晃，身后的沙发上堆叠着毛毯和枕头。他脸上还带着清晰的枕痕。

"伯蒂尔，难道说你大清早就在睡觉吗？"关于应对警长的态度分寸，厄林很是费了一番斟酌，决定先采用轻松友好的口吻开场，然后渐渐转向严肃。通常来说，他应付起梅尔贝里来得心应手。无论何时，只要市政事务涉及警务，都能确保合作顺利无虞。他只需稍加奉承，适时赠送一瓶高级威士忌便能大功告成。这次也没理由有所不同。"你知道的，"梅尔贝里有点尴尬，"近来状况频出，相当累人。"

"是的，我理解你公务繁忙。"厄林附会道。他惊讶地看到局长脸红了。

"有何贵干？"梅尔贝里指着椅子。

厄林坐下，表情忧心忡忡。"呃，我接到一通电话。是《塔南舍》的制片人弗雷德里克·莱恩打来的。显然，你们的警察刚才把活动中心闹得乌烟瘴气，他们清清楚楚地威胁说要勒令终止拍摄。不得不说，听到这个消息我既吃惊又灰心。我一直认为我们已经达成共识，并且一向拥有良好的合作关系。所以说，伯蒂尔，我感到非常失望。你打算作何解释？"他注视梅尔贝里，眉心深陷。在从前的职业生涯中，这种眼神曾经无数次使谈话对手胆寒。然而这一次局长却没有被镇住。他平静地看着对方，并不准备回应他的控诉。厄林坐不住了。

"厄林……"梅尔贝里的语调使拉森感到，自己这回可能说得太过火了。

"厄林……"他重复道。政务官变得局促不安，这家伙就不能有话直说吗？不过是个简单的问题而已。自己关心的仅仅是塔南舍的利益，理解这一点有那么困难么？

"警方正在调查一起谋杀案。"梅尔贝里理直气壮地直视拉森，"某个参演人员不单没有及时把重要物证交给警方，反而把它卖给了报社。眼下我非常同意同事们的观点——最好立刻喊停整个节目的制作。"

厄林感觉自己开始冒汗。弗雷德里克压根没告诉他这一微妙的细节。失策，太失策了。他吞吞吐吐地问："是……是今天的报纸么？"

"是的。"梅尔贝里说，"登在头版和内页上，是被害女性的私人日记片段。我们对此一无所知，某人刻意向警方隐瞒了这个信息，甚至将日记转手卖给《新闻晚报》。因此现在，我的探员赫德斯特伦和莫林正全力追回该物证，以确知它是否能够、或者本该有助于抓住凶手。"

"我完全被蒙在鼓里。"厄林预想着踏出警察局立马去找弗雷德里克面谈时的台词。就连新手都知道，谈判时手头信息不全等于不带武器上战场。蠢猪。弗雷德里克别指望能在政务会上信口雌黄推诿责任。

"不想立刻停机的话就给我个合理解释。现在。"

厄林哑口无言，思维完全停顿。一切辩解之词都飞到九霄云外去了。他呆呆地望着梅尔贝里，对方冷笑两声。

"没词儿吧？想不到我还能看到这一天。不过我很公平，了解许多人爱看那个狗屎节目。既然如此，我们允许它再播一阵子。但如果再惹麻烦……"梅尔贝里竖起食指威胁道。厄林感恩戴德，点头允诺。他很走运。一想到站在政务会面前灰头土脸地宣布项目终止，他就感到不寒而栗。

他走到门口，听见梅尔贝里说话，回过头。

"要知道，我家里的威士忌快喝光了，可以劳烦再馈赠一樽么？"

梅尔贝里冲他挤挤眼。厄林无力地苦笑，心里极想操起酒瓶往对方口中猛灌。却听见自己回答："没问题，伯蒂尔。我会安排的。"

房门合拢的最后一刻，他看见梅尔贝里心满意足的笑容。

"某人情绪不高哇。"卡尔瞟了眼蒂娜。她正在将酒水装盘。

"好像自己多么遵纪守法似的。只会耍嘴皮子，在你老爹的钞票里游泳去吧！"蒂娜数落着，差点打翻托盘里的啤酒杯。

"知道吗？赚钱也不能没有底线。"

"赚钱也不能没有底线，"蒂娜瘪着嘴阴阳怪气地学他，"老天爷，你扮起正人君子来真恶心。还有穆罕默德！我决饶不了那个白痴！"

"噢，冷静点儿。"卡尔倚在酒水台旁边，"他们威胁再不开口就得封镜。可你似乎只想自保。你无权让大家跟着你倒霉。"

"你看不出来吗？他们不过是在唬人。这个小镇好不容易才有了一点点抛头露脸的机会，才不会舍得放过呢。这节目是他们的命根子！"

"反正，我不认为穆罕默德做错了什么。假如我看见你拿走那本日记也会照实说出来的。"

"当然会，你这个懦夫。"蒂娜怒不可遏地说道。"你的问题在于，成天在斯图尔普兰瞎逛，却不知活着有何意义。现在却自诩懂得人生的大道理！至少我对人生还存有几分抱负，并且会付诸实践。还有，不管那个可恨的芭比怎么说，我都是个有才华的人！"

"原来是这么回事，"卡尔讥讽地说，"她写了些对于你所谓歌唱事业的想法，让你大为光火，所以决心把她送到那帮饿狼似的媒体嘴里。她死的那一晚，你们说的话我都听见了。你受不了她说出每个人心里都在想的话。"

"那个荡妇在撒谎！矢口否认在背后说我一文不值，说我没有天分。她还辩称自己是冤枉的，是有人设局陷害她。但是我却亲眼看到了她的日记，竟然是真的！她确实背地里在人前泼我的脏水。"蒂娜碰翻了一个杯子。它摔得粉碎，啤酒洒得满地都是。

"妈的！"蒂娜摆放好托盘中其余的啤酒杯，拿过扫帚清扫玻璃渣。"该死，真他妈的！"

"喂，"卡尔平静地说，"我从没听芭比说过你一句坏话。相反，我总听她在鼓励你。在拉斯的辅导课上，你不是也这么说吗？现在想起来，你当时还掉过几滴鳄鱼的眼泪。"

"你以为我会蠢到当着大伙的面非议一个死人吗？"她辩白，扫起最后一片碎玻璃。

"无论她在日记里写过什么，你都不该怪罪她。她写的都是事实。你的演唱的确不值一文。我要是你就会马上填写麦当劳的打工申请表。"他笑着，飞快地瞥了一眼镜头。

蒂娜将扫帚摔在地上，箭步冲上前，凑近他的脸低吼："卡尔，尽管说好了。她死那晚，并不是只有你听见了别人的对话。你自己下手也挺狠。因为她说你妈被你爸抛弃才会自杀，当面却矢口否认曾经说三道四。所以我要是你就不会这么嚣张。"

她端起托盘，走出回转门去上酒。卡尔的脸色煞白，回忆起当晚自己辱骂攻击芭比的话，想起自己肆意谩骂时众人脸上惊诧的表情。她含泪保证从未说过，也绝不可能说出那种话。糟糕的是，他无法摆脱自己的直觉——她没有撒谎。

"帕特里克，能占用你一分钟吗？"看到对方在讲电话，安妮卡打住了。

他竖起食指，示意她稍等。谈话似乎已近尾声。

"好，同意。"帕特里克不快地说，"日记交予警方。倘若抓住凶手你们将获知第一手信息。"

他摔下电话，烦心地望向安妮卡，无可奈何地叹道："蠢货。"

"《新闻晚报》的记者？"安妮卡坐下。

"正是。我把灵魂出卖给了魔鬼。从他手里套出那本日记需要下一番功夫。和他们下这盘棋已有三天。只能这样了，必须投桃报李。"

"对。"安妮卡回应。直到这时,帕特里克才察觉她有急事要说。"说说你的事情。"

"周一发出的全境通告有结果了。"她无法掩藏喜悦的心情。

"那么快?"帕特里克惊讶地问。

"是的。多亏最近媒体对于塔南舍的关注啊。"

"你查到什么了?"他的语调透着激动。

"查到了另外两宗。"她注视笔记本作答,"至少,被害者的死亡方式百分之百吻合。还有……那两宗案子存在的疑点与拉斯穆斯和马利特案的疑点完全相同。"

"真的吗?"帕特里克探身俯耳,"快点告诉我吧。"

"一宗发生在隆德。被害者五十出头,男性,死于六年前,是个酒鬼。警方断定他系酒精中毒身亡。尽管如此,他的尸体上留有一些可疑的外伤。"她抬眼看着帕特里克,后者示意继续。

"第二宗命案发生在十年前。案发地是尼雪平。是个七十多岁的女人。虽然被列为谋杀案,却一直未结。"

"所以说,还有两宗谋杀案要查。"帕特里克感到肩头的责任无比沉重,"我们手头有四宗互有关联的命案。"

"好像是这样啊。"安妮卡摘下眼镜,在手上摆弄着。

"四宗。"帕特里克疲惫地说。身心疲累使他面色黯淡。

"四宗,还没算上利勒莫尔。不得不说,我们眼下的工作量已经达到极限了。"安妮卡严肃地说道。

"说什么啊?没信心办这么多案,觉得应该向国家刑警求援么?"帕特里克看一眼对方,内心却认同其观点。然而反过来说,他们又对整体脉络胸中有数,有可能让事件真相还原。警区之间无疑需要通力协作,但他深信他们具备破案的能力。

"我们先自己查,等到真正需要申援时再说。"他说。安妮卡点头同意。倘若帕特里克铁了心要这样去做，谁也没有办法拦阻。

"你打算何时将消息知会梅尔贝里？"她晃晃笔记本。

"与隆德和尼雪平案的负责人谈过就说。你有联系信息么？"

安妮卡点头。"我把本子留给你，所有的信息都在里面。"

他报以感激的目光。

出门时她停住脚步。

"你认为是连环杀人案？"说出这话连她自己也不敢相信。

"似乎是。"帕特里克答道。随即拿起电话，开始拨号。

"这里很漂亮。"安娜打量着稍显空旷的房间。

"就是有些冷清。佩尔尼莱拿走了一半家具。我没去……添置新的。不需要那样做了，因为我得卖掉房子。新住处容不下多少家具。"

安娜善解人意地看他。"真不容易。"对方点了点头。

"是的。不过和你所经历的痛苦相比……"

安娜笑言。"别担心，我可没指望别人对我高山仰止。"

"多谢。"丹开心地说，"这么说，你是批准我滔滔不绝地发牢骚了？"

"也别滔滔不绝。"安娜回一句。她走到楼梯旁，用手指着上边，探询地望了丹一眼。

"可以，上去看吧。今天我破天荒地整理好床铺，收拾了地板上的脏衣服。所以不会有踩到内裤的危险。"

安娜故作紧张状，旋即绽开笑容。她最近常常笑，似乎是想恶补过去数月失去的笑意。

下楼的时候，丹已经为两人做好了单片三明治。

"唔，看起来不错。"安娜坐到饭桌旁。

“我想你应该饿了，只好用三明治款待你，冰箱里的东西都被姑娘们吃光了。我还没来得及去采购。”

“三明治挺好。”安娜咬了一大口面包芝士。

“婚礼筹备得如何？”丹问，“据我所知，帕特里克成天都在工作。离降灵节只剩下一个月了！”

“你只管督促吧……但是艾丽卡和我已经是快马加鞭了，我觉得能行。只要帕特里克的妈妈别插手。”

“怎么说？”丹问。于是安娜绘声绘色地描述了上次克里斯蒂娜的造访。

“简直是开玩笑嘛。”他说，但仍忍不住捧腹大笑。

“我发誓，”安娜证实，“真是到了那种地步。”

“可怜的艾丽卡，”丹回应，“回想起佩尔尼莱和我结婚那阵，她妈妈也是个大惊小怪的人。”他摇着头。

“你想她吗？”安娜问。丹假装会错意：

“佩尔尼莱她妈？一点儿也不想。”

“哦，得了吧。你知道我指的是谁。”她好奇地注视他。

丹想了想，说：“不。诚实地说，我不再思念她了。我曾经想念，但不确定是不是想念佩尔尼莱，也许是眷恋我们作为一家人拥有过的一切美好。你懂我的意思么？”

“懂，也不懂。”霎那间安娜看起来异常哀伤。“我认为你的意思是，你怀念平淡稳定的日常生活带来的安全感。与卢卡斯在一起时我从未得到过这种感受，从未。然而在畏怯与恐惧之中，我心底最渴望得到的也许正在于此。”

丹伸出手盖住她的手。“你不用勉强自己去谈这些事。”

“没关系。”她眨眼忍住泪水，“好几个礼拜我一直在倒苦水，连我自己都烦了。你肯定也烦透了。”她笑道，用纸巾擦掉眼泪。

丹没有挪开手。"我一点儿也没听厌，大可以一天到晚一刻不停地听你倾诉。"

他们无语凝望着彼此，气氛自然而亲切。丹想启齿说些什么，安娜的手机响了。两人回过神来。谈话被打断了。安娜掏出手机，看看显示屏：

"是艾丽卡。"她起身接电话。

帕特里克把开会地点定在了厨房。不夸张地说，自己要宣布的消息会令人有些震惊。他等候大家就坐，自己则站立。从进门开始他们就注视着他。很明显，他有话要说。由于安妮卡守口如瓶，所以没人知道是什么，只知道是要紧事，这点从帕特里克肃穆的表情中便可看出。窗户外，一只鸟低飞掠过。众人条件反射地扭头凝视，随即望向帕特里克。

"请大家用些咖啡和面包，我们这就开会。"帕特里克语调严肃。众人各自倒了杯咖啡，在传取面包时窃窃低语，随后安静下来。

"星期一，安妮卡按我的要求发出了一份全境通告，询问是否有与拉斯穆斯和马利特案具有共通点的命案。"

汉娜举手提问："结果如何？"

"我们附上了列有两案共同特征的清单。实际上包含两方面的内容：被害人的死亡方式，以及在尸体附近发现的物证。"

古斯塔和汉娜不太了解有关物证的事，因此探着身子，想听到更多。

"什么样的物证？"古斯塔问。

帕特里克看着马丁，说道："马丁和我查验了拉斯穆斯死时随身携带的背包，找到了一样东西。马利特的尸体旁边也有，散落在她身旁的车座上。最初我们并未留意，以为只是车内遗落的垃圾而已。

然而在背包里却找到了相同的东西……"他亮出手中的东西。

"嗯，是什么呢？"古斯塔再凑近了些。

"一张撕下的书页，童话书。"帕特里克回答。

"童话书？"古斯塔不解地重复道。汉娜也是一脸疑惑。

"是《汉斯和格丽桃》里的一页。各位都知道，这是一个格林童话故事。"

"不是开玩笑吧。"古斯塔接话。

"很遗憾，并不是开玩笑。事情还不止于此。这个信息，以及拉斯穆斯和马利特死亡方式的细节，还引出了可能相关的另外两宗案件。"

"另外两宗案件？"现在轮到马丁费解了。

帕特里克点点头。"正是如此。今早得到的消息，还有两宗案件符合这种模式。一宗发生在尼雪平，一宗在隆德。"

"两宗案子？"马丁显然难以理解帕特里克所说的事实。帕特里克晓得为什么。

"你真有把握四宗案子全都有着关联？"汉娜评论道，"所有的事听起来匪夷所思。"

"被害者的死亡方式完全相同，尸体旁边又都遗落着同一本书上撕下的书页。因此我们认定四宗案件有联系。"帕特里克平铺直叙，对于遭到质疑感到有些吃惊和不快。

"基于它们的共同点，无论如何也要把它们查个水落石出。"

马丁举起手。"另外两名死者也是滴酒不沾么？"

帕特里克缓缓摇头，这是最为困扰他的一件事。"并非如此。"他答道，"隆德的死者是酗酒者确定无疑，而尼雪平死者的饮酒习惯如何，警方没有提供信息。我想，你我可以开车过去，找他们询问细节。"

马丁点头答应。"好的，几时动身？"

"明天。"帕特里克说，"如果没有别的意见，现在散会开始工作吧，要是有什么不清楚的地方，建议各位看看我准备的疑点总结。安妮卡已经复印好了，出去时每人带一份自行阅读。"

散会时众人鸦雀无声，各自思索着眼前面临的浩大工程，并且要努力适应"连环凶杀案"一词，让它成为自己字典中的一部分。这个词在塔南舍警队的办案史上从来都没有必要出现，这次出现亦不能说是块辉煌的里程碑。

听到身后有人说话，古斯塔转过身。

"马丁和我明天动身，大概去两天。"帕特里克说。

"是吗？"古斯塔应声。

"与此同时，你和汉娜可以从其他角度进行探究。比如，详读马利特的个人资料。我读过太多遍，换双眼睛来读应该是件好事。无论拉斯穆斯·奥尔松的资料是否完整，也要同等对待。马丁已经在着手调查西班牙灵缇的狗主人名单，最好接着现有结果追查下去。下午问问马丁看他进行到哪儿了。其他的事……对了，《新闻晚报》的记者传真了几页利勒莫尔的日记过来。我们将得到原件，但由于是邮寄太慢，我俩无法等待它寄达。我会带几页副本上车看，你和汉娜最好也看一下。"

古斯塔头晕脑胀地点头。

"就这样。"帕特里克说，"我俩这就出发。请你转告汉娜好吗？"

古斯塔软弱无力地再点头，工作如此繁重可真要命。高尔夫球季来临的时候，自己肯定已经累得拿不动球杆了。

7

黑夜，是恐惧离得最近的时候。倘若他们趁自己睡着时来了呢？倘若自己醒不过来呢？在卧房里，他和妹妹各有一张床。晚上她总会为二人披好被角，把被子拉到他们的下巴，亲吻前额，先是他，再是她。然后轻轻道一声"晚安"，关灯，锁好房门。从这一刻起，黑暗开始自由驰骋在两人的脑海中。但是他们自有方法抚慰自己。他蹑手蹑脚地爬上妹妹的床，钻到她身边。他俩从不说话，只是紧紧依偎，感受彼此的体温。他们靠得是那么紧，有充分的安全感。

有时候，两人就这样醒着。凝视对方眼里的恐惧，却一个字也不说。每每如此，对妹妹的爱简直要漫出他的胸腔。对于外面的世界，她是这般天真无邪又充满畏怯，比自己更加畏怯。不同的是，他的恐惧夹杂着对屋外那个世界的强烈向往。他想知道，自己本该得到什么，假如他不是个不祥之人，假如外面没有那未知的危险在潜伺。

有时候，他搂着妹妹躺在那里，不免心生疑窦。所有的恐惧或许都与那个嗓音生硬的女人有关。通常，沉沉睡意会在此刻摄住他，回忆的潮水也随之漫上来。

马丁一向有晕车的毛病，但他此时强忍着，仍在奋力阅读利勒莫尔日记的部分副本。

"她不断提到的这个'他'究竟是谁？难道说她认出了某个人？"他疑惑地继续往下读，寻找更明确的线索。

"她没说，"出发前帕特里克已经看完了这几页，"似乎不确定是不是真的在哪儿见过他。"

"可是她说那个人让自己感到不安，"马丁指着那页纸上的一个地方，"因此，她后来遇害很可能不是巧合。"

"我完全同意你的看法，"帕特里克加速超过一辆卡车，"但是至少在日记里面找不到更多的细节。这个'他'可以指代任何人。某个塔南舍人、某个演员、摄制组里的某个人……现在我们只知道他是个男的。"他发觉马丁开始大口喘气，"怎么了？想吐？"同事的样子让他确认了这点。马丁的脸色比平常更苍白，雀斑点点泛红。他费力地呼吸着，胸部起伏。

"要不要开窗透透气？"帕特里克紧张地问。马丁点点头，帕特里克按键开启侧座的车窗。马丁伏在窗边，大口大口地吸气。

几小时后，车子驶进隆德警察局的停车场。虽然腿脚发麻、腰酸背痛，两人也只是上了趟洗手间、简单伸了伸腿脚，就赶紧去办正事。想到与谢尔·桑德伯格警长会面可能获得的成果，他们兴奋不已。只等了几分钟，警长就来了。本来周六他不用上班，但接到帕特里克的电话，便爽快地答应前来。

"一路辛苦了。"谢尔·桑德伯格问候一句，匆匆在前带路。他个头很矮，帕特里克估计，大概只有五尺三寸，但是他似乎用旺盛的精力弥补了五短身材带来的任何不足。他说话时比手划脚，肢体语言丰富，走起路来箭步如飞，把马丁和帕特里克都甩在后头。就这么竞走似地来到一处休息室，谢尔做个手势，请二人先一步入内。

"我认为这里比办公室好。"谢尔指向堆着一摞文件夹的桌子说。放在最上面的文件夹贴有"博耶·努德森"的标签。帕特里克昨天得知,这是第三号被害者的姓名,若按时间排序该排第二。就坐后,谢尔把文件夹推到帕特里克面前:"昨天我重新看了一遍资料。老实说,收到你们的全境通告后,我开始以全新的眼光重新审视过去办过的很多案件。"他遗憾地摇头,如同道歉。

"如此说来,六年前一点都没有怀疑过么?没有觉得哪里不对劲么?"帕特里克谨慎地措词,避免留下批评责难的印象。

谢尔再次摇头,浓密的胡须随之抖动。"没有。对于博耶的死我们的确丝毫没有质疑过。你得明白,博耶是那种在警方眼里迟早会出事的人。之前有好几次他都差点醉死,侥幸才活了下来。所以那次我们便以为……呃,便做出了错误的判断。"他无奈地摊手,一副备受打击的表情。

帕特里克点头劝慰:"我完全理解。在那种前提下,得出错误的结论很正常。我们也在很长一段时间里把那起谋杀案错当成了普通的车祸。"听了他的陈述,谢尔似乎好过点了。

"是什么促使你回应我们的通告?"马丁问,尽量不去看对方抖动的胡须。因为晕车他的脸仍有些苍白,往嘴里塞了几块消化饼,这才觉得好点儿。长途颠簸后,他通常需要约莫一个钟头才能彻底缓过劲来。

谢林起先没有搭话,只顾逐个翻找文件夹,然后抽出一本打开,放在二人面前。"看看这个,我们发现博耶尸体时拍下的相片。死者倒毙在家里一周,因此场面惨不忍睹。"他补充道,"尸体发出恶臭,才被人发现。"

无疑,谢尔是正确的,现场十足恶心。然而两人的视线被博耶手中的东西吸引了——一张揉皱的纸。接着往后翻,是那张纸的特写照片，它被从死者的手中抽出、抚平了。帕特里克和莫林一眼认出来，它属于他们熟悉的那本书——格林兄弟的《汉斯和格丽桃》。两人面面相觑。谢尔感叹："是啊，若说这是个巧合的话，那就未免太奇怪了。我记得这个细节，因为博耶本人没有子女，手里却攥着一页童话书，显得有点奇怪。"

"你还留着那张纸吗？"帕特里克屏住呼吸，浑身的肌肉都由于期待而绷得紧紧的。谢尔没吭声，从旁边的椅子上拎过一只薄膜塑胶袋，嘴角浮现笑意。"这既是运气，也是技术。"

帕特里克虔敬地接过袋子，研究里面的内容。而后递给马丁，他仔细打量，同样兴奋不已。

"其他的呢？验过伤吗？死亡方式呢？"帕特里克凑近端视尸体照片。他似乎看出嘴唇周围有青紫色的瘀斑，但是由于尸体已经严重腐烂，很难确认那是不是瘀斑。他觉得胃里翻江倒海。

"很不幸，没有任何验伤信息。如我所言，尸体严重腐败，无法进行尸检。另外一个问题在于，博耶身上一年到头都有伤，因此即使发现伤痕，我们恐怕也不会……"他的话音渐渐变弱，帕特里克明白他的意思。博耶是个酒鬼，打架闹事是家常便饭。可能死于酒精中毒这一点无法构成深入调查的合理依据。当然，他们如今已认识到当初的判断有误。但是帕特里克没有理由苛责他们。做事后诸葛总是比较容易一些。

"不过尸体里的确存留着大量酒精，对吗？"

谢尔点头时，胡须也跟着弹跳。"对，这点正确。不过……就算他的血液酒精浓度异常的高，但那些年他的酒力本就了得。因此法医得出结论，博耶喝下了整瓶酒，而后死于酒精中毒。"

"能不能联系上他的什么家人？"

"没有，一个也没有。和他有来往的除了警察就是酒友，以及坐牢期间的某个狱友。"

"因为什么原因坐牢？"

"哦，他劣迹斑斑。详细记录在顶上那本夹子里，标有具体日期。人身侵犯、恐吓、酒驾、过失杀人、盗窃，只要你说得出的他都干过。我想，他坐牢的日子比在外面的长。"

"能带走这些资料吗？"帕特里克将双手的手指交叉在一起。

谢尔点点头。"可以，我正有此意。如果需要我们提供进一步的协助，请一定随时联系。同时，我们也会继续调查此案，看能否挖出对你们有利的线索。"

"感激不尽。"帕特里克致谢，二人起身道别。

出去时，他们只能小跑着跟上谢尔。

"晚上就开车回去吗？"跨出大门时，谢尔问道。

"不，我们在斯堪迪克酒店订了房间，也好赶在明天抵达下一站之前，把材料浏览一遍。"

"尼雪平是吗？"谢尔的表情立时变得极其严肃。"凶手千里迢迢跨地犯案的情况可不寻常。"

"是啊，"帕特里克同样严肃地答道，"的确不寻常，很不寻常。"

"你愿意负责哪件事？追踪狗的线索还是阅读马利特的个人资料？"被分派了一大堆任务，古斯塔难掩沮丧。汉娜的心情似乎也好不到哪里去。礼拜六上午，她或许是期盼着与丈夫在家轻松共度的。然而古斯塔不得不勉为其难地承认，倘若非得为加班找个理由，眼下的理由是再充分不过了。同时调查五宗凶案，在这间警局可不是稀松平常的事。

两人选择在餐桌旁边安营扎案，准备开始帕特里克交代的工作，却都发现自己打不起半点精神。汉娜站在料理台前倒咖啡时，古斯塔在身后端详着她。自打来到局里她显然就没胖过，不过此刻的她看起来并非苗条纤细，而是瘦削憔悴。他不禁再次对她的家庭生活产生了好奇。近来她的面部表情有些紧绷，甚而流露出几分痛苦之情。他胡乱揣测，可能是这两口子生不出孩子。她已经四十出头了。他很想和她往深里聊聊，无论对方想要倾诉些什么，自己都十分乐意做个倾听者。但他觉得，这样的提议恐怕会碰钉子。汉娜从外表来看，她坚强而且勇敢得有点咄咄逼人。但是有时，从其一举一动中又能读到些别的东西……嗯，假如让自己来形容的话，"心碎"是个恰当的词。不过，当她转身时，他立即怀疑自己是不是想得太多了。对方面若冰霜。她有张坚毅的脸庞，寻不到半点脆弱的踪迹。

"我负责看马利特的资料，"她坐下后建议，"你来查狗的事，可以吗？"她从杯沿上方望着他。

"当然可以，是我让你选的嘛。"

汉娜笑了，表情霎时柔和下来。古斯塔更加怀疑自己的判断能力了。"加班真要命。对不对，古斯塔？"她眨眨眼。

他情不自禁地报以笑容，决定抛开关于对方家庭生活的臆想，单纯地享受和新同事共处的时光。他真的很喜欢她。

"好嘞，找杂种狗的事就交给我吧。"他站起身。

"汪汪。"她笑着学狗叫，开始翻阅面前的文件夹。

"听说这里上演过一出小小的闹剧。"拉斯严厉地看着环坐在他周围的演员们。没人说话。他再次尝试。"拜托谁给我点儿线索好吗？究竟发生了什么事？"

"蒂娜出丑了。"乔娜嘟囔道。

蒂娜狠狠地瞪了她一眼。"我他妈才没有！"她扭头打量众人："你们只不过是嫉妒。因为你们没找到日记，其实你们皆有此意！"

"我绝不会去做那么卑鄙的事。"穆罕默德说，兀自盯住脚尖发愣。这几天他异乎寻常地低调，使得拉斯对他格外关注。

"穆罕默德，你没事吧？你的心情似乎不太好。"

"没什么。"他仍然专注地凝视鞋子。拉斯不解地看着他，但没有勉强他。很明显，穆罕默德此刻不愿袒露心声。单独辅导时再谈效果也许会好些。他回头看蒂娜，她拼命甩头表示抗议。

"日记里到底写了什么，让你痛心疾首到这个地步？"他轻声问。蒂娜紧闭双唇三缄其口。"究竟是什么使你理直气壮，执意要让媒体将芭比，啊不，利勒莫尔生吞活剥不可呢？"

"她在日记里说蒂娜根本没天分。"卡尔适时说明。在饭店的那场对话过后，他与蒂娜的关系便降至冰点。蒂娜的那番狠话至今让他耿耿于怀，所以他说话的口气不怀好意，一心想要伤害她。"怨不得芭比，"他冷冷地说，"她不过是实话实说而已。"

"闭嘴、闭嘴、闭嘴！"蒂娜尖叫，唾沫飞溅。

"全都给我冷静下来！"拉斯严厉地命令。"利勒莫尔在日记里贬低你，所以你便自认有权诋毁中伤一个亡人了。"他冷峻地注视着她，她避开视线。听他这么一说，倒好像自己是多么……多么恶毒可鄙似的。

"她也说你们的坏话来着。"她环顾众人，想要把拉斯的恼怒转移到别人身上去。"卡尔，她说你是个娇生惯养的顽劣富家大少。说乌费是她前所未见的一等白痴。你，穆罕默德——时刻纠结于无力取悦家人，缺乏安全感到了极点。你应该趁早醒悟，挺起腰板做人！"停顿后看乔娜。"还有你，她说你用刀划烂自己的手真是可悲之极。一个也没落下。知道了吗？现在还有谁认为'大家应该敬重关于芭比的回忆'这套他妈的鬼话么？谁要是为了在派对上骂过她感到歉疚，大可不必！她是罪有应得！"蒂娜将头发向后一甩，挑衅任何想要驳斥自己的人。

"那么，她被害也是死有余辜吗?"拉斯淡淡地问。

厅内一片死寂。蒂娜焦躁地啃着手指甲，然后蓦然起身跑了出去。所有的眼睛都尾随着她。

前方的路似乎永无尽头。长途行驶让帕特里克疲累不堪。他扭头去看坐在驾驶座上的同事。马丁今天自告奋勇，指望能够转移注意力不再晕车。到现在为止，此举的确奏效。距离尼雪平仅剩下不到一百公里的车程了。马丁打了个呵欠，帕特里克被传染了。两人相视一笑。

"昨晚咱俩熬得太晚了。"帕特里克道。

"就是啊。但是要看的东西很多。"

"对。"帕特里克回应。在他的房间里，二人点灯熬油把案件材料阅读、讨论了好几遍，直至凌晨三点马丁才回到自己的房间。但脑子里乱糟糟的尽是杂乱无章的案情，又过了一个钟头左右才算睡着。

"皮亚好些了吗?"帕特里克转离了凶杀的话题。

"好多了!"马丁来了兴致，"早上不再犯恶心了，现在她感觉很好。天哪，我真兴奋!"

"是啊，我体会过那种心情。"

"皮亚会去做超声波检查胎儿的性别吗?"驶入通往尼雪平的岔道时，帕特里克问。

"还不知道。不过我觉得不用了。"马丁专心致志地看路标，"你俩做过吗?"

"没有。做这种检查就像是在作弊似的，应该让它成为惊喜。而且头一胎嘛，性别并不重要。但是第二胎最好生个儿子。"

"你们不会是想再……"马丁转头看眼帕特里克。

"不不不，"帕特里克笑言，"谢天谢地，还不到时候。带一个玛雅已经累得人仰马翻了。将来兴许会吧。"

"艾丽卡的意思呢？她的麻烦也够多了……"马丁把话咽回去，不知深入话题是否合适。

"我们没有商量过。这只是我一厢情愿的想法。"帕特里克沉吟着。"唉，总算是到了。"他随即说道，庆幸无须继续这个话题。

下车后，两人舒展一下僵硬的腿脚，走进警察局。接下来的程序都已驾轻就熟，至少就帕特里克而言是这样。他造访外地警局已是第三回了。与这位警长会面时，帕特里克再次惊叹瑞典警队精英们的各各不同。而且，他也没料到，自己根据人名所做的外貌推断会有这么大的偏差：吉尔达·斯文森比他想象的年轻许多，约莫三十五岁，是位大美女。回过神后，他瞟了眼马丁，发现他也看傻了。于是他用手肘捅捅马丁，随后向斯文森警长伸出手。

"我的同事正在会议室等候。"吉尔达·斯文森在前面带路。她的嗓音兼具深沉与温柔的特质，悦耳动听。帕特里克发现自己的眼睛简直难以从她身上挪开了。

三人一言不发地走向会议室，只听见鞋跟敲击地面的声音。进屋后两位男士上前伸出手来。一位五十岁出头，矮小壮硕，双眼炯炯有神，笑容和善，自我介绍是康拉德·梅尔泽。另一位与吉尔达年纪相仿，身材高大魁梧，满头金发。帕特里克暗想，眼前的两人真是天造地设的一对。他自我介绍名叫利卡德·斯文森。

"据我了解，你们掌握了与我们手头一宗未结悬案相关联的大量信息。"吉尔达在康拉德与丈夫之间坐下，两人似乎都不介意由她来发话。"艾尔莎·弗塞尔的案子是由我负责侦办的，"她仿佛洞悉了帕特里克的想法，"康拉德、利卡德和我都是专案组成员。为了这起案子我们倾注了大量的时间和心力，却不幸走入了死胡同。直到前天收到你们发来的全境通告。"

"看到有关书页的事我们便立刻知道，你们手头的案子与我们这个案子确有关联。"利卡德说，合拢双手放在桌面上。帕特里克心内暗想，太太成为顶头上司的滋味不知如何。

"终止调查后利卡德和我结了婚，从那以后我俩一直都分头工作。"吉尔达看着帕特里克说。他感到自己的脸红了，怀疑对方搞不好真能看穿自己的心思。但他马上又意识到，要看穿他的想法其实不难。

"那张书页是在哪儿发现的？"他换个话题。吉尔达的嘴角微微上扬，表明她看出对方明白了自己的用意。康拉德接过话茬。

"夹在她旁边的一本《圣经》里。"

"尸体是在何处发现的？"

"在她家里。一位教友发现的。"

"教友？"帕特里克问，"什么教？"

"圣母马利亚十字架。"吉尔达回答，"一个天主教派。"

"天主教？"马丁说，"她是哪个南部国家的人吗？"

"斯堪的纳维亚也有天主教徒。"由于马丁的小小无知，帕特里克有些不好意思。"天主教徒遍布世界各地，瑞典本土就有数千名。"

"说得很对，"利卡德说，"实际上，瑞典约有十六万名天主教徒。艾尔莎加入该团体已有多年。可以说，教友们就是她的家人。"

"她有没有什么亲属呢？"帕特里克问。

"没有，没能找到任何亲属。"吉尔达回答，"我们曾多次询问她的教友，调查教派内部曾否出现分裂，调查任何可能导致艾尔莎被害的线索。"

"想要找与艾尔莎关系亲近的成员交谈的话，应该找谁呢？"马丁拿起笔准备记录。

"毫无疑问是神父。西尔维奥·马锡尼，他来自南欧。"吉尔达朝马丁眨眼，后者脸红了。

"据我了解，塔南舍的那名死者身上也有被捆缚过的痕迹？"利卡德向帕特里克提问。

"是，的确如此。我们的法医在死者手臂和手腕部发现了勒痕。你们当时将艾尔莎的死定性为谋杀案，这是否也是原因之一呢？"

"是的。"吉尔达取出一张相片，顺着桌面推给帕特里克和马丁。他俩端详了几秒。勒痕清晰可见，艾尔莎·弗塞尔无疑遭到过绑缚。帕特里克还看到了她嘴唇周围皮肤上奇怪的瘀青。"你们也发现了胶带残余物吗？"他望向吉尔达，对方点头。

"是的，普通棕色胶带上的粘性物质。"她清了清嗓子，"你们肯定猜得到，我们对于你们手头几宗谋杀案的所有情况也非常感兴趣。当然，就所知的一切我们也将言无不尽。不同的警区之间有时候会出现一些彼此竞争的状况，但我们真诚地期盼能够与贵方精诚合作。"这算不上热情邀约，只是一番冷静的表述。帕特里克毫不犹豫地点头响应。

"自然。我们需要来自方方面面包括你们的帮助。因此务必会就掌握的全部材料互通有无，同时在电话上随时保持联系。"

"很好。"吉尔达回应。

帕特里克注意到，吉尔达的丈夫向她投去钦佩的目光。一股尊敬之感油然而生。

"请问在哪儿可以找到马锡尼神父呢？"起身道别时，马丁问。

"该教会位于市区。"康拉德写下地址递给莫林，并且告诉他们路怎么走。

"与西尔维奥神父交谈后，请到前台来取案情材料公文袋。"吉尔达与帕特里克握手时说，"我会督促检查，将副本一份不落地准备妥当。"

"感谢之至。"帕特里克真心实意地说道。正如吉尔达指出的，不同警区间的合作并不总是畅通无阻。他很高兴此次调查不会陷入那种窘境。

"你什么时候才能不干蠢事？"

乔娜闭上眼。妈妈在电话里的声音永远是那么的冰冷尖锐。

"爸爸和我谈过了。我们一致认为你如此浑浑噩噩地虚掷人生，实在太不负责任了。为我们两个在医院的名誉考虑，你也不能这样。"

"我就知道又和医院有关。"乔娜咕哝一句。

"你说什么？乔娜，你得大声说我才能听见。你今年十九岁了，必须学会怎样好好说话。最近的报纸让爸爸和我难过极了。人们都在议论纷纷，质疑我们到底是怎样失败的父母。我可以向你保证，我们已经尽了全力。但爸爸和我的工作都很重要。乔娜，你长大了，对于父母的事业你需要表现出一点尊重，知道吗？昨天，我从俄罗斯远赴此地，患有严重心脏病的一个小男孩儿做了手术。因为我，他保住了命，得以度过有意义的一生！乔娜，我认为你对人生应该表现出哪怕一丁点谦逊。你得到任何东西都太容易了。我们有没有对你说过半个不字？乔娜，该懂事了！爸爸和我都……"

乔娜挂断电话，顺着墙壁缓缓滑坐到地上。焦虑感越来越强烈，充塞着全身。和以前无数次一样，无处可逃的压抑感慑住了她。她双手颤颤巍巍翻出总放在钱夹里的刀片，然而手指抖颤得厉害，刀片掉了。她咒骂着想从地板上拾起，指头被划破了几道口子后，终于拾起了它。她聚精会神地注视刀片，在前臂外侧缓缓挥动。刀锋迅速靠近了那片如同月球表面一般伤痕累累的区域。白色、浅红色的新肉纵横交错，其间隆起初愈不久的鲜红色切痕，条条宛若蜿蜒的河流。第一股血流出来时，焦虑感立时减退。她更用力，细流瞬间变成了汩汩而出的红色小溪。乔娜凝视着它，脸上写满了解脱。她抬起刀片，在疤疤之上重新划开一条河流。然后抬起头对镜头微笑，表情极其享受。

　　"我们找西尔维奥·马锡尼神父。"帕特里克向开门的女士出示警官证。她侧身喊了一声："西尔维奥！警察找你！"

　　一位穿着毛衣和牛仔裤的白发男子走了出来。帕特里克满以为来者肯定身穿神父袍，而不是家常的衣裳。

　　"我是帕特里克·赫德斯特伦，这位是马丁·莫林。"他指着同事介绍。神父点点头，把来客领到一组小沙发旁边。圣坛很小，但布置得非常精心。适才开门的女人为他们端来蛋糕和咖啡。西尔维奥神父和蔼地道谢，她微微一笑，转身离开。神父望着两人，用带有明显意大利口音的纯正瑞典语问道："警察先生，我能为你们做些什么呢？"

　　"我们想询问有关艾尔莎·弗塞尔的情况。"

　　神父唏嘘。"我由衷期盼警方终有一天能理出头绪。尽管对地狱的烈焰笃信不疑，我仍然盼望凶手能在今世受到应得的惩罚。"他脸上微现笑意，悲悯中透出些许幽默。帕特里克本能地察觉对方与艾尔莎关系亲近，这种感觉在神父的下一句话中得到了印证。

　　"艾尔莎和我是多年的好友。她非常热衷于教会的侍奉，我也是她的告解神父。"

　　"艾尔莎从小就信天主教吗？"

　　"不，不是的。"西尔维奥笑答，"自幼相信天主教的人在瑞典非常少，除非是全家从天主教国家移民而来的。她过来聆听布道会，是的，我觉得那个时候她便感到自己找到了一个家。艾尔莎是那种……心灵破碎的人。她在寻索着一些东西，与我们在一起时她认为自己找到了。"

"她在寻找些什么？"帕特里克问。

"宽恕？"马丁追问。

"宽恕。"神父淡然重复这个词，"大部分人甚至不知道自己有这样的需求。需要为我们的罪孽、失败、缺点和错误得到宽恕。为我们做过的、以及本该去做却没有做的事寻求赦宥。"

"那么，艾尔莎·弗塞尔为了何事寻求宽恕呢？"帕特里克正视神父轻声问。对方垂下目光，一时间似乎欲言又止。"告解是项圣礼。人人都有需要被赦宥之处。"

帕特里克察觉到，神父的话里包含着许多未尽的意思。但是他了解，告解神父都曾立誓对告解内容守口如瓶，于是并未执意追问。

"艾尔莎加入这间教会有多久？"他换了个问题。

"十八年。"西尔维奥说，"如我方才所言，多年来我们成了良朋益友。"

"艾尔莎有仇人吗？有什么人可能意图加害她？"

神父略想了想，摇头道："我不太清楚这方面的情况。除了我们以外，艾尔莎既没有朋友、也没有仇人。我们就是她的家人。"

"有点奇怪不是吗？"马丁无法掩饰怀疑的口吻。

"我知道你在想什么，"银发老人平静地解释，"但我们并不限制教友们的个人生活或是设置戒条。和任何一间基督教会相同，大多数成员都有自己的家庭和朋友。只是，我们就是艾尔莎的全部。"

"还有，关于她的死亡方式，"帕特里克说，"有人给她灌下了大量的酒。艾尔莎对于酒的态度如何？"

帕特里克再次感到到对方欲言又止。然而神父随即笑着说："在这点上艾尔莎跟大部分人一样，礼拜六晚上偶尔会来个一两杯，却不过量。我个人认为她对待酒的态度非常理性。对了，我曾经向她强烈推荐意大利的美酒。我们教会还时不时地在这里开个小型的品酒会。"

帕特里克扬了扬眉毛。眼前这位天主教神父着实让自己大开眼界。

思索过后，他觉得没有其他要问的了。将名片放在三人面前的茶几上。"若是想到别的情况，请给我们打电话。"

"塔南舍，"神父读着名片，"在哪儿？"

"在西岸，"帕特里克站起，"斯特伦斯塔德和乌德瓦拉之间。"

他诧异地看到西尔维奥神父的脸瞬间血色全失，苍白得与前一天驶往隆德途中莫林的脸色差不多。但他随即镇定下来，点了点头。帕特里克和马丁困惑不解地与他道别，两人都感到，这位西尔维奥神父心里肯定藏着许多未曾透露的隐情。

警局内弥漫着一种期待的氛围，每个人都盼着听听帕特里克和马丁二人周末之行的收获。从尼雪平回来后，帕特里克径直把车开回局里，随后花费了几个钟头为开会做准备。因此他的办公室墙面上贴满照片和相关记录。他在上边做了各种标记，大量箭头穿插其间。

众人涌入办公室，房间显得有些拥挤。马丁来得最早，坐到后排，之后安妮卡、古斯塔、汉娜和梅尔贝里鱼贯而入。大家谁也没吭声，都在专注地观看墙壁上的材料，努力寻找那根锁定凶手的红线。

"大家都知道，这个周末马丁和我跑了两个城市——隆德和尼雪平。这两个警局与我们取得联系，是因为其手头的案件符合本局马利特案和拉斯穆斯案的共同特征。隆德的被害者，"他转身指向一帧相片，"名叫博耶·努德森。五十二岁，确认是个酒鬼。死于家中。不幸的是，由于死亡时间过长，无法找到在其他死者身上找到的任何遗留伤痕。然而另一方面，"帕特里克端起桌上的玻璃水杯喝了一口，"他手中却攥着这个。"他指着钉在照片旁边的透明胶袋说，袋里装着一页童话书。

梅尔贝里举手。"犯罪实验室那边有消息了么？马利特和拉斯穆斯身旁的书页上是否留有指纹？"

帕特里克惊讶头儿的嗅觉突然变得如此敏锐。"有回音了，书页已经寄回。"他指着钉在马利特和拉斯穆斯相片旁的书页说，"遗憾的是，没有找到指纹。博耶手中的书页未被察验，所以今天会寄往国家犯罪实验室。不过，尼雪平被害者艾尔莎·弗塞尔身边的书页在侦办期间即完成了查验，一无所获。"

梅尔贝里点头，表示对他的回答满意。

帕特里克继续说道："博耶的案子被列为人身意外处理。他们当初认定他只是因为饮酒过量才导致死亡的。艾尔莎·弗塞尔之死虽然被尼雪平的同僚列为谋杀案处理，却一直没有抓到凶手。"

"有既定嫌疑人么？"汉娜表情坚毅专注，面色却很苍白。帕特里克担心她可能是病了。在这个紧要关头，可不能再流失人手了。

"没有嫌疑人。她的社交圈仅限于天主教会的成员，似乎未与任何人结仇。她也是在家中被害的，"他指向罪案现场照片，"警方在尸体旁的《圣经》里发现了这个——"他伸手指向《汉斯和格丽桃》中撕下的一页。

"那个变态狂究竟有什么毛病？"古斯塔想不通，"一个童话故事能有什么意义？"

"不知道。但是我感觉它是本案的切入口。"

"但愿情报不会落入媒体的虎口，"古斯塔喃喃地说，"否则他们又会弄出一个'汉斯和格丽桃杀人狂'了。他们最爱替杀人犯起花名。"

"我根本无须申明，切勿向媒体走漏半点风声。"帕特里克尽量不看梅尔贝里。局长是个嘴上没门儿的人。不过数周以来他似乎也渐渐绷紧了这根弦，此刻正点头表示认同。

"你怎么看？几起案件之间有直接的联系吗？"汉娜问。

帕特里克把视线转向马丁，后者答道："不幸的是我们现在退回了原点。博耶自然不是不喝酒的人，而艾尔莎对待酒的态度不偏不倚，既不节制也不放纵。"

"也就是说，还是不清楚这几起案件的关联是什么？"汉娜似乎很忧心。

帕特里克转身审视墙上高低错落的材料，叹了口气。"不清楚。"他说，"我们仅仅知道几起凶杀案很可能系同一人所为。除此而外，找不到任何一个共同的特征。没有任何迹象表明，艾尔莎、博耶、马利特和拉斯穆斯四人彼此相识，或是四个人居住的地区有任何联系。但是回头我们自然得去找马利特和拉斯穆斯的亲属再问问，看他们是否听说过博耶和艾尔莎的名字，以及马利特和拉斯穆斯曾否在隆德或尼雪平居住过。眼下我们仍在黑暗中摸索，但其间一定存在着关联。一定！"

"请在地图上标出这四个地区好吗？"古斯塔指指对面墙上挂的瑞典地图说。

"好的，好主意。"帕特里克从抽屉里拿出几只不同颜色的图钉，准确地钉在地图上的四个位置：塔南舍，布罗斯，隆德和尼雪平。

"至少部分地缩小了搜索区域，知道凶手在瑞典的南半部。"古斯塔酸酸地说。

"好嘛，总算尝到点甜头。"梅尔贝里干笑。但是发现自己的调侃没有引起共鸣，立即收起笑容。

"因此，我们有许多工作要做。"帕特里克严肃地说，"同时也不能松懈佩尔松案的调查。古斯塔，寻找狗主人的事查得怎么样了？"

"完成了。我总计查到了一百六十个。有部分很可能没有登记在案，但距离目标数字已经相当接近。"

"就从手头掌握的这些查起吧。逐个查出地址，看有没有这片地区的。"

"好的。"古斯塔答道。

"我想深入调查一下有关书页的事。"帕特里克说，"马丁和汉娜，可否请你们再次询问沃拉及克斯汀，看他们是否知道博耶或艾尔莎的名字？也问问拉斯穆斯·奥尔松的母亲埃娃。电话上问就可以，因为你们需要留在这边。"

古斯塔犹疑地举手征询："我要不要再过去找沃拉·卡斯伯森谈一次？上周五汉娜和我过去时，我总感觉他有所保留。"

汉娜看着古斯塔："我没有这种感觉。"口气似乎在暗示古斯塔是在凭空臆想。

"可是当时你一定注意到……"古斯塔掉过脸去辩驳，帕特里克截住他的话。

"你俩一块儿去夫雅巴卡找沃拉。狗主名单的事交由安妮卡去办。我想看看那份名单，备妥后请放在我的写字台上。"

安妮卡点头记下任务。

"马丁，请你察看芭比被害当晚的录像带。之前我们有可能漏掉过什么，所以要一帧一帧慢慢地看。"

"知道了。"马丁回应。

"好，分头行动吧。"帕特里克双手叉腰。众人起身离开房间，剩下他一人。他环视四周，任务艰巨得令人望而生畏。如何才能从眼前的这堆乱麻中理出头绪来呢？

他取下墙壁上的四张书页，感到大脑一片空白。自己究竟能通过它们找出什么线索来呢？

他忽然有了主意。于是披上外套，小心地将书页装进文件袋中，匆匆走出警局。

马丁握着遥控器，把脚架在桌沿上。这个乱局开始让他感到厌倦了。过去几周任务太重，压力太大，没有时间陪伴皮亚和正被孕育着的那个小生命。

他按下"播放"键，录像带开始缓慢地放映。由于之前曾经看过，他怀疑再看一遍有没有意义。他们怎知道凶手或任何相关线索能被画面捕捉下来？很明显，利勒莫尔是从活动中心逃走之后才出事的。不过他是个习惯于按吩咐办事的人，所以不想向帕特里克提出异议。

他仰头盯着屏幕开始发困，慢速播放加剧了他的疲乏感。他勉强撑着眼皮，提醒自己不要睡过去。没什么新东西。先是乌费和利勒莫尔吵架的画面。他切换至正常播速以便听到声音，再次体会到两人间的争吵充满敌意。乌费指责利勒莫尔说自己的坏话，告诉别人他是个蠢笨鲁钝的下流胚。利勒莫尔流泪坚称，自己从来没有跟任何人说过那种话，一切都是谣传，有人在造谣诋毁她。乌费不相信她的辩解，口角升级为动手。此时马丁看见自己和汉娜出现在画面中。他们在拉架。镜头不时打出两人的面部特写，坚毅果决的表情一览无余。

随后的整整四十五分钟里，什么事情都没发生。马丁竭力地集中注意力，想要发现上次可能疏漏的地方，譬如其他人的动态，说过的一些话。但是没有任何值得注意的地方，一点儿新东西也没有，沉沉睡意不断袭来。他按下"暂停"键，起身给自己倒了杯咖啡，他需要动用一切手段，千方百计地保持清醒。他按下"播放"键，坐直身子继续观看。在蒂娜、卡尔、乔娜、穆罕默德和利勒莫尔之间，冲突正在酝酿。他们都发出和乌费相同的指责，吼叫着推搡利勒莫尔，质问她为何胆敢说三道四侮辱别人。乔娜朝她猛挥一拳，她再次痛哭流涕地辩解，被睫毛膏晕黑的泪水蜿蜒而下，脸颊花里胡哨。被金发、浓妆和硅胶填充物包装起来的她突然间显得那么年轻，那么柔弱无助，令马丁顿生恻隐之心。她不过是个小女孩儿。他灌了一大口咖啡，看到自己和汉娜出现在屏幕上，干预这场混战。镜头时而跟随着把利勒莫尔带到旁边的汉娜，时而对准他。他面带怒容，训斥责问其他参演人员。然后镜头对准停车场。他看见利勒莫尔往镇上跑去。特写镜头——她的背影渐行渐远。接着是汉娜在打手机。随后镜头又转回到马丁身上，他正凝视利勒莫尔逃开，仍旧面带怒容。

又过了一个小时，屏幕上不过是醉醺醺的年轻人与演员们恣意狂欢的场面。凌晨三时，他们中的最后一个离开，摄像机停止拍摄。倒带时，马丁目光空洞地注视着漆黑的屏幕。尽管不能说发现了于破案有利的新线索，但某些东西正在咬噬他的潜意识，如同眼睛里揉进了一粒细沙。他盯着漆黑的屏幕，再次按下"播放"键。

"我只有一个小时的时间吃中饭。"开门时沃拉愠怒地说，"请长话短说。"古斯塔和汉娜进屋脱掉鞋。

"我边吃边谈吧。"沃拉指了指盛着鸡肉、米饭和豌豆的盘子。"这回你们又有什么事？"沃拉问，轻轻戳起几粒豌豆。古斯塔饶有兴致地观察沃拉。他好像不喜欢把不同的食物混在一块吃，所以小心翼翼地一口一口单吃着豌豆、米饭和鸡肉。

"上次之后我们又获得了新的信息。"古斯塔公式化地措辞，"你是否听过博耶·努德森或艾尔莎·弗塞尔这两个名字？"

沃拉皱起眉头。听到身后有动静他扭头去看，索菲步入饭厅，好奇地打量警察。

"你在家里干什么？"沃拉生气地瞪着女儿。

"我……我不舒服。"她回答。样子的确像是病了。

"哪儿不舒服？"沃拉不很相信。

"我病了，还吐了。"她发抖的手和脸庞上细密的汗水似乎说服了父亲。

"那就进房去躺会儿。"他的口气多少温和了些。

但是索菲摇头拒绝。"不，我想和你坐在这里。"

"我说了，进房休息。"沃拉的语气不容分说。女儿的眼神却更加执拗。她没吭气，坐到角落的椅子上。有她在场沃拉显然很不自在，但没再说什么，往嘴里送了匙饭。

"你们刚才在问什么？什么名字？"索菲用迷茫的眼神望着警察，看来是在发烧。

"我们在问，你爸爸或你之前有没有听过博耶·努德森或是艾尔莎·弗塞尔的名字。"

索菲思索一会儿，缓缓摇头，然后转脸问父亲。"爸，你听说过这两个名字么？"

"没有。"沃拉说，"我从没听说过。他们是谁？"

"另外两宗命案的被害者。"汉娜轻轻说。

沃拉吃惊地悬住正要进嘴的餐叉。"你说什么？"

"杀害他们的凶手和杀害你前妻、你母亲的凶手是同一人。"汉娜轻声补充，没有看索菲。

"你到底在说什么？你们先是来找我问那个拉斯穆斯的事，现在又来俩？你们警察到底在干什么？"

"我们在二十四小时地工作。"古斯塔酸溜溜地回了句。这家伙身上的某种东西就是让人不爽。他深吸口气说："这二人分别居住在隆德和尼雪平。马利特与那两个城市有什么关联吗？"

"我到底得说多少次才够？"沃拉抱怨，"马利特和我是在挪威相遇的，十八岁时一起搬到这里工作。从那时候起就没在别的地方住过！你们是白痴吗？"

"爸，冷静。"索菲伸手扶住他的手臂。此举很奏效，他改用平静而冰冷的语调说："我认为警方应该正经办案，而不是跑到这里审问我们。我们什么也不知道。"

"说不定你们并未察觉，自己的确知道一些事情。"古斯塔说道，"尽力了解全面的情况是警方职责所在。"

"你觉得我们知道妈妈被害的原因？"索菲的声线绵软无力。古斯塔用眼角的余光瞥见汉娜转过头去。尽管外表刚强，但与死者亲属交谈使她心情难过。对于警务人员而言，这是种磨人却值得嘉许的品质。多年为警队效力让古斯塔自觉棱角早已被磨平。他忽然间意识到，自己近年来无心工作可能也是源自于此。悲伤一旦饱和，心灵之门便即刻关闭。

"现在无从谈起。"他对索菲说。她看起来病得不轻。

"关于马利特，你们有没有哪怕是一点点之前没有讲出来的情况？现在想要告诉我们什么？这样我们也好找出马利特与其他被害人之间的关联。"古斯塔直视沃拉发问。与上次在创想公司交谈的感觉一样，他还是觉得这个男人隐瞒了某些情况。

沃拉咬牙切齿，一口回绝："我们—啥—也—不—知—道！去找

228

那个蕾丝边问话，搞不好她会知道！"

"我……我……"索菲欲言又止，探询地注视自己的父亲，好像不知道如何组织语言，"我……"她再次语塞，但沃拉瞟她一眼，她便闭上了嘴。随后，她捂住嘴冲出饭厅，洗手间内传来呕吐声。

"我女儿病了，现在请你们离开。"

古斯塔看看汉娜，对方无可奈何地耸肩。两人出门离开。他思量着，索菲究竟想要告诉他们些什么。

星期一早上的图书馆非常清静。以前，它距离警察局只有短短几步路，如今却搬到一幢艺术前卫的大楼里去了。帕特里克不得不驱车前往。他看到借书处没人，就轻轻问一声"有人么？"塔南舍图书馆的管理员闻声从一排书架后面闪了出来。

"嗨，有什么事吗？"杰西卡扬起眉毛，好奇地问。帕特里克想起自己从中学那阵起已有多年未踏足图书馆了。那是多少年前的事？他不愿去推想。反正杰西卡在这里当管理员期间他绝对没来过，因为二人年纪差不多。

"嗨，是的。有点儿事想请你帮忙。"帕特里克把文件袋放在台面上，小心翼翼地掏出几只装有书页的塑胶袋。杰西卡凑到近前观看。她瘦高个儿，亚麻色的金发扎成一束利落的马尾绑在脑后，鼻梁上架着副眼镜。帕特里克不禁猜测，读图书管理学的人是不是都得戴副眼镜。

"好的，告诉我就行了。"

"这里有几篇童话书的书页，"帕特里克用手指着那些被撕下的书页，"有没有办法查到它们属于哪本书？更准确地说，能不能查出它们的具体顺序？"

杰西卡戴好眼镜，动作轻柔地拿起塑胶袋仔细研究。然后把它们一字排开，又稍作调换。

"现在顺序对了。"她满意地说。

帕特里克凑近端详。她是正确的。现在可以看出故事的发展脉络，起点是艾尔莎的《圣经》里夹着的那一页。他顿时恍然。书页的排序正是案件的发生顺序！艾尔莎·弗塞尔的是第一页，然后是博耶·努德森的，之后是拉斯穆斯·奥尔松的，最后是他们在马利特·卡斯伯森的车里、在她身旁发现的那页。他向杰西卡道谢："你帮了我一个大忙。"

他仔细地看着那些书页。"你能否告诉我有关这本书的信息？它来自哪里？"

管理员想了想，绕至借书处的桌子后面，在电脑上打了几个字。"我认为这本书非常老，很可能是许久以前出版的。从插图的式样和文字的字体便看得出。"

"依你说它有多老？"帕特里克难掩急切的心情。

杰西卡从眼镜上方盯了他一眼。一瞬间他觉得对方像极了安妮卡。她埋怨道："我正在想办法查呢。请等一会儿，别打岔。"

帕特里克觉得自己像个挨了骂的小学生。他不敢吭声了，默默看着杰西卡在键盘上运指如飞。

短短片刻对于帕特里克而言无比漫长。她开口道："《汉斯和格丽桃》在瑞典经年来有过许多版本。我排除了五十年代以后的出版物，缩小了搜索范围，发现之前出过十种版本。下一步我来查找旧书网站，看能否找到二十年代版本的较完整全貌。"她再次输入，帕特里克努力克制跺脚的冲动。

她最后说："瞧，这幅画是不是有点眼熟？"

他绕到她旁边，露出满意的笑容。封面的风格式样与死者旁书页里的插图如出一辙。

"这是好消息，"杰西卡解释，"坏消息是它绝非孤本。此书出版于一九二四年，当时印刷了一千本。而且，很难说出版时拥有者是自己买下的还是受人馈赠。他、或者她有可能在任何地方的一间旧书店里找到它。搜索过网上旧书店里的此类书籍后，我发现今天国内有几个地区正在出售这本书，共计十册。"

帕特里克的心情顿时跌回谷底。虽然明白事情不可能一蹴而就，但是他始终心存一线希望，想从这本书上找到突破口。现在这个希望破灭了。他绕回原处，怒视着桌面上的书页，愤懑之下极想把它们撕个粉碎。但他忍住了这股冲动。

"你注意到缺了一页么？"杰西卡问，朝他这边走来。帕特里克惊讶地望着她。

"没有，我没注意到。"

"可以从页码上看出来，"她指着其中一页说道，"第一页是五、六，然后跳至九、十，而后是十一、十二，最后一页是十三、十四。所以说，缺了七和八那一页。"

帕特里克飞快地思索着，一件事立时确定无疑——某地还有一名被害者。

8

　　他清楚自己实在不该这样，然而就是控制不住。每次他央告、乞求无法得到的东西时，妹妹都很不情愿。但是他的心驱使着他，要去看看外面的世界。在那片森林和那片田野以外，就是她每天把两人留在家里，独自驱车前往的地方。他就是想看看那片地方，每当飞机从头顶上飞过，亦或是极远处传来汽车驰过的声响，都在提醒着他们那片地方的存在。

　　最初她断然拒绝。这事儿想都别想。对于他们，对于他、她小小的不祥的孩子，只有这个屋子才是安全的，这里是他们的庇护所。可是他不住地央求。每次央求，他都觉出她的意志正在逐渐瓦解。每回提及那片未知之地时，他都听得出自己声音中的坚持，透着一股不达目的不罢休的劲头。他就是想要去那里，哪怕一次也好。

　　妹妹总是静悄悄站在自己身旁。怀里搂着填充动物玩具，把大拇指含在嘴里，望着他们。她从来不提自己有着同样的祈望，从来不敢提。但他时而见到她眼中闪现相同的欲望，当她坐在窗畔的长椅上，默默眺望着那片绵延无边的森林。那种时候，他发现她心底的欲望与自己一样强烈。

　　因此，他不断地央求、恳求、哀求。她提起那个为他们讲过无数遍的故事。好奇的兄妹俩在森林里迷路的故事。他们孤零零的，害怕极了，结果被邪恶的巫婆捉去。去那里他们会迷路的，唯有她能保护他们。他俩希望自己迷路么？不惜冒着永远找不到回家的路、找不到她的危险么？要知道，她好不容易才把二人从巫婆手里拯救出来……面对他的哀求与没完没了的问题，她总是轻声细语又无比哀愁地作答。然而内心深处的某样东西驱使他不住地央求，尽管母亲抖颤的声线和含泪的双眼使他痛苦欲绝，胸膛如同快被撕裂一般。

但是那片神秘之境带来的诱惑实在太强了。

"欢迎之至！"厄林站在门厅招手迎接客人。看见跟在后面的摄像师，他立即抬头挺胸。

"诸位愿意来赴这个小小的践行晚宴，维维卡和我荣幸之至。欢迎光临寒舍。"他冲着镜头呵呵地笑着说。观众们必定很乐意一窥"富贵名流"的生活，他向弗雷德里克·莱恩提出这个想法时，就是这么说的。后者自然认为这是个天才的创意：镇上的头面人物在自家宅邸举行道别晚宴款待剧组，这安排无疑再合适不过了。

"请进，请进。"厄林将客人迎进客厅，"维维卡马上就会为各位奉上酒水表示欢迎。或许你们不会喝酒？"他眨眨眼，为自己的俏皮话开心一笑。

"看，小维维卡上酒水来了。"他指着太太说。她一言不发。演员和摄像人员抵达前两人便商量好，她甘居幕后，让他独自尽享聚光灯下的风光。毕竟，他是整套节目的始促成者。

"我认为诸位应该换换口味，品酌一点属于成年人的酒。"厄林容光焕发地推荐，"来杯真正的干马提尼吧，就像我们在斯德哥尔摩点酒的时候说的那样。"他又呵呵地笑了，声音似乎太大了些，但他希望确保自己的声音在电视上能够听得清。这些年轻人试探地嗅了嗅自己面前的杯子，每只杯沿都架着颗牙签挑着的橄榄。

"非要吃掉橄榄不可吗?"乌费厌恶地耸着鼻子。

厄林微笑。"不想吃的话就不用，主要是为了装饰。"

乌费点点头，仰头喝酒，将酒杯后倾，小心翼翼避开那颗橄榄。

另外几个人也学他的样子喝酒。厄林显得有点儿狼狈，他举起手中的酒杯："咳，我原想先致欢迎辞的。不过显然大家都渴了，那就干杯吧!"他举高酒杯，得来一片含糊不清的回应，而后呷了一口杯中的干马提尼。

"能再来一杯么?"乌费把酒杯递给维维卡。她看眼厄林，他点头。见鬼，这帮小鬼总得找点乐子啊。

上甜点的时候，厄林·拉森已经有些后悔了。隐约记起弗雷德里克曾经提醒自己，宴席时别上太多酒水。然而他愚蠢地将这条忠告当成了耳旁风。假如自己没记错，此前最糟的一次经历，要算九八年和管理团队集体赴莫斯科出公差那次。厄林完全没想到的是，出公差时自己醉得丑态百出是一回事，但是弄来五个年轻人在自己家里酩酊大醉则完全是另一回事。满桌的珍馐佳肴也跟着遭了殃：吐司上的鲑鱼子几乎没动；而圣贾克扇贝烩饭上桌时，他们只发出想吐的噪音，尤其是那个没教养的乌费。夜晚的高潮此刻已然到来，洗手间传来此起彼伏的呕吐声。想想看，至少他们吃掉了甜点。于是，他目瞪口呆地注视着这幕骇人的景象。

"我又找到一瓶伯爵珍珠。"乌费发出胜利的呓语从厨房走出来，手执一瓶开了塞的酒。厄林心一沉，发现乌费开的是一瓶自己珍藏多年、最为昂贵的顶级好酒。他感到怒火沸腾，随即拼命克制。因为镜头正向自己拉近，企图捕捉他生气时的反应。

"想想看，怎么会那么走运!"他违心地挤出笑容，同时恨得牙根直痒。然后，他朝弗雷德里克·莱恩投去求助的眼光。但是制片人似乎认定政务官是自作自受，把空酒杯递给乌费："乌费，来一杯。"他刻意不去理睬厄林。

"我也要。"维维卡整晚都保持着沉默，此时反叛地望着丈夫。厄林气不打一处来。真是一场哗变。随后，他对着镜头展露微笑。

距离婚礼不到一周了。艾丽卡开始感到紧张，但所有的筹备事项都已经完成了。这些天来，她和安娜累得三魂出壳，终于把全部事宜都安排妥帖。艾丽卡担心地看了一眼帕特里克。他坐在餐桌对面，无精打采地嚼着自己的早餐。他近来瘦得厉害，不过，至少他能毫不费力地穿上结婚礼服了，她心想。

最近，帕特里克在家时就像游魂似的。每天下班回家、吃饭、上床睡觉、次日清早又开车去局里上班。他的脸色灰黯憔悴，挂着疲惫、气馁的表情，她甚至明显地感觉到某种灰心的意味。一个礼拜前，他告诉她，某个地方肯定还有一名被害人。他们再次就此事向全国各个警区查询，却毫无结果。同时，他用失望的语气告诉她，他们已经一而再、再而三，认真细致地查看了手头所有的资料，始终没有发现任何能令调查有所进展的线索。古斯塔在电话上问过拉斯穆斯的母亲，不过她也没听说过艾尔莎·弗塞尔和博耶·努德森的名字。调查陷入了僵局。

"今天有什么计划？"艾丽卡问，尽量让语气随意些。

帕特里克像老鼠那样啃着薄脆饼的一角。十五分钟了，他连半块都还没有吃完。他闷闷不乐地回答："等待奇迹发生。"

"不能向外界申援吗？请求其他警区或者国家刑警协助什么的？"

"我一直跟隆德、尼雪平和布罗斯保持着联系，他们也在努力调查。至于国家刑警……呃，尽管希望尽量独立地完成侦破工作，但是我们也开始考虑请求增援了。"他沉思着再咬下一小口饼。艾丽卡不由自主地倾身轻抚他的脸颊。

"星期六你会有心情完成仪式吗？"

他诧然地看她，表情立时柔和下来，捉住她的手在掌心一吻。

"宝贝儿，我当然会！星期六会是我俩人生中最棒的一天。当然，除了玛雅出生的那天之外。我保证会百分百专注于咱们俩的大喜之日。别胡思乱想，我等不及要娶你。"

艾丽卡在他的目光中寻索，看到他的眼神心无旁骛，尽是坦诚。

"真的吗？"

"真的。"帕特里克笑答，"还有，别以为我不知道为了筹备所有的事，你和安娜付出了多少努力。"

"我了解，你要想的事情很多。而且觉得这样对于安娜也不无好处。"艾丽卡回应，同时瞟了眼客厅。安娜正与埃玛和阿德里安坐在沙发上观看儿童节目。玛雅在睡觉。虽说帕特里克心情低落，但是能与他独处片刻，感觉还是很奢侈。

"我只愿……"艾丽卡欲言又止。

帕特里克读懂了她的想法。"你只愿父母能够参加你的婚礼。"

"对、也不对。老实说，我只愿爸能参加我的婚礼。至于妈，她也许仍会对安娜和我做的所有事情漠不关心吧。"

"你和安娜有没有深谈过艾尔西的事？她为什么会那样？"

"没有。"艾丽卡沉吟道，"不过我想了很多。我俩对于妈与爸相遇前的人生轨迹一无所知，这点非常奇怪。她只说过自己的父母过世已有多年——我和安娜只知道这些。我们也从没见过祖父母的相片，奇怪吧？"

帕特里克点头。"是啊，确实很奇怪。也许你该研究一下家谱？你很擅长追根溯源。等到办完婚礼你便可以着手去查了。"

"等到办完婚礼？"艾丽卡逼问道，"你把这场婚礼看成是那种需

236

要'等到办完'的事情……"

"不是,"帕特里克说了声,但想不出接下来还能说些什么,便把手中的薄脆饼泡进热巧克力中。他熟谙何时应该自我掩护,不如装作吃东西,无法开口说话吧。

"到今天为止,游戏宣告结束了。"

因为想要在非正式场合见面,拉斯约大家在老爹餐厅用茶点。不出大家所料,这间店坐落于塔南舍的主要商业街上。

"总算可以离开了,真他妈棒。"乌费说,往嘴里填了一块点心。

乔娜吃着苹果,用恶心的眼神打量着他。

"你们有什么打算?"拉斯啜了一口茶。演员们目不转睛地看着他往杯里丢进六块方糖。

"过日子呗,"卡尔说,"回去会会老朋友,一齐出去喝个痛快。卡玛酒吧的宝贝儿们肯定非常挂念我。"他笑道,眼神却黯淡无望。

蒂娜眼睛一亮:"马德莱娜公主是不是经常出没在那里?"

"噢是的,麦蒂。"卡尔不以为然地回答,"她以前曾经和我的一位哥们儿出去约会。"

"真的吗?"蒂娜惊叹。一个月以来,她头一次正眼去看卡尔。

"对,可他甩了她。她老爹老妈干涉得太多。"

"她老爹老妈,哇,"蒂娜睁大眼睛,"太酷了。"

"你打算做些什么?"拉斯问蒂娜。她歪着头沉吟。

"我要去巡回演出。"

"巡回演出?"乌费觉得好笑,伸手又够了一块点心。"你不过是要和布泽尔一块儿出去,站在酒吧里头唱上一两支小曲儿。那根本算不上演出。"

"要知道,大把俱乐部排着队邀请我去演唱《你的兔宝贝》呢。"

蒂娜还击，"布泽尔说，还有一堆唱片公司也会打电话过来的。"

"是喽，布泽尔说啥都是对的。"乌费翻着白眼嗤笑。

"妈的，能摆脱你真是太棒了。你永远都这么……乐于打击别人！"蒂娜骂了句，故意背对乌费。其他人看得饶有兴致。

"你呢，穆罕默德？"大家掉过脸去看穆罕默德。自踏进餐厅之后，他一句话也没说过。

"我决定留下来。"他回答，平静地等待着遭受质疑。众人没有让他失望。

五双惊诧的目光齐刷刷地射向他。"什么？你决定留下，待在这里？"卡尔仿佛眼睁睁目睹穆罕默德变成了一只青蛙。

"是的，我决定留在面包店里工作，把公寓转租一阵子。"

"那你住在哪儿呢？不会和西蒙一起住吧？"蒂娜的声音回荡在餐厅内。穆罕默德默然不语，众人表情震惊。

"是吗？怎么回事？难道说你们俩有一腿？"

"不，我们没有！"穆罕默德驳斥，"不干你们的事。我们只不过是……朋友。"

"西蒙和穆罕默德—坐在树下—深情一吻。"乌费哼唱着，笑得差点从椅子上翻下去。

"住嘴，别对穆罕默德说三道四。"乔娜说得很小声，但足以使其他人惊诧到安静下来。"穆罕默德，我认为这个决定很勇敢。你比我们所有的人都强！"

"乔娜，你指的是什么？"拉斯偏着头，柔声问道，"为什么说穆罕默德更好？"

"他就是更好，"乔娜拉扯衣袖，"他是个好人，心地善良而又体贴。"

"你不是好人吗？"拉斯问，似乎话中有话。

238

"不。"乔娜轻轻回应。在活动中心外向芭比泄愤的情景重现在她脑海中。听说芭比中伤自己时,她受伤极了,无比渴望以牙还牙。用刀割破芭比的皮肤时,她还感到那般痛快。好人不会那样去做。但是她只字未提,只是扭头去凝视窗户外驰过的车流。摄像师已经收拾好器材返程了。她也必须如此——回家。回到空旷无人的房子,餐桌上叮嘱自己独自吃饭的字条,刻意摆放在茶几上林林总总的工作培训手册……回到它们当中去,回到寂静之中。

"那你又有什么打算呢?"乌费调侃地问拉斯,"现在你无法继续疼爱我们了。"

"我会自己找活儿干。"拉斯说道,咽下一口甜茶。"继续写书。也许会开间自己的诊所。乌费,你自己呢?还没说你的打算呢。"

乌费故作吊儿郎当地耸耸肩。"没什么打算。可能会在各个酒吧乱串吧,无疑得听那首《你的兔宝贝》听得耳朵冒烟了。"他盯着蒂娜。"再以后呢,呃,我不知道。到时候才晓得。"一瞬间,强硬表面之下的迷茫变得清晰可见,但又转瞬即逝。他咧嘴一笑,"能干啥就干啥呗!"随手拿起咖啡匙,在鼻子上玩起了平衡。何苦浪费时间想那些没影的事儿呢?能用鼻子玩杂技的人凡事总能应付得来。

众人离开餐厅,走向即将把他们带离塔南舍的巴士,乔娜忽然呆呆地站住了。倏忽之间,她仿佛看见芭比就坐在他们当中,披着一头金发,手上嵌着超长的假指甲,笑意吟吟,笑容温柔甜美。大家以前都把它误读为懦弱的标志,如今乔娜才明白自己错了。穆罕默德不是唯一的一个好人,芭比也是好人。此时她才第一次看清,那个星期五发生的一切荒谬错误到了极点。此时她才想到,什么人说过些什么,是谁捏造和散布了谣言——现在想来,那些话全是谎言。是谁挑拨离间,像操纵提线木偶似的拉动了众人的神经。某些东西在她的潜意识里翻腾着。但是在想法成形之前,车子已经驶离了塔南舍。她茫然注视车窗外，身边的座位空荡荡的。

上午快十点时，帕特里克开始后悔早餐时没有强迫自己多吃些东西。他饥肠辘辘地到休息室去找吃的。他边吃边走回办公室，电话铃响了。是安妮卡的号码。他咽下最后一口，却被噎住了。"喂？"他咳嗽着，拿起话筒。

"帕特里克？"

他连咽了好几次，总算下去了。"是、是我。"

"有人找你。"她说，听口气像是要紧事。

"谁？"

"索菲·卡斯伯森。"

他来了精神。马利特的女儿？不知有什么事。

"请她进来。"说完，他放下电话，到走廊去迎接索菲。她的脸色苍白憔悴。他隐约想起古斯塔提过，索菲得了肠胃感冒。

"听说你病了，现在好些了吗？"他问候道，将女孩领进屋。

她点点头："是的，不过现在好些了，我掉了好几斤。"她柔弱无力地微笑。

"噢，也许我也应当设法被传染上。"他调侃道，想让气氛轻松些。女孩儿看来被这主意吓住了，尴尬地沉默片时。帕特里克等着她先开口。

"妈妈的案子……你们发现什么了吗？"她开口道。

"没有，我们碰壁了。"

"这么说你们不清楚她和……其他死者间的联系？"

"不。"帕特里克再次承认，不明白女孩提问题的用意。随后又谨慎地说："很明显，我们不了解某些隐情。你母亲和其他死者之间有些事情……不为我们所知。"

"嗯。"索菲应了声。

"警方需要知道事情的就里，这点很重要。唯有这样，才能找出把妈妈从你身边夺走的那个人。"他恳求。看得出索菲有话要说，她将告诉自己一些关于她母亲的事。

长久沉吟之后，她轻轻拉了一下帕特里克的衣袖，然后垂下眼帘，掏出一张纸递给他。他读的时候，她抬起眼来，专注地看着他。

"你在哪儿找的这个的？"读完后，帕特里克心中翻腾不已。

"在爸爸卧室的抽屉里。但是和妈妈过去的私物放在一起，夹在一摞旧照和其他物件里。"

"你父亲知道你发现它了吗？"

索菲摇头，褐色的直发在脸颊旁晃动。"不知道，他肯定不会高兴。可是上个礼拜来家的警官叮嘱，知道任何情况务必要联系你。我觉得应该告诉你。为了妈妈。"她补上一句，转而研究自己的手指甲。

"你做得对。"帕特里克说，"警方非常需要掌握这个信息。我深信，它也许是整个侦查的突破口所在。"他按捺不住激动的心情。如此一来，很多状况就说得通了。拼图的其他碎片在他脑中旋转：博耶的案底，拉斯穆斯的创伤，艾尔莎的罪恶感——全都顺理成章了。

"能留下它吗？"他晃了晃那张剪报。

"可以只留复印件吗？"索菲问。

"当然可以，如果爸爸找你麻烦就让他打电话给我。你做得对。"

他在走廊上用复印机复印了一份，将原件还给索菲，然后送她出去。他站在原地，目送她步履沉重地穿过马路。她埋着头，双手深深插在衣兜里，似乎是朝克斯汀家的方向走去。但愿如此，那两个人现在比她们想象的更加需要彼此。

他眼中饱含胜利的喜悦，回到办公室，准备大干一场。终于迎来突破了！

过去的一周，是梅尔贝里一生中最美好的时光。他不敢相信这一切竟是真的。罗斯玛丽又留宿了两次。夜生活虽使他的眼周出现了黑眼圈，但是值得。他时而哼唱着小曲儿蹀来蹀去，甚至欢快地一跃而起。不过只是在四下无人的时候。

她非常迷人，得知已如斯夫复何求。这么好的女人竟然将他当作自己的真命天子。不，这实在难以理解。两人已经开始谈论将来的事，羞涩地认同他俩将会拥有未来，这一点毋庸置疑。梅尔贝里对于长远地对一个女人负责任向来有一种正常的抗拒心理，现在他却喜不自胜。

两人也谈到很多过去的事。他向她说起迟暮得来的西蒙，自豪地给她看爱子的相片。罗斯玛丽夸他相貌英俊像极了父亲，非常期盼能够见到他。还说自己的女儿一个在最北部的基吕纳，另一个则定居在美国。两人都离得那么远——她语调哀伤。她拿出在美国生活的一对外孙的照片给他看。罗斯玛丽提议，夏季他们兴许可以去一趟。他连连点头。美国——做梦也没想过会去那么遥远的地方。说实话，他这辈子从没迈出过瑞典国门半步。罗斯玛丽为他开启了全新的世界。一夜依偎在他怀里时，她吐露自己打算买下西班牙的一套寓所——雪白灰泥粉刷的墙体，俯瞰地中海的露台，小型游泳池，墙壁上爬满九重葛，在和暖的空气里阵阵飘香。梅尔贝里想象着炎夏的夜晚，和罗斯玛丽依偎在露台上，共啜着冰饮的情景。一个念头立时出现在脑海中，挥之不去。在漆黑的卧室里，他把脸转向她，郑重其事地建议二人联名购房。他紧张地等候她作出反应。开始她并未如他预料的那般热情，有些局促不安。而后谈到还得通过法律程序确定一切，以免以后发生财产纠纷的事。那样做太麻烦了。他微笑着轻吻对方的鼻尖，她担心的样子实在可爱。但是两人最终还是商量好要这样做。

梅尔贝里闭着眼坐在办公室里，几乎感受得到面颊上拂过的暖风，嗅到防晒油与新鲜蜜桃散发的清香。窗帘随风飘动，送来海的气息。自己俯过身去，掀起罗斯玛丽遮阳帽的边缘……敲门声惊醒了他的白日梦。

"进来。"他生气地说，立马把脚从桌沿放下，用手摆弄着桌上散乱的文件。

"希望是要紧事，我现在很忙。"他对帕特里克说道。

帕特里克点头坐下。"的确是要紧事。"他把索菲拿来的剪报副本放在桌上。

梅尔贝里看过后，史无前例地认同了他的观点。

每到春天，安妮卡总感到莫名的悲伤。上班，履行公务，回家，与连纳特和爱犬们消磨时光，然后上床睡觉。生活规律与其他季节无异。然而春天里的她却时时觉得空虚落寞。她的生活其实非常美好，与连纳特的婚姻美满，比她周围的大多数夫妻都更幸福。狗儿是受宠的家庭成员。她和丈夫是直线竞速赛的忠实爱好者，在瑞典各地参加赛车赛事，这让他们交上了许多朋友。在夏天、秋天和冬天都过得很充实，但春天却总是让她觉得缺少了点什么。对于孩子的强烈渴望总在此时乘虚而入。她也不明白为什么，也许是因为第一次流产发生在春天。二月三日是个令她刻骨铭心的日子，尽管那已是十五年前的事了。随后是连续八次流产，无数次的就医检查和治疗，全都无济于事。最终他们接受了现实，选择随遇而安。当然也商量过收养，但是始终下不了决心。多年来的错误估算和失望使两人变得脆弱而没有安全感，再也不敢为之努力。

安妮卡使劲眨眼，抑制住泪水，尽量专注于面前的 Excel 电子表格。对于她的个人悲剧局里没人知情，他们只知道安妮卡和连纳特一直没有孩子。她也不愿傻傻地坐在前台哭哭啼啼。她眯起眼睛，把数据一一填进表格里。左侧是狗主的姓名，右侧是地址信息。花费的时间比预想的长，总算把所有的地址都输入完毕，用磁盘存档，从电脑中取出。小天使们在四周盘旋着，七嘴八舌地议论——各自叫什么名字，在一起要如何玩耍，长大后会是什么样子。安妮卡再度哽咽，她看了看钟：十一点半。今天应该回家吃午饭，自己需要独处清静一阵。不过必须先把磁盘交给帕特里克，她明白他想尽快拿到全部信息。

在楼道里碰见汉娜时，她觉得这倒是个机会，可以躲开帕特里克敏锐的目光。"嗨，汉娜，"她说，"请你把这个转交给帕特里克好吗？里面是狗主人的地址名单。我……今天中午得回家吃饭。"

"没事吧？你不舒服吗？"汉娜关心地问，接过磁盘。

安妮卡吃力地挤出一个笑容。"我没事，只是今天特别想念家里的饭菜。"

"好的，"汉娜说，"我会转交给帕特里克的，再见。"

"再见。"安妮卡疾步迈出大门。小天使们如影随形。

汉娜进屋时帕特里克抬起头。

"给，安妮卡的磁盘。关于狗主人的。"帕特里克接过磁盘，放在桌上。

"坐会儿。"他指着椅子。汉娜坐下来。帕特里克探询地望着她。

"第一个月感觉如何？喜欢在这里工作吗？就开头而言，情势或许有点复杂混乱吧？"他微笑道。老实说，他近来有些为新同事担心。她看上去很累，心力交瘁。诚然，数周以来，所有的人或多或少都带着这种表情，但是她身上却有些地方不一样。她的脸上有种超出正常疲倦之外的迷惘空洞的表情，头发照旧梳成马尾垂于脑后，但发色暗淡，眼圈亦发青。

"一切都非常好。"她高兴地回答，似乎没有发现他正在审视自己。"我很喜欢这里的工作，享受忙碌带来的充实。"转头看看四壁钉满的材料及相片，接着解释道，"不知该如何措词，不过你明白我的意思。"

"明白，"帕特里克笑言，"另外，梅尔贝里……"他搜索着恰当的字眼，"还老实吗？"

汉娜笑了，脸庞顿时显得柔和许多。他又看到了五周前初加入警队时的那个女人。"实际上，我都没怎么见到他。可以说他挺老实的。这几周以来，如果说我在这里有所见闻的话，那就是每个人都将你视作统筹全局的人，并对你所做的工作引以为傲。"

帕特里克脸红了。因为罕少受到恭维，一时不知该做何反应才是。

"谢谢。"他咕哝道，马上换了话题。"一个钟头后我会进行新一轮的案情通报。我觉得在休息室开会更好，在这里太挤了。"

"有新发现吗？"汉娜挺直身子。

"可以这么说。"帕特里克无法抑制自己的笑意，"也许，我们已经找到了联系几宗案件的关键所在。"他发自肺腑地笑了。

汉娜坐得更直。"你找到关联了？"

"其实不算是本人的发现。可以说，它是自己出现在我眼前的。但是必须先打两通电话确认情况，所以开会前我不想多说什么。到现在为止我只向梅尔贝里透露过。"

"好吧，那就一小时后见。"汉娜起身离去。

帕特里克还是觉得有些地方不大对劲，不过对方也许很快便会自动袒露心声的。

他拿起电话，拨通第一个号码。

"我们一直苦苦寻找的关联已经找到。"帕特里克巡视着众人，非常高兴能够做出这样的宣布。他的目光继而落在安妮卡身上，看得出她的眼眶发红。这极其不寻常。无论面对什么境遇，安妮卡总是那般快乐坚强的一个人。他提醒自己散会后找她聊聊，看看出了什么状况。

"今天，索菲·卡斯伯森送来了关键性的一片拼图。她在母亲的私物中发现了一张旧剪报并且决定送到警察局。古斯塔和汉娜上周拜访过她和她父亲之后，显然给她留下了好印象，并最终下决心联系我们。干得好！"他朝二人坐的方向颔首赞许。

"关于这份剪报的内容……"感受到房间内凝重紧张的气氛，他不由得略微停顿，以增加悬念，"二十年前，马利特曾经因为交通肇事致人死亡。她的车撞上了一位上年纪的女士所驾的车，致使对方死亡。警察赶赴现场后，发现马利特当时的血液酒精浓度很高。为此她被判入狱十一个月。"

"之前我们为何没有得知这个情况呢？"马丁问，"是不是她搬到这里之前的事？"

"当时她与沃拉都只有二十岁，搬到这里才一年。但年深日久人们淡忘了此事，而且还有对马利特感到同情的因素。她的血液酒精浓度只超标一点点。肇事当天，她在朋友家里吃饭，喝了点红酒，之后开的车。我找到了那起车祸的记录才知道的，它们在楼下的档案室里。"

"这么说一直以来它就存档在局里？"古斯塔用难以置信的语气问。

帕特里克点点头。"我知道，不过没找到也情有可原。案子年头太久了，因此未被输入数据库。没有理由不容分说跑到地下室去翻找文件记录，更绝对没有理由把所有酒驾犯罪记录档案箱全都查看一遍。"

　　"不过……"古斯塔嘟囔着，语气软下来。

　　"我询问过隆德、尼雪平和布罗斯警方。拉斯穆斯·奥尔松曾经驾车撞树，导致车上乘客、与其同龄的一个朋友死亡。博耶·努德森的犯罪记录堆积如山，其中一项前科是十五年前的一起车祸事故报告，他撞到一名五岁女童的头部致其死亡。因此四起命案中，三起都具有一个共同点——他们都曾醉驾致人死亡。"

　　"艾尔莎·弗塞尔呢？"汉娜注视着帕特里克。他摊开双手。

　　"这是唯一一起仍未得到确认的案件。尼雪平并没有找到关于死者的犯罪记录。但是她所属教会的神父言谈中频频提到艾尔莎的罪恶感。我认为其中存在着某些隐情，只是还没发觉而已。散会后我打算和西尔维奥神父通电话，看能否获得新的信息。"

　　"干得好，帕特里克。"坐在桌边的梅尔贝里出人意料地评价。众人都扭头看他。

　　"谢谢。"帕特里克诧异地回应。梅尔贝里竟然会褒奖人……他从来不会称赞任何一个人，从来没有过。帕特里克被这句话冲击得有些回不过神，他怔了怔才继续说道："我们现在需要做的，就是从这个新的假定开始工作，大家要竭尽全力查证几起车祸的相关情况。古斯塔，你负责马利特案。马丁可以负责布罗斯案。汉娜负责隆德案，我则尝试挖掘尼雪平的艾尔莎·弗塞尔的情况。有问题吗？"

　　无人应声。帕特里克宣布散会。他准备去给尼雪平打电话。忙乱紧促的气氛立时笼罩了警察局。它如此真实地存在着，以致帕特里克感觉触手可及。他在走廊上停下来，做个深呼吸，然后去打电话。

西尔维奥神父每回返家探望意大利的亲友时，都得回答相同的问题——他如何忍受得了北国的严寒？他究竟为何要去那里生活呢？

每当此时，西尔维奥往往呷着一杯上好的红酒，一边眺望着弟弟的橄榄园，一边回答："瑞典人需要我。"这是他的心声。约莫三十年前他去往瑞典时，宛如踏上一段历险征程。斯德哥尔摩的天主教会有一个临时性的职位，为他提供了祈念已久的机会——到那个神秘得如同梦幻的国度去。但现实毕竟不同于梦幻。在这里的头一个冬天，他差点被冻死。他还是留了下来。在斯德哥尔摩教会工作十年之后，他来到尼雪平，开拓了一间属于自己的教会。经年累月，明显的索姆兰口音不知不觉渗进了他的意大利式瑞典语里。这种奇特的组合不时使他深感快乐。若说瑞典人有所不擅，那就是缺乏笑容。人们大多不会将快乐和笑声与天主教联系起来，但于自己而言，宗教的意义恰恰在此。倘若挚爱上帝无法使人喜乐欢畅，那么什么才能呢？

艾尔莎初次来找他时，显得非常惊讶。也许她原本是来寻求鞭笞和苦行的责罚，却意外地得到了温暖的握手和友善的目光。两人曾经多次深谈此事——她的罪恶感，寻求惩罚的需要。多年来，他温柔地引导她了解基督教关于罪孽与宽恕的所有观念。得到宽恕的首要前提是悔改，真实的悔改。在这一点上，艾尔莎毫不欠缺。超过三十五年的岁月里，她每一天、每分每秒都在自责痛悔。她背负着这份重担已经太久太久。他很高兴自己能够稍微减轻她的包袱，使她在之后几年的时光里得以自由呼吸，直到出事的那一天。

西尔维奥神父眉头深锁。自从警察登门拜访过后，他想了许多——艾尔莎的生与死。虽说以前便想过很多，但他们提出的问题却令种种回忆再度涌现、让人百感交集。他深知，告解圣事神圣不可亵渎。神父与教民之间的信任不可破坏。然而他的内心正在挣扎动摇，渴望打破一次在上帝面前立下的誓约。尽管他也清楚，自己不可能那样做。

书桌上的电话响起，他下意识地知道会是什么事，于是半是期待半是忧惧地接听："西尔维奥·马锡尼神父。"

塔南舍的警察帕特里克·赫德斯特伦做自我介绍时，他微露笑意，聆听良久之后，摇头作答："很遗憾，我无法吐露艾尔莎告诉过我的隐私。"

"确实不行，我曾发誓保密。"

此刻，他心跳加快，仿佛看见艾尔莎就坐在对面的椅子里。她笔直地坐在那里，雪白的短发，身形瘦削。当初他曾努力想用通心粉和点心把她养胖，但是她似乎就是吃不胖。她面容和悦地望着他。

"我非常抱歉，但恕难直言。只能请你们另想办法……"

艾尔莎坐在椅上朝他急切地点头，他想弄清她的用意。希望他说出实情？即便如此，自己也无法照办。她兀自凝视着他。忽然间他有了个主意，轻声说道："我不能把艾尔莎对我说过的话告诉你，不过可以告诉你一件众所周知的事。你们那里是艾尔莎的故乡。她是乌德瓦拉人。"

眼前，艾尔莎微笑的面影随即消失。他明白那是幻像，想象力虚构的产物。但是能看到她真的很好。

他挂了电话，心绪宁静。自己既没有背叛上帝，也没有背叛艾尔莎。余下的事情就交由警方去处理吧。

帕特里克踏进家门时，艾丽卡觉得他与往日有些不同。今天他步履轻快，许久没见他如此轻松过了。

"今天工作还顺利么？"她小心地问，抱着玛雅上前迎他。玛雅眉开眼笑，向爸爸张开双臂，他一把将女儿搂入怀中。

"顺利极了。"他说着，抱着女儿舞了几步。她笑得太厉害，差点呛着。小心眼儿里显然认定，爸爸好玩得要命。

"说来听听。"艾丽卡往厨房走，接着去做晚饭。帕特里克和玛雅跟着她。安娜正带着埃玛和阿德里安看电视里的儿童节目。

"我们找到关联了。"他把玛雅放到地板上。她坐了会儿，在这头的爸爸和那头的比约恩之间犹豫不决。最后还是决定毛茸茸的比约恩，掉头爬向电视机。

"老是被拒绝，老是排第二。"帕特里克望着玛雅的背影叹气。

"嗯，但在我这里你永远排第一。"艾丽卡用力搂他一下，然后回去做饭。帕特里克坐下看电视。

艾丽卡清了清嗓子，用眼色示意他去料理台面上摆着的蔬菜。

帕特里克敏捷地从坐椅上蹦起来，开始切黄瓜准备做沙拉。"你说跳我就跳，只问要多高。"她顽皮地朝他腿肚踢一脚，他嬉笑着一步闪开。

"你等着，这个星期六过后，我得好好地管束管束你。"

"我觉得你现在就把我管得够好的了。"他俯身去吻她。

"躲远点儿！"安娜在客厅里喊了一嗓子，"听见你俩亲嘴儿了，这里还有孩子们呢。"她呵呵地笑着。

"看来得待会儿再说了，"艾丽卡朝帕特里克眨眼，"现在跟我讲讲案子怎么样了。"

帕特里克简单扼要地讲述了他们的发现，艾丽卡脸上的笑意消失了。案情错综复杂，死了那么多人，太惨了。她认为，虽说侦破工作已向前迈出了一大步，但前面的路仍然会很艰难。

"这样说来，尼雪平的被害者也因为交通肇事撞死过人？"

"对，"帕特里克回答，将番茄改成小块。"不过不是在尼雪平，而是在乌德瓦拉。"

"她撞死了谁？"艾丽卡搅拌着锅里炖的猪里脊。

"细节还不知道。那起车祸的发生时间比其他几起都早，因此得过阵子才晓得。不过今天我和乌德瓦拉那边的同僚谈过了，一旦翻出材料他们会立马全部寄来的。某些可怜的笨蛋得翻箱倒柜，扎在积尘的档案箱中间苦上一阵子了。"

"可以说，有这么一个人正在谋杀那些酒后驾车致死人命的人。第一起车祸发生在三十五年前，而最后一起……最后一起是什么时候？"

"拉斯穆斯·奥尔松。十七年前。"

"同时，作案地点遍布全国各地，"艾丽卡一边搅拌食物一边沉吟地说，"从隆德一直到这里。第一宗命案发生在什么时候？"

"十年前。"帕特里克凝视着准太太，顺从地作答。艾丽卡习惯从事实出发进行综合分析，他很欢迎来自她敏锐头脑的帮助。

"这么说，凶手作案的时间跨度极大、地域范围也极广。几位死者被害的唯一共通点，是他们都曾饮酒驾驶致人死亡。"

"是啊，正是如此。"帕特里克叹了口气。经过艾丽卡的一番总结，事情听来又完全归于无望。他把蔬菜倒入大碗加以搅拌，然后把做好的沙拉摆在饭桌上。

"别忘了，可能还有一名被漏掉的被害人呢。"他坐下来，轻声说道。"那个未被发现的被害者，极有可能是第二号。我很肯定还有一名死者，漏掉了某个人。"

"有没有可能从那些书页上找到更多的线索？"艾丽卡边问边将热气腾腾的炖锅搁在桌面的三脚架上。

"看来不能。眼下最大的希望就是拿到艾尔莎·弗塞尔车祸的全部细节，或许能够推动下一步的调查。她是一号被害人，我感觉也是最重要的一个。"

"嗯，也许你是对的。"艾丽卡回应着，转身去叫安娜和孩子们吃饭。这事儿稍后再聊不迟。

距离发现连环凶杀案被害者身上的共通点已过去两日。最初的兴奋渐渐冷却，开始被沮丧感取代。他们就是搞不懂为何这些案件的地域跨度如此之大。凶手是四处周游找寻目标下手，还是曾经居住在这些城镇？疑云重重。尽管细致研究过案头关于车祸的所有材料，却仍旧找不到任何互相关联的迹象。帕特里克越来越倾向于一种想法——死者之间并无任何个人关联。凶手心中充满仇恨，仅凭他们的行为随意选定目标。如此说来，凶手似乎没有考虑到，好几位死者在事后已经表现出真实悔意的事实。艾尔莎在罪咎感里挣扎过活，在宗教信仰中寻求救赎；马利特从此滴酒不沾；拉斯穆斯亦然，不过由于车祸带来的生理创伤，他反正也不能再饮酒。只有博耶是个例外：他依然故我地喝酒，继续酒后驾驶，那个逝去的女童丝毫不能让他的良知遭受谴责。

然而，少了一位被害者，便无法还原整幅图画，得出最终结论。星期三上午九点，当电话铃响起时，帕特里克并不知道它会为自己带来最后的一片拼图。

"帕特里克·赫德斯特伦。"他接起电话，用手盖住送话口免得对方听见他在打呵欠，结果没听清来电者是谁。

"抱歉，你是？"

"我是韦尔格特·伦伯格，奥特博达警察局的督察。"

"奥特博达？"帕特里克忙乱搜索着头脑中的地理知识。

"在埃斯基尔斯蒂纳边儿上，"伦伯格督察不耐烦地说，"是间小警局，只有我们三个在这里工作。"他咳嗽起来，把嘴从话筒上挪开，半天才接着说道："我要说的是，我刚休完两周假期从泰国回来。"

"哦?"帕特里克不知对方想要说什么。

"是的，所以直到现在我才看到你们发出的通告。"

"明白了。"帕特里克兴趣陡增。他的指尖微微发颤，为了将要听到的话而忐忑不安。

"同事比我年轻，对于本地情况还不大了解，因此对这件事情一无所知。不过我记得这起案子。绝不会记错，八年前负责调查的人正是我。"

"什么案子?"帕特里克屏住呼吸，将听筒死死压在耳上，生怕漏掉了一个字。

"八年前，此地有个男人……当年我也觉得整件事情有些蹊跷，但是因为他有酒精滥用史，而且……"伦伯格不自在地顿住了，显然不太情愿承认犯下了一个错误。"当时大家都认为他只是酒瘾犯了把自己喝死的。但你提到那些外伤，现在想来必须承认，当时我的确曾经有过怀疑。"电话那头陷入沉寂。帕特里克理解，进行这番对话督察需要拿出多大的勇气。

"那个人叫什么名字?"帕特里克打破沉默。

"扬—奥勒夫·佩尔松，"伦伯格说，"四十二岁，是个细木工。鳏夫。"

"他是酗酒者吗?"

"是的。问题一度相当严重。妻子过世后他整个人便垮掉了。后来的故事令人扼腕伤感。一天晚上，他酒后开车撞倒了一对外出散步的年轻夫妇。丈夫当场死亡，扬—奥勒夫为此坐了一段时间的牢。出狱后他再没碰过酒，努力重新做人，踏实工作，照顾独女。"

"后来却突然被发现死于酒精中毒？"

"对。"伦伯格叹息道，"如我所言，警方认定他是酒瘾发作无力自控。他十岁的女儿发现了他，并且自称在家门外遇见过一个陌生男人。但是我们并未采信她的话，以为她只是饱受惊吓或者急于保护爸爸……"他的声音越来越低，沉默中充斥着沉甸甸的愧疚。

"他身旁是不是有一篇童话书的书页？"

"读过通告后我努力回忆过，并没有想起这种事情。"伦伯格回答，"话说回来，就算看到有篇书页我们也不会细想，会自然地认为它属于那个小女孩。"

"没有留下此类东西么？"帕特里克的声音失望至极。

"没有，查案过程中并未取得太多物证。我说过，警方推断那人是醉死的。不过我可以把手头不多的材料给你。"

"你们有传真机对吗？可以传过来吗？越快越好。"

"那是自然。"伦伯格说。他停了停，又补充道："可怜的孩子，命太苦了。儿时妈妈早逝，爸爸进了监狱。后来爸爸也走了，留下她孤孤单单一个人。现在我们又从报上得知，那个女孩在你们的小镇遭人杀害。她像是参加了个现场秀节目。光看照片我根本认不出是她，完全没有利勒莫尔的影子。十岁的时候她瘦小黝黑，如今……唉，真是世事多变。"

帕特里克顿感天旋地转。大脑里先是一片空白，然后被韦尔格特·伦伯格的话点醒。利勒莫尔，芭比，是二号被害者的女儿。八年前，她曾与凶手照过面。

步入银行时，梅尔贝里心里感到多年未有过的欣喜与平静。生性一毛不拔的他，此刻竟然准备一下花掉二十万，而且心中全无半分犹疑。他买下了自己的未来，与罗斯玛丽的未来。每当闭上双眼

——实际上这经常发生在工作时段——他都能闻见木槿花、阳光、海水和罗斯玛丽的香气。他思量自己何其有幸，短短数周便迎来了人生的巨变。六月，二人将首次飞过去看房，然后在那里共度四周时间。他数着日子引颈期盼。

"我要转账二十万克朗。"他说道，将填妥银行账号的支票从柜台上推给出纳员，心里倍感骄傲。能靠当警察攒下这么多钱的人不多。罗斯玛丽也出这个数。她说，余款可以去借。不过她昨天在电话里说，他俩得赶紧敲定这笔交易，因为还有两口子对那套寓所感兴趣。

办完业务，正待转身离开，他忽然想到一个绝妙的主意。"账户余额是多少?"他急不可耐地问出纳。

"一万六千四百克朗。"她报数。梅尔贝里犹豫了千分之一秒，即刻下了决心。

"全部取走，现金。"

"现金?"出纳员确认，他点点头。一个计划在头脑中成形，他越想越觉得自己做得正确。他小心地把钱塞进钱夹，走回警局。

"马丁!"帕特里克上气不接下气地冲进同事的办公室。马丁好奇出了什么事。

"马丁!"帕特里克再唤一声，坐下大口喘气。

"跑下一层楼就运动过量吗?"马丁笑着打趣，"看来你该考虑减减肥了。"

帕特里克不置可否地摆手，头一次没有回击对方善意的调侃。

"它们确有关联。"他身体前倾。

"什么确有关联?"马丁问。不知他出了什么毛病，疯了似的。

"侦查呀。"帕特里克整个人被胜利的喜悦充满。

马丁更加摸不着头脑。"哦，是啊。"他茫然地说，"我们已经知道，被害人的共通点是醉驾。"他皱眉，闹不懂帕特里克究竟为何如此陶醉。

"不、不是所有的案件，而是其中一起。利勒莫尔谋杀案——和其他几起有关联，凶手是同一人。"

马丁深信帕特里克肯定是疯掉了，思忖着会不会是压力太大了。最近超负荷的工作量加上婚礼在即造成的压力，即便是素日冷静的人也会……

洞察到他的怀疑，帕特里克语气不悦地打断他的沉吟："告诉你，它们皆有联系。听着。"

他简单复述伦伯格的话，马丁听愣了。他无法相信，事情听起来匪夷所思到了极点。他盯着帕特里克，努力整理思路。

"你的意思是，二号被害者名叫扬—奥勒夫·佩尔松，他是利勒莫尔·佩尔松的父亲。而利勒莫尔十岁时曾经见过那个凶手。"

"正确。"看到马丁终于会意，帕特里克松了口气。"千真万确！想想，她在日记里说觉得某个人很面善却记不清他是谁。八年前匆匆见过一面，那时她只有十岁。考虑到这点，回忆自然不可能很清晰。"

"但是凶手却知道了她的身份，害怕她把自己和发生过的事联系起来。"

"所以必须在她认出他之前灭口，掩盖自己与马利特之死的关系。"

"以及，与其他命案的关系。"马丁兴奋地推论。

"所有的事一下子都说通了，不是吗？"帕特里克的声音同样激动。

"因此，抓到杀害利勒莫尔·佩尔松的凶手，其他几宗谋杀案就破了。"马丁平静地结论。

"对，反之亦然。破了其他几宗案，就能找出杀害利勒莫尔·佩尔松的凶手。"

"正确。"二人静静坐着。帕特里克很想高喊"万岁！"但意识到还不是时候。

"目前利勒莫尔的案子查得怎么样？"帕特里克一本正经地询问，"我们手头握有狗毛和案发当晚的录像带。星期一你又把它重新过了一遍。有什么新发现吗？"

有些东西在马丁潜意识里悸动，却抗拒浮出水面。他摇头。"没有新发现，与汉娜和我那晚看到的没有分别。"

"那么只好查看狗主名单试试，那天安妮卡已经交给我了。"他站起身来，"我去把新情况告诉其他的人。"

"去吧。"马丁心不在焉，自顾回想着那个撩拨自己思想的东西。在录像带上他究竟看到了什么？抑或没看到？但愈是搜肠刮肚，回忆愈加飘忽迷离。他叹息着放弃了。罢了，还是先别去管它了。

这个新闻如同一声炸雷轰动了整个警局。开始，每个人都和马丁一样感到难以置信。等到帕特里克陈述了案情的就里之后，他们都以空前高涨的热情接受了这个消息。通知过全体警员后，帕特里克返回工作岗位，思索下一步的对策。

"你发现了令人震惊的状况啊。"古斯塔站在走廊上说了一句。帕特里克点点头。"进来坐会儿，"他邀请道。古斯塔进屋，在访客椅上坐下。

"问题是，我并不清楚该如何把所有的情况串连在一起。"帕特里克坦陈，"我想查看一遍你搜集的狗主名单，并且查看奥特博达发过来的材料。"他指指写字台上十分钟之前拿到的传真文件。

"唉，任务铺天盖地。"古斯塔环视四壁张贴得密密麻麻的材料，叹了口气。"像是一张巨大无边的蛛网，却不晓得蜘蛛跑到哪里去了。"

帕特里克忍俊不禁。"这个比喻太形象了。古斯塔，我不了解你如此富于诗人气质。"

古斯塔只咕哝了一声，当作回应。他站起身，在屋内缓缓地踱着。他的脸离墙上的材料和相片仅有几寸的距离。

"一定有某些东西、某个琐碎的细节，是我们先前没注意到的。"他说。

"你若能发现什么，我将感激不尽。我成天只能对着这些东西干瞪眼。"帕特里克冲着狭小的办公室挥了挥手。

"我真搞不懂，在这堆相片的包围下，你怎么能安心工作?"古斯塔指着按照被害顺序排列的死者照片：艾尔莎靠窗户，马利特近房门。

"你还没把扬—奥勒夫的贴出来。"古斯塔干巴巴地说，用手指着艾尔莎·弗塞尔右侧的位置。

"没有，还没来得及。"帕特里克瞅了一眼同事。有时候这位老兄也会呈现出他好的一面，心血来潮地热爱工作，譬如说此刻。

"要不要我让开?"

"那太好了。"古斯塔侧身，让帕特里克出去。帕特里克走到对面，回身抱着手臂靠墙站着。让另一个人看看，是个好主意，说不定会有新的发现呢。

"哦，犯罪实验室已经把所有书页都寄回来了。"古斯塔转头看一眼帕特里克。

"昨天寄到的。唯独缺了扬—奥勒夫的那页。因为当地警方未作保留。"

258

"太可惜了。"古斯塔不时回过身去看艾尔莎·弗塞尔那一边，"我不明白，为什么偏偏是《汉斯和格丽桃》呢?"他沉思地说，"是随意选中的，还是具有某种特殊的意义?"

　　"知道就好了。我也希望知道更多。"

　　"嗯，"古斯塔回应。他此时正对艾尔莎的相片和材料而立。

　　"我给乌德瓦拉打过电话，"帕特里克知道对方想要问什么，"他们还没找到她的车祸记录。一旦找到就会尽快传真过来。"

　　古斯塔没有搭话，只是静立凝视墙上之物。窗外洒进的阳光使得纸张表面有些反光。他眉头微皱，退后半步，然后侧过身往前探头去看，这回近得连耳朵根都快贴到墙上去了。帕特里克诧然望着他：这家伙到底在干嘛?

　　古斯塔似乎是在从侧面研究书页。艾尔莎那页是童话的首页，《汉斯和格丽桃》的故事就是由那里开场的。他回过身来，面带胜利的表情。

　　"站到这里来。"古斯塔让到一旁。

　　帕特里克快步站到相同的位置上，学着古斯塔的样子把头凑到书页旁边。是的，迎着侧映的光线，他看见了古斯塔的发现。

　　凝视着棺木徐徐降入墓穴，索菲心冷似冰。她看着，却看不明白，无法明白，妈妈怎会躺在棺材里?

　　牧师在为亡者致词，至少，他的嘴唇在一张一合地动，但索菲却听不见他在说些什么。自己耳中沙沙的噪音淹没了其他所有的声音。她瞥了爸一眼。沃拉神情肃穆而萧索，低垂着头，一只手揽住外婆。外公、外婆昨天从挪威赶来了。他们的样貌与她记忆中的不一样了。尽管去年圣诞节才见过面，但此时他们看起来却瘦了一大圈，脸庞憔悴黯淡。外婆脸上添了许多皱纹，索菲不知该如何安慰

259

她。外公也变了，变得沉静迷惘。外公从前是个个性快活、爱说爱笑的人，这次他只是在屋里来回踱步，从不主动开口说话。

索菲用眼角的余光察觉到，在教堂墓地另一端的大门口有身影晃动。她扭头看见克斯汀穿着红色外衣站在门外，双手紧抓住门栏。索菲不得不愧疚地移开视线。她惭愧的是，此刻爸能站在这里，而克斯汀却不能；而她自己也没有不顾一切地为克斯汀争取向马利特告别的权利。爸是如此激烈决绝，她实在无法再去违抗。自从发现她把关于马利特的剪报交给警察后，他痛斥说她使整个家族蒙羞，丢尽了父亲的脸。谈起丧礼的事时，又申明唯有马利特至亲的家人才能参加。他希望"那个人"不致于胆敢出现在葬礼上。索菲别无他法，只得闭嘴不语。她深知这种做法是错误的，可是爸爸恨意太深，怒不可遏，如果试图抗拒，不知会给自己招来何等可怕的代价。

然而远远望见克斯汀的脸时，索菲依然深感歉疚。妈妈的人生伴侣孤伶伶站在那里，没有机会道一声最后的再会。自己理当再勇敢、再坚强一些。报纸讣闻里根本没有提到克斯汀。沃拉登了则亡故启事，至亲名单只列了他自己、索菲和马利特的父母。但是克斯汀以个人名义再登了一则。沃拉看到报纸时气极了，却无计可施。

忽然间，索菲厌倦了一切，厌倦一切的虚伪与不公。她的脚踏上石径，犹豫一秒后朝克斯汀飞奔而去。此时此刻，她再次感觉母亲抚摸着自己的肩头。扑进克斯汀的怀抱时，索菲笑了。

"西格莉德·延森。"帕特里克费劲地注视着。"瞧，这里写的是不是西格莉德·延森？"

他挪开身子，让古斯塔来看日光斜映下书页上隐约可辨的字痕。

"在我看来是的。"古斯塔对自己的发现非常满意。

"有意思；犯罪实验室竟然没注意到这点。"帕特里克说，随即想到自己只要求对方查验指纹来着。不过，书的主人显然在扉页上签下了自己的大名，笔锋力透纸背，在后一页，即艾尔莎·弗塞尔尸体旁找到的首页上留下了印迹。

"我们现在怎么办?"古斯塔问，依旧一脸心满意足的表情。

"这个名字并不少见。即便如此，还是得着手查出瑞典所有同名的人，看有什么发现。"

"这本书相当老，书的主人兴许已经过世了。"

"不错。"帕特里克想了想说道，"因此除了今天仍在世的女人，我们还必须扩大搜索范围，得把出生于十九世纪的女人都包括进去。"

"计划周详。"古斯塔响应，"艾尔莎之所以得到首页，你觉得会不会有什么意义?难道说她跟这个西格莉德·延森有着某种联系?"

帕特里克耸耸肩。对于这桩案子而言，无论再发生什么情况，也无法令他吃惊了。任何事情似乎都有可能发生。"那就得靠我们去查了。等乌德瓦拉那边有回音时，或许可以了解到更多。"

桌上的电话铃恰好在此时响起。

"帕特里克·赫德斯特伦。"他接听，摆手暗示古斯塔待着别动，等他听听是谁。

"一九六九年的一起车祸。嗯……不，是的。"

古斯塔急得直跳脚。从帕特里克的表情看，他分明听到了重要情况。这个判断随即得到了证实。

帕特里克带着胜利的表情挂掉电话:"是乌德瓦拉。艾尔莎·弗塞尔的信息查到了。一九六九年她开车时曾与另一辆车迎面相撞，是酒驾肇事。猜猜丧生的女人是谁?"

"西格莉德·延森。"古斯塔低语。

帕特里克点头。"要不要和我去趟乌德瓦拉?"

古斯塔打鼻子里吭一声。那还用说嘛。

"帕特里克和古斯塔上哪儿去了？"马丁见帕特里克的办公室没人，走出来问。

"他俩去乌德瓦拉了。"安妮卡从眼镜框上方打量着他。她向来很喜欢马丁，他身上有种小动物似的天然的东西，唤醒了她母性的本能。他在遇到皮亚之前，常常在她办公室里一泡几个钟头，诉说恋爱中的伤心事。如今，他有了稳定的伴侣，安妮卡虽然感到欣慰，但仍会不时怀念那段岁月。

"坐下。"她发令，马丁遵命。在这间警局里，谁都不可能不听安妮卡的话，就连梅尔贝里也不敢。

"你俩怎么样？一切都好吗？喜欢你们的房子吗？说。"她严肃地盯着他，惊讶地看到马丁笑得嘴都合不拢，几乎坐不稳当。

"我快当爸爸了。"他笑得更欢。安妮卡眼中泛起泪花。绝不是出于自己没有生育而产生的妒忌或自怜，她是一心为马丁感到高兴。

"你说什么？"她拭去颊边的一滴眼泪，笑道，"上帝啊，我真傻，竟然坐在这里哭。"她不好意思地自嘲。马丁也深深感动了。

"什么时候生？"

"十一月底。"马丁再次展露欢颜。看到他如此快活，安妮卡心里热乎乎的。

"十一月底，"她喃喃地说，"我得说……呃，别傻愣着，拥抱一下！"她敞开怀抱，马丁凑过来，狠狠抱了她一下。两人又讨论了一会儿将要降临的喜事，随后，马丁变得严肃起来，收起笑意。

"你觉得我们有希望把事情查个水落石出吗？"

"你是说连环命案？"安妮卡摇摇头。"不知道。我有点担心，帕特里克恐怕解决不了这次的事。过于……复杂了。"

马丁点头同意。"我的想法跟你一样。对了，他们去乌德瓦拉做什么？"

"不清楚。帕特里克只说那边打电话来，说艾尔莎·弗塞尔的事，所以他干脆和古斯塔开车过去谈谈。但有一件事可以确定——他俩的表情都很严肃。"

马丁的好奇心涌上来。"一定是发现了关于她的重要情况。到底是什么……"

"下午就知道了。"安妮卡虽这么说，却也在猜测二人走得急匆匆的究竟是为什么。

"嗯，我想也是。"马丁站起回办公室。突然间无比盼望十一月快些到来。

四个小时后，古斯塔与帕特里克返回警局。二人一跨进大门，安妮卡便看出他们有重大消息要宣布。

"在休息室开会。"帕特里克嘱咐一句，进屋把外套挂起。五分钟后人员全部到齐。

"今天发生了两件决定性的大事。"帕特里克看了眼古斯塔，"首先，古斯塔在艾尔莎·弗塞尔的书页上发现了一个签名。名字是西格莉德·延森。之后我们接到乌德瓦拉的来电。于是驱车过去询问全部的细节。全都吻合上了。"

他停了停，喝一口水，靠在桌旁。众人的眼光都盯在他身上，迫不及待地想听到下面的话。

"艾尔莎·弗塞尔是一九六九年一起车祸致死案中的肇事者。与其余被害者一样，她是醉酒驾驶，后被判入狱一年。被撞的那辆车里，开车的是一位三十来岁的女性，当时车内还有两个孩子。女人当场死亡，孩子们却奇迹般毫发未损地活了下来。"说到这里，他刻意停顿片刻，才接着说道："那个女人的名字是西格莉德·延森。"

众人全都倒抽一口凉气。古斯塔心满意足地点头。长久以来，他头一次感到自己为侦破作出了如此巨大的贡献。

马丁举手有话要说，帕特里克拦住了他。"等一下，还没完呢。当年警方顺理成章地认为，车内的孩子是西格莉德自己的。然而问题是，她实际上并无子女。她住在乌德瓦拉郊外的乡村，过着隐遁避世的生活。那是她从小生长的家园，父母过世后转到了她的名下。她在市内一间高档精品服装店当店员，对待顾客总是彬彬有礼，态度和悦。但是警察问起她的同事时，他们称其从不与人来往。据他们所知，她没有亲属或是朋友，而且绝对没有孩子。"

"那……他们是谁的孩子呢？"梅尔贝里挠着头问。

"没人知道。没有那么大小孩的人口失踪报告记录，也没有人要求申领他们。警察驱车前往西格莉德家查看时，很肯定孩子确实跟她同住。我们跟当年到过车祸现场的一名警官交流后得知，孩子们共用一个房间。屋里堆满了玩具和其他儿童用品。但如尸检报告所示，西格莉德从未生育过。同时他们还采集了血样，以确定她与孩子是否存在血缘关系，但是他俩的血型与她的并不匹配。"

"可以说，艾尔莎·弗塞尔种下了所有问题的祸根。"马丁点明。

"这话不假。"帕特里克说道，"她的肇事看来引发了后来一连串的凶杀案。很明显，凶手把她当成了头号目标。"

"那两个孩子现在在哪儿？"汉娜问出了大伙的心声。

"我们正在调查。"古斯塔回答，"乌德瓦拉警方正尝试从社会福利署调取档案记录。不过会耗些时间。"

"我们只好基于目前掌握的信息查下去。"帕特里克强调，"案子的关键在于艾尔莎·弗塞尔，因此我们务必就她进行深入调查。"

大家陆续走出休息室。帕特里克叫住汉娜。

"有事吗?"她问。看到她如此苍白,帕特里克更决心要和她谈一谈。

"坐。"他重重地坐在椅子上,专注地研究着她:"你还好吗?"

"老实说,一般。"她垂下眼帘,"这几天我的精神很差,可能是发烧了。"

"难怪最近老觉得你不大对劲。你应该回家好好休息一下,生着病还装作女强人,强撑着可不行。你需要放松,才能精神百倍地回到工作岗位。"

"可是案子……"

帕特里克站了起来。"这是命令!回去休息。"他假装生气,嗓音粗哑地说。

"遵命,长官。"汉娜微笑,一面敬了个礼。"还有几件事必须收尾,不能再拖了。"

"好吧,你自己看着办。不过做完后马上回家去,警官!"

汉娜疲惫一笑,转身离开。帕特里克忧心忡忡地望着她的背影。她的状态很不好。

他转头凝视窗外,容自己小坐一会儿。过去几天发生了太多的事,太多的谜底终于揭晓。最后一场苦战却在酝酿,等候搏击。帕特里克有种强烈的感觉——必须尽快找到孩子。那对孩子犹如人间蒸发了一般销声匿迹。眼前重要的是要知晓发生在他们身上的事。

"合身极了!"安娜欢呼。艾丽卡也不得不认同。虽然这里那里还需要收小点,但是改好之后,这件婚纱肯定美得如梦似幻。怀孕期间积下的几公斤怎么减都减不掉的赘肉也消失了。艾丽卡感觉自己苗条轻松了许多,都是调整饮食习惯的功劳。

"到时候你会美得冒泡!"试装后开车回家时,安娜对艾丽卡预言道。

艾丽卡看着妹妹，她笑容灿烂，对星期六的婚礼简直比自己还要积极。转过头去看玛雅，她在手推车里面睡得很香甜。

"我有点担心帕特里克。"艾丽卡的笑容隐退了，"他的神经绷得太紧了。你想他能全情投入享受婚礼吗？"

安娜看着姐姐，琢磨着是否应该直接回答这个问题，最后还是决定泄点密。"本来不该提前透露特别计划的，"她说道，"大家商量过了，一致同意不为你俩搞告别单身的姐妹或者兄弟派对。纵情去做那些傻事只会分散精力。我们在斯特拉酒店为你俩订好了星期五晚上的情侣套房和特别晚餐。这样，你们便可以清清静静地在星期六到来前放松一下。希望你会喜欢这样的安排。"

"上帝啊，你真是贴心。如此安排再合适不过了。帕特里克眼下哪有心情搞什么单身汉派对啊。周五晚上若能安宁一点就太好了，因为周六肯定会很闹腾。"

"就是说啊！"安娜笑着说。姐姐喜欢这点子让她放了心。

艾丽卡换个话题。"安娜，我决定要对妈的事情做点调查。"

"调查？查什么？"

"就是……查看一下家谱，确定她的出身地之类。也许可以找到一些答案。"

"你觉得那样做真有好处吗？"安娜表示怀疑，"当然，你若认为合适就该放手去做。不过妈天生就不属于感情丰富细腻的那类人。她不保存过去的物件、对于童年的事只字不提，或许都是出于这个原因。你知道她连为我俩保留物件都不在意。"

听出安娜笑声中的苦涩，艾丽卡感到有些意外。一直以来，妹妹老是装作对母亲的冷淡不以为然。

"可是你真的一点也不想知道吗？"艾丽卡从侧面瞄了妹妹一眼。

安娜面向车窗。"不想。"短暂而重要的刹那沉寂过后，她回答。

"我不信。但是无论如何我都要着手去探究。假如你想知道结果，问我就好。不过随便你。"

"万一找不到答案呢？"安娜回过头看艾丽卡，"万一你发现她的童年正常无虞，青春期也没什么不妥。没有别的解释，她就是对我俩不感兴趣，到时你会怎么办？"

"接受现实。"艾丽卡轻轻回应，"像我一直以来所做的那样。"

回去的路上二人都没再说话，各自沉浸在思绪中。

帕特里克第三次查看名单，尽量忍着不去盯着电话。每当铃声响起，他都殷切期盼是乌德瓦拉打来告知孩子情况的，然而每次都以失望告终。

狗主联系清单同样令人失望。地址遍布全国各地不说，也没有一个是临近塔南舍周边地区的。他明白不能心急，却始终抱有微弱的希望。为确保万无一失，他再次从头审视名单，这已经是第四遍了。一百五十九个名字，一百五十九个地址。最近的一个也在乌德瓦拉周边的特罗尔海坦外围。帕特里克叹息，虽说深知自己的工作注定与耗时乏味的任务为伴，但近日收获连连，使他几乎忘记了这一点。他在屋里转来转去，抬头望着墙壁上的瑞典地图。那些标示案发地点的图钉仿佛正盯着自己，挑战他能否看出潜藏的模式，破解其中的密码。五只图钉。五个地点。占据着瑞典王国南部一片长条形的地带。凶手究竟为何要从一地移至另一地？是种习惯？为了寻开心？还是故弄玄虚混淆视线？亦或是凶手的老巢另有所在？帕特里克不相信最后那种假设。某些东西告诉他，答案就藏在地域模式之中。凶手出于某种原因遵循着这种模式。另外，他深信此人仍然身在此地。这更多是一种直觉，但这种感觉是如此强烈，使他不时放眼望出窗外，审视着街道上的每个行人。

帕特里克叹口气。抬头看见古斯塔小心翼翼地敲了敲门走进来。

"呃，"古斯塔坐下说，"是这样，我老是想到一些事情。"他敲了敲太阳穴，"昨天听到孩子的事以后想到的。或许压根没有关联，或许听来有些牵强附会。"

他哼哼唧唧，欲言又止。帕特里克恨不得跨过桌子，一把揪住他狠命摇晃，让他干脆点儿。

"我想到了一九六七年发生在夫雅巴卡的一起案件。当年我还是初来乍到。"

帕特里克看着他，越来越烦心。啰里啰嗦！

古斯塔随即越说越快："我方才说了，当时我刚开始工作不久。警局接到一通关于两个孩子溺亡的报警电话。是一对三岁大的双胞胎，和母亲一起居住在卡峨岛上。他们的父亲数月前从冰面跌落海中淹死了。母亲此后便开始酗酒度日。那天，如果没记错的话是三月份，她驾着自己的船去夫雅巴卡，然后开车去乌德瓦拉办事。驾船返回小岛时却遇上了暴风雨。据母亲说，即将靠岸时小船翻了，孩子双双溺水。她独自一人游回岸上，用无线电求救。"

"好吧，"帕特里克质疑，"但是那件事怎么会牵扯到我们的案件呢？毕竟，那对孩子当时已经淹死了。因此绝不可能在两年后坐在西格莉德·延森的车里。"

古斯塔犹疑地说："但是曾有证人说……"他又停了停，才接着说，"有个证人声称那位母亲、也就是赫达·谢兰德，在启程时根本就没把孩子带上。"

帕特里克不出声地坐了好一阵。"当时为什么没有彻查到底呢？"

古斯塔懊丧地回答："那证人是位老太太。根据周围人的说法，她有点神叨叨的，从早到晚拿着望远镜坐在窗边眺望，时不时自称看到了稀奇古怪的东西……海怪什么的。"古斯塔辩解，表情仍旧沮丧。

他说自己时常想起那个案子，想起那对尸体始终杳无踪影的孪生子。但他每次都回避内心的疑惑，竭力说服自己那只是一桩悲剧而已，没有别的蹊跷。

"见过那个母亲赫达以后，我就更不能相信她可能在撒谎。她悲恸欲绝，绝没有理由认为……"他的声音越来越低，眼睛也不敢正视帕特里克。

"那个母亲后来怎样了？"

"还是老样子，依旧住在原先的岛上，极少在城里露面。总是托人把吃的和酒送去她的小屋。她对酒更感兴趣。"

帕特里克心中一惊。"你说的是卡峨岛上的赫达吗？"他感到匪夷所思。从未听说过赫达曾有一对孩子，只从流言中听说她经历过两次人生惨剧，后来便一蹶不振，用酒精麻醉自己。

"你的意思是……"

古斯塔耸耸肩膀。"我不知道该怎样推想，不过一切相当巧合，年龄也吻合。"他默默地坐着，留待帕特里克思索自己的一席话。

"我想，咱们得过去找她谈谈。"

古斯塔点头认同。

"我们可以乘船上岛。"帕特里克起身说。古斯塔仍是愁容满面。

"古斯塔，事情过去好多年了。若换了是我，也未必能做得更好。没准儿也会得出相同的结论。再说，那桩案子又不是你主管的。"

古斯塔不相信帕特里克真会像自己一样，轻易把问题撂下不管。当初自己本该努力说服上司的，但是一切早已成了定局，如今念念不忘也于事无补。

"你病了吗？"拉斯坐到床沿，关切地伸出微凉的手，探探汉娜的额头。"你在发高烧。"他惊呼，拉起被子一直盖到她的下巴。她因为发冷不住地发抖。奇怪，虽然感觉快要冻死，自己却在冒汗。

"我只想一个人待着。"她翻过身去。

"我是关心你。"拉斯受伤地说，挪开按在被子上的手。

"你已经关心得够多的了。"汉娜尖锐地回了句。牙齿在打战。

"请过病假了吗？"他背对她而坐，从阳台门向外望着。距离感使两人之间如隔千山万水。拉斯的心被一种感觉抽紧了，像是恐惧，然而这恐惧是如此之深、如此之切。记不清上次有这种感觉是何时的事。他长吁一口气。

"倘若我愿意改变对于要孩子的看法呢？能不能解决问题？"

汉娜的牙齿霎时不再打战。她坐起来，斜倚着枕头，仍用被子盖住下巴。她颤抖得太厉害，似乎连床也在跟着抖动。空气中弥漫着强烈的焦灼感，拉斯觉得几乎触手可及。每逢汉娜生病他总会这样。尽管并不畏惧生病，但是每当汉娜倒下，自己总体会到同样的症状。

"一切问题都能解决。"汉娜注视着他回答，虽在发烧双眼却熠熠发光。"一切问题都能解决。"但随即又补上一句，"能吗？"

他又一次转过身背对着她，凝视隔壁房子的屋顶。"也许能吧，"他答道，不确定自己说的是否是真心话。"能。"

回过头时，汉娜已经睡着了。他凝视她许久，轻手轻脚地走出卧室。

"你还找得到地方吗？"下船登上巴德霍蒙码头时，帕特里克问古斯塔。

古斯塔点头。"准能找到。"

乘船前往卡峨岛的这一路，二人一直沉默无语。抵达那个破漏不堪的小型码头时，古斯塔的脸色变得苍白发灰。自从三十七年前的那一天以后，他又来过这里好几次，但每次造访，脑海中总是浮现出第一次来时的情景。

两人缓步上行，朝着位于岛屿最高处的小屋走去。显然，这所房子很久没有得到修缮维护了。周围的空地杂草丛生。极目望去，四周除了花岗岩什么也没有，但仔细看时，也能发现一些形容枯槁的植物在期待春天的温暖，等候复苏。房子是白色的，油漆大面积驳落，暴露出下面饱经风吹雨打灰暗的朽木。屋瓦凌乱歪斜，东少一块，西缺一块，宛若一张豁牙的嘴。

古斯塔在前带路，轻轻敲了敲屋门。无人应声。他敲重些。"赫达？"他往木门上捶了一拳，又试探着去拉门。原来门没锁，一拉之下便'吱呀'一声开了。

踏进屋，二人不由自主地用手捂起鼻子。这里太臭了，味道像猪圈一样。到处是垃圾、残羹剩食、旧报纸。为数最多的要数空酒瓶。

古斯塔蹑手蹑脚地走进屋内，唤声"赫达？"依旧无人回应。

"我去找找看。"古斯塔说。帕特里克只剩下点头的份儿。不敢相信，这种地方怎么能住人呢？

几分钟后，古斯塔返回，示意帕特里克跟自己来。

"她躺在床上，昏睡不醒。必须想办法让她活过来。请你倒杯咖啡好吗？"

帕特里克不知所措地打量着厨房，最终找到了一罐速溶咖啡和一只空水壶。它似乎多数时候用于烧水，因此与其他厨具比较相对干净些。

"好了，过来吧。"古斯塔拽着一个羸弱的女人出现在厨房。赫达口中发出一句昏沉的呓语，然而总算像样地将一只脚迈至另一只脚前方，走到古斯塔看准的那把椅子旁边，跌坐到上面。然后用双臂枕着头伏在桌沿，开始打呼。

"赫达，别睡了，你得醒过来。"古斯塔轻摇她的肩膀。没反应。他朝灶上烧着的水壶偏下头，说："咖啡。"帕特里克赶忙往看上去污渍最少的杯子里倒了些咖啡。他自己可是一口也不想尝。

"赫达，我们想和你谈谈。"她只哼了一声作为回应，不过，呆了一会儿，只见她缓缓坐直身子，依然摇摇晃晃，勉强撑开眼皮寻找焦点。

"我们是塔南舍警察局的帕特里克·赫德斯特伦和古斯塔·弗莱格尔。你我以前见过几面。"古斯塔尽量吐字清晰，至少得让对方听进一字半句。他示意帕特里克坐下，两人面对赫达坐在餐桌旁。桌上铺的油布原本是白色，饰有玫瑰碎花，现在布满了食物的残渣碎屑和油渍，图案几乎看不出了。而对面坐的这个女人，其本来面目现在也很难猜得出了。她的皮肤已经完全被酒精毁掉了，脸上皱如核桃皮，身上覆盖着一层厚厚的油垢。头发原先可能是金色的，如今却成灰白，草草地扎成一把，看样子已经许久没有洗过。身穿一件破破烂烂的开襟羊毛衫，显然是早些年未发福以前买的，肩胛部位被勒得很紧。

"你们到底……"话没说完，就变成了含混的咕哝，她坐在椅上摇来晃去。

"喝点儿咖啡。"古斯塔的声音出奇地温柔，同时把杯子推到她的视线范围内。

赫达驯服地顺从了。双手颤巍巍捧起小瓷杯，喝得一滴不剩。随后陡然将杯子一扫，帕特里克赶在它掉下桌沿前接住。

"我们想问你船难的事。"古斯塔开口道。

赫达用劲抬起头，眯起眼睛面向他。帕特里克决定保持沉默，让古斯塔主导这次谈话。

"船难？"赫达问，稍微坐稳当了些。

"孩子溺亡的事。"古斯塔牢牢注视着对方。

"我不想说。"赫达含糊其词地摆摆手。

"非说不可。"古斯塔的语调坚决，但仍旧和善亲切。

"你知道的。他们淹死了，人人都淹死了。"赫达挥动着食指，"知道吗？先是戈特弗里德淹死了。他出海去想用手线钓些鲭鱼。一个星期过去，他们没有找到他。我又出去等了他一个星期。其实在他出海当天的傍晚，我便知道戈特弗里德永远不会回到我和孩子身边了。"她啜泣起来，仿佛回到了多年以前的岁月。

"当年孩子们多大？"帕特里克问。

赫达第一次把眼光转移到他身上。"孩子？什么孩子？"她满脸迷茫。

"双胞胎。"古斯塔说。她扭头看他。"双胞胎当年多大？"

"两岁、将近三岁。两个小鬼顽劣反叛。我一个人根本管不住他们，除非戈特弗里德过来搭把手。他……"她再度失语，东张西望地打量着厨房，像是在找某样东西。她的眼光落在橱柜上。随后勉力起身，步履凌乱地走过去打开柜门，抽出一瓶"探险家"。

"你俩要不要来一口？"她拎着酒瓶在二人面前一亮，看见他们均摇头拒绝，于是笑道："好极了，我也不想给。"那笑声干巴巴的。她把酒瓶搁到桌上，然后坐下，没拿酒杯，直接用嘴对着瓶口痛饮。帕特里克注视她，觉得喉咙灼热发干。

"孩子溺水时几岁？"古斯塔问。

赫达对提问置若罔闻。眼神空洞。

"她真是优雅啊，"她自言自语，"戴着珍珠项链，穿着考究的外

273

套。那位女士真是一位美丽的贵妇。"

"谁?"帕特里克的兴趣被点醒了,"什么女士?"但赫达的思路却已涣散。

"孩子溺水时是几岁?"古斯塔重复问题,吐字更加清晰。

赫达转过脸来,手举酒瓶往嘴里灌。

"双胞胎没淹死,对不?"

她又灌下一口。

古斯塔意味深长地看帕特里克一眼,身体往前探着:"没淹死,那他们去哪儿了?"

"他俩怎么会没淹死?"赫达忽然眼露怯意,"双胞胎的确淹死了。真的,他们真的……"她再喝一口,双眼变得更红了。

"赫达,到底是怎么回事?他们淹死了、还是没淹死?"古斯塔的嗓音绝望而急切,却只能使对方愈加迷惘。她没有回答,一个劲地摇头。

"我觉得从她口中问不出什么来了。"古斯塔带着歉意对帕特里克说。

"我有同感,得另想法子,也许应该四下转转。"

古斯塔点下头,转身来看赫达时,她的头已经又伏在桌子上了。

"赫达,我们可否四处看看你的东西?"

"嗯。"她胡乱哼一声,睡着了。

古斯塔把自己的椅子挪到她旁边,以免她摔下地。然后两人开始巡察屋子。

一小时后,他俩一无所获。这里除了垃圾还是垃圾。帕特里克后悔没有带几双手套过来,他全身都在发痒。但是房内没有任何孩子住过的痕迹。所有属于他们的物件肯定全被赫达扔掉了。

她所说的"贵妇"一词始终在他脑中回荡着。于是他坐到赫达身边，轻轻把她摇醒。她勉强撑起身子，头还向后仰着，好不容易才找到平衡。

"赫达，你必须回答我的问题。那个贵妇，她带走了你的孩子吗？"

"他们太难缠了。我得去乌德瓦拉办点事，顺道带点儿酒，都喝光了。"她凝视着窗外在春日阳光照射下波光粼粼的海面，喃喃地说。"可是他俩实在是太吵了，我厌烦透了，她真是一位贵妇，人非常和气。她说可以带走他们，就那么做了。"

赫达转头凝望帕特里克。他第一次在她的眼睛里看到了真切的感情，那眼神饱含深沉无际的痛苦与悔恨，唯有借着酒精才能浇灭。

"我很后悔，"她的双眼蒙上泪雾，"却找不到他们了。我找啊找，他俩不见了。那个贵妇人也不见了，戴着珍珠项链的那个。"赫达抓挠脖子表达回忆中项链所在的位置。"她不见了。"

"那你为什么说他俩淹死了呢？"帕特里克瞟见古斯塔站在门厅，聆听两人的对话。

"我没脸……他们跟着她兴许会有好日子过，可我没脸去说。"

她的视线转向水面。二人就这样坐了会儿。帕特里克的大脑快速运转，消化分析着适才听到的故事。不难推断，那位贵妇便是西格莉德·延森。出于某种缘由她带走了赫达的孩子。至于是什么缘由，也许永远无从知晓。

他缓缓站起，向古斯塔走去，刚刚听过的悲惨故事，让他觉得腿脚有些发软。他看见古斯塔手中捏着一样东西。

"我找到了一张相片。"古斯塔说，"在褥垫下面。双胞胎的快照。"

帕特里克接过相片研究。一对年约两岁的小孩坐在父母、戈特弗里德和赫达的膝头上。一家子和乐融融。这张相片定是在戈特弗里德溺亡、幸福崩塌前不久拍摄的。帕特里克细细端详着孩子的面庞。他们现在在哪儿？其中一个会是凶手吗？孩童滚圆的脸貌并未透露一丝线索。赫达在餐桌边再次昏昏睡去。帕特里克与古斯塔走出小屋，做了个深呼吸，任清新的海风荡涤自己的肺。帕特里克轻轻将那张满布指印的照片插进钱夹内。他会保证赫达不久就能拿回它，然而目前他们急需用它找出凶手。

返航途中二人依旧沉默。但不同的是，此刻的沉默是出于震惊和悲伤。悲悯人性有时竟是如此脆弱渺小，震惊人们如此容易一错再错。在想象中，帕特里克仿佛看见了当年的赫达：走遍乌德瓦拉，到处寻找自己在绝望、疲累交加与酒瘾发作之际，糊涂送给陌生人的一对孩子。他能够体会她再也寻不回孪生子的慌乱和恐惧，最后绝望驱使下声称他们溺了水，而不敢说是她亲手将孩子送给了别人。

二人一言不发，直到帕特里克把那条旧船拴在巴德霍蒙码头的浮桥轮盘上。

"至少我们现在知晓了实情。"古斯塔的神情表明他仍然感到内疚。

两人朝警车走去，帕特里克拍拍对方的肩头。"当时当日你不可能知道。"他安慰道。对方没吭气。帕特里克晓得自己说什么恐怕也没用，这个心结必须由古斯塔本人解开。

"我们必须尽快找到孩子的下落。"在返回塔南舍的途中，帕特里克说。

"乌德瓦拉的社会福利部门还是没音信？"

"没有，搜寻那么多年前的档案记录并非易事。但是他们肯定去过某处，两个五岁儿童不可能人间蒸发。"

"她的命真苦。"

"赫达?"帕特里克问道,尽管清楚古斯塔指的是谁。

"是啊。试想,一辈子都活在那么沉重的罪咎感里。"

"难怪她要竭尽所能麻醉自己了。"帕特里克认同。

古斯塔瞅着窗外没有接话,最后问道:"眼下我们该做些什么?"

"找到孩子的去向前,只能根据手头掌握的线索继续查。西格莉德·延森,还有利勒莫尔手里的狗毛。得尝试找出作案地域之间的联系。"

车拐进警察局停车场。二人朝警局大门走去,表情凝重。帕特里克在前台稍作停留,简要知会安妮卡发生的情况,随即回到自己的办公室。此时此刻他还打不起精神将完整的故事复述给其他人。

他从钱夹中小心地抽出照片,端详着。孪生子的眼睛从照片中凝视着他,不透露一丝信息。

9

她终于妥协了。短程而已，去那片广袤未知的世界做一次小小的探险之旅。然后便回家。他会停止央求。

他急切地点头，喜不自持。转眼瞥见，妹妹也同样兴奋。

他幻想着即将见到的景象。森林外面会是什么样子？一个念头使他内心翻腾激荡。那个人，嗓音尖厉的那个女人会不会在那里？鼻孔里会不会嗅到回忆中咸涩清新的气味？回忆，船身飘摇晃荡，日头烁亮海面，飞鸟在半空翱翔盘旋……他无力抵挡所有的印象与期待，心心念念只想着一件事。她要开车带他们出去了。到外面的世界去。即使要他承诺回来后永不再央求也无妨。一次足矣。他深信不已。能够亲自看一眼那里，让自己和妹妹知道那是什么样儿就行。他只想去做这件事。哪怕只有一次。

她板着脸为两人拉开车门，注视着他们爬上后座。她小心翼翼为他们系好安全带，发动引擎时无奈地摇摇头。他尖声欢笑，歇斯底里地释放长久压抑在心底的重压。

车子拐上大路时，他瞅了眼妹妹，握紧她的手。他们上路了。

帕特里克面对屏幕上的狗主名单，又仔细查看一遍。他将自己与古斯塔在岛上了解到的一切告诉了马丁和梅尔贝里，并且让马丁再给乌德瓦拉去个电话，看孪生子的情况查得如何。除此之外，他们眼下无法有更多作为。尽管已经拿到了艾尔莎·弗塞尔撞死西格莉德·延森的全部车祸资料，却没有什么启发。

"怎么样了？"古斯塔问，从走廊往里探看。

"没进展。"帕特里克答，掷落手中的笔。"除非获得更多关于孩子的情况，不然调查一步也进行不下去。"他叹着气，用手捋着头发，然后从颈后抱住头。

"有什么事情……是我能做的？"古斯塔策略地提出。

帕特里克目瞪口呆地看着他：古斯塔主动请缨，这可不寻常。他想了想，说：

"这份狗主名单我研究过不下一百遍了，还是没找到与本案的关联。你可以再查一次吗？"帕特里克把磁碟抛过去，古斯塔一把接住。

"没问题。"

五分钟后，古斯塔满脸惊异地走回来。

"你是否不小心删掉了一行？"他问。

"删掉了？没有啊，怎么说？"

"我编这名单的时候是一百六十个姓名，现在只剩下一百五十九个。"

"问问安妮卡吧，是她把姓名住址进行配对的，说不定给顺手删掉了。"

"嗯。"古斯塔狐疑地出去找安妮卡。帕特里克起身跟在后面。

"等我查一下。"安妮卡在电脑中搜索着那份 Excel 表格。"可我记得确实是一百六十行啊，正好是个整数。"她在众多文件夹当中找到了它。

"啊哈，一百六十个。"她转脸看着帕特里克和古斯塔。

"搞不懂。"古斯塔打量着手中的磁碟。安妮卡拿过它放进磁盘驱动器，打开相同的文档，把两个窗口并置，以便比较。当漏掉的那个姓名出现时，帕特里克如梦方醒。他转身顺着楼道跑回办公室，站在瑞典地图前面，凝视着它。他挨个儿审视着那些标示被害者居住地的图钉，之前无法破译的模式在他头脑中渐渐清晰起来。古斯塔和安妮卡随后进屋，见他不停地从写字台抽屉里扯出一份份文件资料，完全摸不着头脑。

"你在找什么？"古斯塔问道。帕特里克没吭气，资料一张又一张被扯出来，扔到地上。他终于在最底格抽屉中找到了目标，神色激动地站起身，细细阅读那份资料，并不时地往地图上揿新的图钉。一会儿之后，每个已标记的地点附近都添了一只图钉。做完这件事，他回过身来：

"现在我明白了。"

丹终于迈出了最后的一步。他联系了房产经纪公司——这家公司恰巧就位于对街，他每天从厨房窗户都能看到那个电话号码，现在他终于下决心拨通了它。一旦开了头，一切进程都快得令人吃惊。接听电话的年轻男子说可以马上过来看房。对于丹而言那样再好不过了，他可不愿无谓地拖拉下去。

与此同时，卖房这件事在他心目中也不再像以前那么事关重大了。在与安娜谈了那么多、听到卢卡斯让她吃过多少苦头以后，自己执着于坚守一套房子的想法被衬托得如此……坦率地说，如此荒唐。住在哪儿有什么关系？重要的是姑娘们会来啊。至于他与佩尔尼莱的那段婚姻，绝对已经成为过去式。许久以前他就意识到了这点，只是还没准备好接受这个结果。如今是时候让一切改头换面了。

佩尔尼莱拥有自己的生活，他也是。唯愿有朝一日能够修补好两人之间的友情——这也是构成他们从前婚姻的全部基础。他的思绪飘到艾丽卡身上。还有两天她就要嫁人了。这件事在他看来也是那么合情合理。她向前迈了一步，和他现在所做的一模一样。他真心替她感到高兴。很久很久以前他俩曾是一对。那时他们都青春年少，和现在有着天壤之别。然而他们的友情却在岁月的洗礼下历久弥坚。他总盼着她能得到这样的幸福。孩子、家庭，教堂里的婚礼——这是她内心一直以来的梦想，尽管她永远都不会承认。对她来说，帕特里克是完美的佳偶。大地和天空，每当想起他们，丹就会联想到这样一对意象。帕特里克牢牢扎根于他所屹立的土地上，坚定、沉稳、聪明、冷静。艾丽卡则是一位逐梦人，她的头脑永远遨游在云端，而勇气与睿智又给了她足够的保护，使她不至于完全脱离实际。二人确是天造地设的一对。还有安娜。近来自己常常想起她。艾丽卡总是把这个妹妹视作弱小、从而对她保护过度。有趣的是，艾丽卡老是认为自己实际，认定安娜是位幻想家。但是过去几周以来，他对安娜的了解与日俱增，意识到事实恰好相反。安娜才是实际的那个，看得清现实。别的姑且不谈，多年来与卢卡斯共同生活，已经教会了她这些。然而丹认识到，安娜并不挑明这一点，而是容许艾丽卡保留自己的错觉。也许是因为，她理解对方无比需要这种照顾小妹妹、重责在肩的感觉吧。从某种程度上说的确如此。同时，她还经常低估安娜，拿她当小孩儿看待，好像自己是她的家长一样。

丹起身拿起电话和通讯簿，是时候开始找房了。

警局内气氛压抑沉重。帕特里克召集全体人员在局长办公室里开会。众人默默地坐着，凝视着地板。弄不懂，也无法理解那些古怪。帕特里克与马丁合力把电视机和录像机抬进来。听过帕特里克的介绍之后，马丁顿时恍然大悟，明白了在观看利勒莫尔生前最后一晚的现场录像时，是什么在不断地困扰着自己。

"在有所行动之前，我们必须先一步步地讲明发生的一切。"帕特里克最终打破寂静，开口说道。"不可以留下任何犯错误的余地。"大家纷纷点头认同。

"令我们最终识破真相的契机，是发现狗主名单上的一个名字被删除了。古斯塔编辑清单以及安妮卡将姓名住址配对时，原本有一百六十个名字。但是到了我手里却只剩下一百五十九个。漏掉的那个是托尔·索克维斯特，住在托拉尔普。"

没人作出反应。帕特里克接着说："我们回头再谈这个问题。但重点在于，缺失的一块拼图因之而复位了。"

众人明白答案即将揭晓。马丁将手肘撑在膝上，把脸埋在掌心，紧闭双眼。

"我曾经觉得案发地点似曾相识。当我最终恍然大悟时，没用多长时间便确定了其中的关联所在。"他停顿片刻，又清了清嗓子，说道。"案发地点与汉娜工作过的地域百分之百吻合。"随后，他又轻声补充道："雇佣她之前，我曾经在就职申请档案中见过那些地点，可是……"他摊开双手，示意马丁接着说下去。

"观看利勒莫尔被害当晚的录像时，我总感觉哪里不太对劲。当帕特里克向我提起汉娜的事……唉，直接放给大家看好了。"他朝帕特里克点了下头，后者按下播放键。他们之前已将带子快进到了正确位置。数秒后，激烈口角的场面出现在荧屏上。马丁与汉娜随即赶来。众人看见马丁正在训斥穆罕默德和其他人。而后镜头跟随着逃离口角现场、向镇上跑去的利勒莫尔——这姑娘糊里糊涂，正不知不觉地奔向自己的死期。然后是汉娜打手机的特写镜头。帕特里克将画面定格，望着马丁。

"正是这点使我感到费解，直到现在我才转过弯来。"马丁说，"她在给谁打电话？当时已近凌晨三点，全局上下还在出勤的只有我俩。所以她不可能打给任何一位同事。"

"我们从她的手机运营商那里获取了通话记录。那是一通打往家中的电话，打给她丈夫拉斯的。"

"可是为什么？"安妮卡问，满脸诧异。其他人也都是同样一副表情。

"我让古斯塔核查了公民登记个人信息。汉娜与拉斯·克鲁斯的姓氏确实相同，但是他俩并非已婚夫妇。而是兄妹，孪生兄妹。"

安妮卡倒吸一口冷气。帕特里克扔出的炸弹使房间内充斥着可怖的死寂。

"汉娜和拉斯就是赫达杳无踪影的双胞胎。"古斯塔解释道。

"是的。虽然乌德瓦拉仍然没有动静，"帕特里克说，"但是我敢打包票，最终警方一定会发现那两个孩子名叫拉斯和汉娜。他们在成长过程中，很可能是通过收养途径承继了克鲁斯这个姓氏。"

"她为拉斯通风报信？"突如其来的真相让梅尔贝里有些跟不上趟。

"我们推断她打了电话通风报信。因此拉斯才能截住利勒莫尔，甚至可能是她主动让他去截住她的。拉斯与所有的演员相识，因此不会被视作威胁。"

"别忘了，利勒莫尔曾经在日记里说，似乎认得某个人，一个让自己心烦意乱的人。此人极有可能就是拉斯。她记得与杀父凶手照面的情形。"马丁眉头紧锁。

"但她显然不会想到是拉斯，没把他和回忆里的那人对上号，甚至无法确定是不是真的见过他。在当时那种情况下，只要能逃开辱骂自己的演员和剧组成员，无论是谁伸出援手她都会感激涕零。"帕特里克犹豫一下，又接着说道，"虽然没有证据，但我相信，挑起当晚事端的人可能也是拉斯。"

"这是什么意思？"安妮卡质疑，"他当时根本不在那里。"

"的确如此。但是我们在讯问演员时发现了一个蹊跷之处。开会前我快速地浏览了笔录内容，每个跟利勒莫尔吵架的人都称，'某某人告诉自己芭比背地里说了他们的坏话'，或类似的话。我没有真凭实据，然而确实感觉在案发当天的早些时候，拉斯利用对参演人员的单独辅导，挑拨他们与利勒莫尔的关系。既然他们面对他时，会透露许多私密的事情，那么他绝对有能力煽风点火，激起众人对利勒莫尔的公愤。"

"可是他为什么那样做呢？"马丁说，"他不可能预见到当晚形势的发展，也不知道利勒莫尔会像那样逃开。"

帕特里克摇头道："是啊，这无疑纯属运气。机会之门洞开，被他与汉娜利用了。不，我认为他的初衷是，企图分散利勒莫尔的注意力。他知晓了她的身份，知道八年前她曾看见过自己。由于害怕被认出来，他就打算给她找些麻烦，转移她的注意力。然而当机会来临……他便决心一劳永逸地除掉这个威胁。"

"拉斯和汉娜是合力杀死被害者的吗？动机是什么？"

"还不清楚。被害人的姓名和住址很可能是汉娜查到的，她在警局供职，能接触到内部信息。"

"可是马利特被害的时候，她还没有开始在这里工作呢。"

"是没有。但那种信息在旧报刊上也能找到。她也许是通过那种途径找到马利特的。我不清楚动机是什么，但一切皆可源于最初那场车祸。艾尔莎·弗塞尔撞死西格莉德·延森的时候，汉娜和拉斯就坐在车里。三岁时，他俩被西格莉德·延森拐带而且囚禁幽闭在她家中长达两年以上。谁知道两人曾经遭遇过何等巨大的创伤？"

"那清单上的名字不全又是怎么回事？你怎么会想到汉娜身上去？"安妮卡迷惑不解地看着他。

"首先，我是从汉娜手中拿到的磁盘，是你托她转交的。原先在你那里的时候，磁盘上有一百六十个名字，然而到我手里就少了一个。唯一可能动手删除的人只有汉娜。她知道我可能会认出那个名字。她刚来时，曾经告诉我，她与拉斯租住的房子屋主名叫托尔·索克维斯特，他搬去南部的斯科纳，要在那里待一年。所以说，托拉尔普的这个人名一旦出现，我们便不难联想到她身上。"帕特里克稍事停顿，又接着说，"我认为有必要把所有环节再从头梳理一遍。大家意见如何？我的推理是否存在漏洞？往下继续还有什么疑问？"

众人纷纷摇头。无论听来如何难以置信，帕特里克推论的逻辑确实惊人地严密。

"很好，"帕特里克强调，"现在最重要的，是在汉娜和拉斯意识到事情已经败露之前，尽快采取行动。另外，不能让他们听说母亲的情况以及自己失踪的事情，这点同样至关重要。否则我认为很危险……"

安妮卡倒抽一口凉气，帕特里克停住话头。

"安妮卡？"只见她的面颊变得煞白，帕特里克心里越来越不安。

"我告诉她了。"她声音紧张地说，"你们刚从卡峨岛回来，汉娜便打来电话。她的声音听上去很糟糕。说自己睡了一觉感觉好些了，也许只需要在家休养一两天就够了。后来我、我……"安妮卡惊慌失语，随后镇静下来，直视着帕特里克说，"我说过我会随时向她通报进展，所以把你们找到赫达的事告诉了她。"

帕特里克宛若雕像似地愣了一秒，随后说道："你不知情才会泄密，不过我们最好即刻出发上岛，快！"

塔南舍警察局霎时忙作一团。

海岸救护队的"明路易斯号"救援船高速驶向卡峨岛。帕特里克站在船舷边，心急如焚。他恨不能再快些，但实际上这艘船已经达到最高航速了。他心里只怕自己赶到时已经为时太晚。他们从警局出来，跳上警车、开启警灯，全速赶赴夫雅巴卡的途中，一位船主打来电话激动地投诉，说自己的船被一名女警和一个不知名的男人强行征用，他大吵大闹地谴责这种强盗行径，并且赌咒发誓地警告说，船上若是留下丁点擦痕，就要送他们下地狱。帕特里克直接挂了电话。此刻他没有时间受理投诉。重要的是，他们现在得知拉斯与汉娜抢了一条船，去了卡峨岛——他们母亲的住处。

　　救援船穿行在波峰浪谷之间，咸咸的海水如疾雨般扑打在帕特里克身上。暴风雨正在酝酿。他和古斯塔当天早些时候上岛时，这片海还是风平浪静，现在却激荡着铅灰色的惊涛骇浪。他们的脑海中不断幻化出新的场景，想象着抵达那里时可能看到的画面。古斯塔和马丁二人挤在船舱内，但帕特里克自觉需要透透气，专心思考眼前的形势。他深知无论情况如何发展，故事的结局都将令人揪心。

　　这段航程实际上只用了五分钟，却使人感到似乎永无尽头。抵达岛屿时，他们看见那艘被窃夺的小船被草草系泊在赫达家的码头。救生队队长彼得动作娴熟地泊船，尽管船身体积大过了这方小型码头。帕特里克动作麻利地跳上岸，马丁紧随其后。但古斯塔登岸时，二人不得不回头扶了一把。

　　帕特里克劝说过年长的同事留在局里，但是古斯塔·弗莱格尔固执得出奇，非要同行前往不可。帕特里克心软了，此时他后悔自己作出那样的决定。然而眼下已经没时间去想这些事了。

　　他打个手势，示意众人向小屋靠近。表面看来，屋内似乎空无一人，听不见半点声响。三人拉开手枪保险，寂静中这声音仿佛响彻小岛。他们蹑手蹑脚地靠近屋子，蹲伏在窗户外面。帕特里克听见里面有说话声，他小心地扒着结满盐晶的肮脏窗框往里窥看。先只看到有人影在晃动，待到眼睛适应了昏暗的光线，他辨认出厨房里有两个身影在走动。说话声忽高忽低，但是听不清究竟在说些什么。帕特里克忽然有一种手足无措的感觉，但他随即镇定下来，下定了决心。他朝屋门方向偏了一下头。三人小心翼翼地移动到门口。马丁与帕特里克各把一侧，古斯塔则据守在稍远处。

"汉娜？是我，帕特里克。还有几个人也来了。一切都好吗？"

无人应声。

"拉斯？我们知道你和妹妹就在屋里。别干傻事，死去的人已经够多的了。"

依旧无人回应。帕特里克感到一阵紧张，握枪的手开始冒汗。

"赫达？你还好吗？我们来救你了！拉斯、汉娜，别伤害赫达。她做了恶事。但是相信我，她已经受到惩罚了。看看周围，瞧她是怎么过活的。因为对你俩的亏欠，她日日都活在地狱里。"

然而回答他的只有死寂。他在心里暗暗骂了一句。门"咯吱"一声，打开一条缝。帕特里克更加用力地握住枪柄，用眼角的余光瞥见马丁和古斯塔也是同样。

"我们这就出去。"拉斯说，"别开枪，否则我就打死她。"

"好的，好的。"帕特里克极力用镇定的声音说。

"把武器放下，我要看着它们被扔在地上。"警察仍然无法透过门缝看到他。

马丁扫视帕特里克。他点下头，缓缓放下手枪。古斯塔和马丁照做。

"把它们踢到一边儿去。"拉斯低沉地喝道。帕特里克上前一步，将三把枪踢到远处。

"走开。"

他们再次顺从，紧张焦灼地等待着。屋门一寸一寸地被慢慢拉开。帕特里克本以为会见到赫达，结果却看到了汉娜。她依旧满脸病容，眉毛上汗水涔涔，双眼因为发烧而灼灼发亮。她的目光迎上他的。帕特里克暗自惊讶，自己竟会被愚弄到如此地步。在一切正常的表象之下，她怎能将一切邪恶暗暗隐藏了那么久呢？有一瞬间，她似乎想要做些辩解，却被拉斯往前推了一把，露出顶住她太阳穴的手枪。帕特里克认得它，那是汉娜的配枪。

"走开，滚远点儿！"拉斯咆哮着，嗓音嘶哑。帕特里克从他眼中只看见黑暗与仇恨。他的眼睛来回扫视，眼神中的某种东西让帕特里克看出，拉斯最终撕下了假面具。他再也无力延续一个双面人的生活了。疯狂、邪恶，管它叫什么——终于赢得了胜利。他心中只想拥有正常家庭生活的那部分人格已经在对抗中遭到惨败。

警察又一次后退。拉斯将身前的汉娜当做挡箭牌，绕过他们。小屋的门完全敞开。帕特里克朝里望去，明白赫达无法被用作人质的原因。他惊骇地看见她被绑在椅子上，嘴被胶带封住，这就是在另外几名死者身上留下粘性物质的东西。胶带中央有一个洞，足以插进一只酒瓶的瓶颈。赫达死在她一生所依赖的东西上：那便是酒。

"我理解你为何想将赫达置于死地。可是其他人何罪之有？"困扰帕特里克数周之久的疑问脱口而出。

"她夺走了一切，我们生活中的一切。汉娜无意之间发现了她的下落，我俩都清楚，必须让她偿还代价。她得死在毁掉我们人生的东西上——喝酒喝死。"

"你说的是艾尔莎·弗塞尔吗？我们知道，艾尔莎·弗塞尔肇事撞死西格莉德，就是与你俩同住的那个女人，当时你们就在车里。"

"我们曾经非常幸福！"拉斯声音尖利。他挟着汉娜往码头方向慢慢退行。"她尽心尽力抚育我们，发誓永远守护我们。"

"西格莉德？"帕特里克问，脚步随着拉斯和汉娜轻轻移动。

"对。那时并不知道她的名字。我俩唤她妈妈。她告诉我们，她是我俩的新妈妈。我们在一起过得很幸福。她陪我们玩耍，拥抱我们，给我们讲故事。"

"用《汉斯和格丽桃》那本书？"帕特里克继续朝码头方向挪步，从眼角瞥见古斯塔和马丁也悄悄地随己而动。

"对啊，"拉斯把头俯向汉娜耳畔低语，"她用那本书给我们讲故事。你记得吗？汉娜，那种时光曾是多么美好？她是多么美丽，身上的香气多么好闻。你还记得吗？"

"我记得。"汉娜闭上双眼，再睁开时满眼泪水。

"她死去以后，我们只被容许保留一样东西，就是那本书。我俩想要昭告世人，我们被剥夺到几乎一无所有。当你毁掉另一个人的生活，就是这个样子的。"

"但是一个艾尔莎还嫌不够。"帕特里克定睛注视拉斯。

"还有那么多人也和她一样，那么多……"拉斯的声音低沉下去，"我们每去一处都有。每个地方，都必须得到……净化。"

"通过杀害因为酒驾致人死亡的肇事者？"

"不错。"拉斯微笑面对，"唯有如此我们的心才能获得几分安宁。必须宣告自己永远无法遗忘、也决不容忍这种罪恶存在。罪魁祸首绝不能在彻底摧毁了别人的人生以后……一走了之。"

"犹如艾尔莎撞死西格莉德？"

"对。"拉斯眼中的忿恨怨毒加深了，"犹如艾尔莎。"

"那么利勒莫尔呢？"

此时他们几乎已经走到码头。帕特里克担忧，若是二人掳走航速较快的救生船怎么办。那样的话，警察决计追不上他们。彼得队长似乎也有同感，因此已经将救生船倒离，码头上只剩下那条体积较小的小艇。

"利勒莫尔，"拉斯无比轻蔑地嗤笑道，"一个蠢笨无用的人渣，跟我迫于无奈服侍的那些个下三滥没有分别。若不是她的出生地和本名提醒了我，我绝不可能认出她来。我清楚，必须采取行动。"

"所以你散布谣言，污蔑她说了别人的坏话，好制造矛盾扰乱她的视线。"

"你还不算太蠢。"拉斯笑笑，后退一步登上码头。帕特里克很想冲上去制服对方，他虽然感觉拉斯用妹妹做人质不过是唬人的招式——毕竟所有的事都是二人合力做的，却仍旧不敢轻举妄动。自己手里没有武器，他的枪与马丁和古斯塔的一道被扔在山坡上。在这种形势下，拉斯与汉娜稳占上风。

"是我给拉斯打的电话。"汉娜的声线凄厉颤抖。

"我们知道。"帕特里克说，"马丁注意到了录像带上的画面。但是我们无法理解……"

"是啊，你们怎能理解呢？"她脸上浮现出哀伤的笑容。

"拉斯接到你的电话以后截住了她。"

"是的。"汉娜回答，同时动作缓慢地爬到艇上，在正中央的横梁上坐下。拉斯坐在安在船体外的发动机旁边，转动船钥匙，想要启动引擎。但是没反应。拉斯蹙眉，再次尝试。发动机嘎嘎空转，依旧没有发动。帕特里克惊奇地注视着。他望了眼漂浮在一段距离以外的救援船，立即恍然大悟。只见队长得意地举起一只油箱。他已把小船的油箱卸了下来。这老伙计太有能耐了。

"油箱没了，"帕特里克心内紧张，语气却从容冷静，"你们现在无处可逃了，后援警力马上就到。唯一的出路就是投降，别再让任何人受到伤害。"帕特里克承认这番话毫无说服力，却想不出自己应该怎么说，说些什么。

拉斯没有说话，兀自解开艇首索，往岸上踹了一脚，使船离港。少顷，水流卷携着它渐行渐远。

"你们哪儿也去不了。"帕特里克一面说一面思索，却想不出任何对策。为今之计，也没有什么备选的方案，或许可以在拉斯和汉娜上岸后截获他们。没有发动机他俩走不远，可能会逃到附近的某个岛屿上去吧。帕特里克作着最后的努力：

"汉娜，显然你并不是所有案件背后的主使者，你还有机会拉自己一把。"

汉娜凝视着帕特里克，没有回答。她伸手去摸拉斯握枪的那只手。此时，他没有拿枪顶住她的头，而是用手撑着她所坐的横梁。她以不可思议的冷静握住拉斯的手，抬起它，让他再用枪口对准自己的太阳穴。帕特里克看见拉斯脸上刹那间写满恐惧，表情迷茫疑惑，倏忽又化作一派令人毛骨悚然的宁静。汉娜对拉斯说了句什么，但隔得太远，岸上的人无法听见。他回答一句什么，然后把她揽紧，靠在自己胸前。汉娜的手指覆盖住他的手指，加力，扣动扳机。帕特里克惊跳起来。他身后的马丁和古斯塔同时倒抽一口气。岸上的几个人目瞪口呆，无法动弹，亦说不出一个字。他们注视着拉斯轻轻在船缘处坐下，无比温柔地拥着怀中汉娜沾满血迹、了无生气的尸体。鲜血喷溅到他的脸上，宛若上战场前涂抹的油彩。他看了警察最后一眼，神情平静。然后抬枪对准自己的太阳穴，扣响扳机。

他仰身从船缘跌落，汉娜随他一齐坠落。赫达的双胞胎消失在水面之下。深深下沉，仿如以赫达托咐的方式溺亡。

短短数秒，水面的涟漪彻底消失。二人沉匿无踪。染血的小舟被海浪卷逐着，犹如幻梦般随水而去。几艘船只映入帕特里克的眼帘，后援部队到了。

10

　　撞击带来的震荡让一切化为噩梦。都怪自己不好。她说得对，他是个不祥之人。不肯听话，喋喋不休地央求，直到她投降方肯罢休。此刻，寂静震耳欲聋。汽车的撞击声被骇人的宁静替代，与安全带压迫胸口，令他感到的痛楚替代。他瞅见妹妹在动，却不敢扭头去看。当他终于鼓起勇气看时，发现她好像亦没有受伤。他强压着哭泣的冲动。妹妹先是小声地抽泣几声，然后让人揪心地呜咽恸哭直至嚎啕起来。最初他不敢去看驾驶座。那边一片死寂，给他带来不祥的使自己有所预感。他的心因为内疚抽紧了。他轻轻解开安全带，满心惊惧地慢慢向前探身。眼前见到的景象令他惊骇退缩，这个快速动作加剧了他胸口的痛楚。她的双眼僵直地凝视着他，因死亡而空洞。鲜血从口中涌流出来，浸透了身上的衣服。从她散神透明的目光中他仿佛似看到指责。你为何不听话？为何不让我呵护抚育你俩？为什么？为什么？你这不祥之人。现在看看我罢。他呜咽着，喉咙发紧，他大口喘息，强迫自己吸入空气。有人想从外面拉开车门。他看见一个女人惊恐万状的脸。她在注视自己。她的动作古怪，步履蹒跚。他惊异地嗅到只存在于回忆之中的另外一个女人的气味。她的嘴、皮肤和衣服上都散发着同样刺鼻的恶臭。他生命中柔软的一切都消失不见了。接着，他被拉下车。这时他看明白了，那个女人是从与他们对撞的另一辆汽车上下来的。她绕到另一头把妹妹也拉下车。他盯着她，目不转睛，决不能忘记那张脸。

随后，问题纷至沓来。稀奇古怪的问题。

"你们从哪儿来？"他们问。"从林子里。"他俩答。不明白这样的答复为何引来那般丧气的表情。"是。但是在那之前，住在林中小屋之前你们住在哪儿？"两人盯着提问的人们，不知道究竟该说些什么。"从林子里来"是自己唯一想到的答案。纵然想起了那个飞鸟凄鸣的咸水之地，他却一个字也没有提起。他真正知道的，唯有那片森林。

大多数时候，他都拼尽全力去忘掉回答问题以后的那些年月。假如他知道外面的世界是多么邪恶冷漠，他决不会央求她带他们离开森林。他会与她和妹妹安安分分待在那间小屋里，驻留在属于他们的世界里。如今相形之下，那种生活是多么美好幸福。然而这份罪责命定要由自己来承担。事情因他而起。因为他不肯相信自己是个不祥之人，不相信他会给自己和别人招来祸患。他是造成那死亡眼神的罪魁祸首。

妹妹是支撑他走过此后漫长岁月的唯一理由。二人齐力对抗所有企图拆散他们、想让他们变得跟外面的世界一样丑陋的人。他俩与之不同。只要在一起，他俩便与之不同。漆黑的暗夜里，两人每每在彼此身上寻求慰藉，得以逃离白日的恐怖。他的皮肤挨擦着她的。二人的呼吸合而为一。

终于，他找到了一种与她分担罪咎感的方法。妹妹永远在旁帮助自己。永远相依相伴。永不分离。

门德尔松《婚礼进行曲》的开头几小节响起，回荡在教堂内外。

帕特里克口干舌燥，望了一眼站在身旁的艾丽卡，抑止住泛起的泪花。要掌控分寸，哭哭啼啼走上红毯可不成。但是他感到如此幸福。他紧紧攥了一下艾丽卡的手，得到一个灿烂的笑容。

她美得令人难以置信，此时此刻，就在他身边，似乎也让人难以置信。有一瞬间，他的脑海中快速闪现出他的第一次婚礼，迎娶凯伦的那次。但是回忆顷刻又消失无踪。对他而言，这才是第一场真正的婚礼。那一切不过是一段弯路，就像正式演出之前的彩排。他生命中之前的一切，都是准备过程，只为了今天与艾丽卡步向圣坛。教堂的大门徐徐敞开。管风琴奏响，二人迎着宾客们的张张笑脸缓步向前走去。他再次转头凝视艾丽卡，笑意愈浓。她的婚纱款式简洁，非常适合她。头发松松地挽成发髻，有几缕自然地垂落下来，别在发间的白色小花宛如粒粒散落的宝石。在她耳畔，佩戴着一对式样简约的珍珠耳环。她好美啊！

两人看见教堂长凳上坐满了亲朋好友。警察局全体人员悉数到场，连梅尔贝里也西装革履，比平时更为用心地盘好了头发。他与古斯塔身旁均没有女伴。马丁今天充任帕特里克的伴郎，他带来了皮亚。安妮卡身边则坐着她的连纳特。帕特里克很高兴见到所有的人都到齐了。前天他真的以为自己行不了礼了。亲眼目睹汉娜与拉斯沉没消失在深海中的时候，巨大的悲伤和疲惫之感席卷压抑着他，无法想象自己还能开开心心地庆祝婚礼。但是回到家，艾丽卡立刻催他上床休息。他倒头一睡就是一天一夜。艾丽卡试探地问他，大伙儿特意为两人在斯特拉酒店预订了晚餐和情侣套房，不知他怎么想。他感到那正是自己所需要的：他只想与艾丽卡独处，好好吃上一顿饭，睡在她身边，尽情地说点知心话。

到了今天，他已经完全作好了准备。黑暗与邪恶被远远抛开，被这样一个特别的地点和日子尽行放逐。

他们步入圣坛的围栏内，婚礼正式开始。哈罗德牧师讲到忍耐和良善是爱的基础，回顾了帕特里克与艾丽卡如何相知相守，并有了玛雅。

听见有人提到自己的名字，玛雅不耐烦再待在爷爷的膝头上了，她想要去找妈妈和爸爸。出于某种奇怪的原因，他俩身穿好笑的衣裳，来在这座陌生的大房子里，站在众人前面。克里斯蒂娜费了好大劲，试图让玛雅坐好。但是看到帕特里克冲她点头，就把孩子放在过道上，任其向前爬。帕特里克抱起玛雅，把她搂在臂弯里，然后把婚戒戴在艾丽卡的无名指上。当他们第一次以丈夫和妻子的身份接吻时，玛雅把脸蛋贴在两人的面颊上咯咯地笑，爱上了这个好玩的游戏。此刻，帕特里克觉得自己是全世界最富有的男人。

马丁接过玛雅。帕特里克与艾丽卡缓缓走出教堂。他们先是候在侧厅，让宾客们先出去，然后才出来并肩立在石阶上。米粒如雨点般洒下。相机咔嚓作响，闪个不停。

艾丽卡扭动脚趾，让脚休息会儿。它们总算可以从白色高跟鞋中解放出来了。讨厌，脚好痛。但是今天快活极了，行礼部分圆满无缺，酒店的宴席也非常地棒。在众多隆重严肃的致辞之中，最打动自己的要数安娜的一番话。她在讲话时，好几次因为声咽落泪而不得不停下来。她首先表达了自己是多么的爱姐姐，话语之间把两人儿时的趣事交织穿插在正式的内容里；然后简单提到刚刚度过的艰难时期，最后得出结论——对她来说，艾丽卡从来既是姐姐又是母亲。如今亦是最亲密的知己。那段掏心窝的话使艾丽卡频频用餐巾拭泪。

散席以后，舞会已经进行了几个钟头。鉴于当初克里斯蒂娜在所有筹备事项上都与自己唱反调，艾丽卡有些担心婆婆的心情。结果婆婆的表现却令她惊讶。她今天在舞池里出尽风头，适才刚刚和帕特里克的老爸拉尔斯共舞一曲，眼下又边喝酒边与他的女友比苔畅聊。艾丽卡大跌眼镜。

脚疼稍稍好些后，艾丽卡决定去外面呼吸点新鲜空气。人们跳舞时身体散发的热气使大厅里有些闷热。她很想吹吹风，凉快凉快。于是她咬牙蹬上鞋，刚要起身，感觉一只温暖的手放在了自己的肩头。

"我可爱的太太还好吗？"

艾丽卡抬头注视着帕特里克，握住他的手。他看上去心情极佳，但有点儿衣冠不整。与比苔跳了几个回合摇摆舞后，礼服不再妥帖平整。艾丽卡留意到，摇摆舞并非帕特里克的强项，不过他绝对拥有跳舞的热情。

"我想到外头透透气。你来吗？"艾丽卡说。因为双脚刺痛，靠在他身上。

"汝欲去，吾愿随之。"帕特里克吟咏道。艾丽卡暗笑他无疑是有点微醺。好在回头他俩回房时，只需爬上一层楼梯。

二人走下通向石径庭院的台阶。帕特里克正要开口讲话，艾丽卡"嘘"一声让他安静。她发现了一件事。

她示意帕特里克跟上自己。他们轻手轻脚地朝艾丽卡发现的人影挪步。不过，他们的行动可真说不上悄无声息：帕特里克笑出了声，险些被一个插满花束的花瓮绊倒。所幸响声并没有惊动躲在园中黑暗角落里拥抱的一男一女。

"瞧瞧是谁在那里呐？"帕特里克用演戏似的夸张声调低语。

"嘘……"艾丽卡制止，但她自己也忍不住笑。晚餐时喝下那么多的香槟和好酒，这会儿酒劲一下子涌上头来。她跟跄地又往前摸了一步，陡然停步转回身，和帕特里克撞了个满怀。两人都强忍着，没有笑出声来。

"回去吧。"艾丽卡建议。

"为什么？那是谁？"帕特里克伸长脖子想窥探清楚。但是那一对搂成一团，很难辨清他们的脸。

"傻瓜。是丹和安娜。"

"丹和安娜？"帕特里克一副不敢相信的样子，"我不知道他俩看对了眼。"

"男人呐，"艾丽卡哀叹，"你们男人总是大大咧咧，怎么可能注意不到呢？他俩还没有相恋我就看出苗头来了！"

"妥当吗？我是说，妹妹和前任男友相爱？"帕特里克紧张兮兮地揶揄着，走上酒店的台阶，步子有些不稳当。

艾丽卡回头望了一眼完全无视周遭世界存在的那对情侣。

"妥当？"艾丽卡笑着感叹，"何止妥当，是好极了才对。"

然后，她把新婚夫婿拖进舞池，踢掉鞋，赤足随着摇滚乐尽情舞动。午夜将尽时，车库乐队演唱了一曲《今夜多美好》。这首情歌是他们的经典压轴曲目，特意献给蜜恋中的情侣。艾丽卡小鸟依人地将脸颊偎靠在帕特里克的肩膀上，闭上双眼。

帕特里克的婚礼俨然是场狂欢派对。有珍馐美味，还有免费奉送的酒水。梅尔贝里确信，自己在舞池里的表现也让人印象深刻，教了那帮小伙子们一招半式。只是派对上的女士没有一个能与罗斯玛丽相提并论。

他又把饭厅用心收拾了一遍，对自己的劳动成果感到非常满意。餐桌上摆放着精致的瓷器，蜡烛也点上了。他怀着既紧张又期盼的心情，为此次共餐做好了万全的准备。在银行转账时心里涌起的那个念头，直到现在仍然令他开心不已。自然，这恐怕有点儿突然，可是他与罗斯玛丽已经不是小孩儿了，既然这把年纪才寻见真爱，浪费时间便完全没有意义。

当她看到桌上优雅的餐具和美食的时候，他打算说，这番精心布置，是为了庆祝联名购房的事。这样说准行。她应该不会有所觉察。他冥思苦想，最后决定在上甜点时，将那个大惊喜藏进一块巧克力慕斯里。那是一枚戒指。他在星期五买下的。他要向她奉上戒指，并问出那个自己从未问过任何女人的问题。梅尔贝里喜滋滋的，盼着早点见到对方脸上的表情。挑选戒指时他并没有吝惜钞票，唯有最好的才配得上自己未来的太太。她看见戒指时准会欣喜若狂。

他扫了眼钟，七点差五分，五分钟后她便会摁响门铃。其实理当尽快配把钥匙给她。绝不能让自己的未婚妻像客人一样站在门外按门铃。

七点零五分，梅尔贝里有些局促不安。罗斯玛丽向来守时。他对着面前的杯盘碗盏，开始坐不住了。一会儿调整调整酒杯里的餐巾，一会儿把银餐具往右挪动半寸，随后又移回原处。

七点半。完全有理由相信她已陈尸在某条沟渠里。他仿佛看见她那辆红色小轿车迎头撞上一辆卡车，或野蛮疯狂的吉普车。人人都对那种车趋之若鹜，它的杀伤力却足以摧毁路面上的一切。也许该打个电话到医院问问。他思前想后，忽然意识到应该先打她的手机试试。梅尔贝里一拍脑门，为何没有早点想到？他凭着记忆摁下她的手机号码，听见录音提示"您所拨打的号码是空号"，他困惑地皱起眉头，重新拨号。准是按错了一个数。相同的提示信息再度响起。见鬼。看来只好打给她妹妹，看到底是什么事情耽搁了她。突然间，他想起她从未给过自己那位妹妹的号码，也不晓得她姓甚名谁。只知道是住在蒙克达尔——是蒙克达尔吗？

一个令人沮丧的念头在梅尔贝里的脑海中暗暗生成。他驱赶它，拒绝接受这种想法。自己站在银行里的那一幕，此时犹如慢镜头一样在他头脑中播放。二十万克朗。他把一大笔钱汇入了罗斯玛丽交给自己的西班牙账号。二十万——购买一套公寓所下的血本。这个念头缭绕不去。于是他拨打查号台，询问能否查实她的姓名或住址。他们却查不到该名字的登记信息。绝望中他拼命回忆可能见过的凭据，身份证之类的东西，能以确认其名就是其人。但他愈加惶恐地想到，从来没有见过这类东西。一个残酷的现实是，他压根不知道她的全名，住在何地或是真实身份。不管怎么说，她的西班牙户头里此刻拥有了二十万克朗。他的钱。

他像梦游一般走到冰箱那边，端出为她准备的巧克力慕斯。他在收拾得如同节日盛宴的饭桌旁坐下，把手缓缓探入玻璃杯，手指插进棕色的慕斯里。戒指躲在巧克力中熠熠生辉。他把它掏出来，捏在手中端详。然后在桌面放下。泪水滑落脸庞。他把巧克力慕斯填进嘴里。

“今天真是太好啦。”

“嗯。”帕特里克闭着眼回应。二人早就商量好不急着外出度蜜月，等过几个月玛雅大些，再带着她一起长途旅行。目前，泰国是他们的首选地。星期天，他俩整天在家睡觉，畅聊星期六的一桩桩事。星期一，帕特里克决定再休息一天，让两人在重返日常生活之前，能有个放松调整自己的缓冲期。想到几个礼拜以来他承担的巨大工作量，警局里绝对没人表示反对。这一刻，帕特里克和艾丽卡相拥躺在沙发上。这幢房子今天只属于他俩。阿德里安和埃玛在幼儿园。安娜带玛雅去了丹的住处，好让小两口得到整天的静逸与安宁。这倒不是她在找借口与丹共处，昨天她和孩子们已经在他那里待了一整天了。

“你难道一点都没有怀疑过吗？”看到帕特里克在想事情，艾丽卡轻轻问。

帕特里克立刻明白了她指的是什么。他沉吟一会儿，答道：

“事实上，我没有怀疑过。汉娜没有任何……反常的表现。对，她心事重重。可我以为她是为了家里的事情闹心。结果的确是这样，只不过不是我们想象的那种。”

“兄妹俩怎么能同居呢？”

“我们永远无法知道所有的答案。不过，马丁打电话告诉我，终于收到了社会福利署发来的报告。车祸发生后，他俩在收养家庭里度过的童年时光堪比地狱。试想，先是从母亲身边被拐带，然后又与西格莉德一起，与世隔绝地生活。那种境遇必定使两人之间产生了某种违背伦常的病态情结。”

“唔。”艾丽卡应道，但仍觉得难以想象。这一切都超出了常人所能理解的范畴。“可是，他们怎么做到把自己的人生一分为二呢？”

“这话怎么说？”帕特里克轻吻她的鼻尖。

“我是说，他们怎么可能过正常的生活呢？受过良好的教育，甚至成了警察和心理治疗师；与此同时，又苟活在亲手犯下的滔天罪行里。”

帕特里克没有马上回答。他同样猜不透所有的状况。但是发现凶手的身份以后，自己想了很多，觉得已经找到了某种答案。

“我认为关键就在于此。他俩在人格上是分裂的。有两个‘自我’，其中一个过着正常的生活。在我看来，汉娜是真心实意想要从警并且有所作为，她也确实是位好警察。而拉斯这个人，出事前我从没见过……”他顿了顿又说，“我对他的印象有点模糊，但他显然是个非常聪明的人。从内心来讲他应当也想过上正常人的生活。但与此同时，合力掩藏的秘密严重地蒙蔽和扭曲了他们的心理。所以当汉娜加入尼雪平警队，无意中发现艾尔莎·弗塞尔的个人信息时，在他们心灵深处长久郁积着的某种东西一触即发。反正，这是我自己推理得到的结论。真实情况究竟如何，谁也说不准。"

"嗯，"艾丽卡若有所思，"这跟妈带给我的感觉有些相似。"她想了好久，又说："她的人生就像是一分为二的。纵使与我们，爸、安娜和我在同一个屋檐下，心灵却向我们牢牢地锁闭，活在她自己的世界里面。"

"所以你下决心要调查她的情况？"

"对，"艾丽卡答道，"虽然把握不大。但我就是感觉她有事情瞒着我们。"

"只是弄不清是什么事？"帕特里克凝视着她，为她撩起碎发。

"不清楚。也不知该从何查起。任何东西都没留下，她从不收存任何东西。"

"你肯定吗？阁楼也检查了过吗？上次我看见上面堆放着许多陈年杂物。"

"大部分东西铁定是爸的。不过以防万一，上去看看也无妨。"她的声音急切，一下站起来。

"现在？"帕特里克问道，心里极不情愿从温馨舒适的沙发上爬起来，跑到潮湿阴冷的阁楼上面去。那里结满了蛛网。他讨厌蜘蛛。

"就现在！为什么不？"艾丽卡在上楼。

"是啊。为什么不呐？"他叹口气，勉勉强强起身，深知艾丽卡打定主意要干一件事的话，自己最好是乖乖照做。

爬上阁楼，艾丽卡心里却敲起了退堂鼓。看样子，从这堆杂物里的确找不出什么来，但还是翻找一遍为好。她弯下腰，避免被梁木撞到头，开始漫无目的地拖动物品，掀开纸箱盖。她在裤子上蹭蹭手，露出厌嫌的表情。到处都是灰。帕特里克也在东张西望，怀疑自己的提议究竟能不能产生效用。也许艾丽卡是对的。她最了解自己的母亲，既然她说艾尔西从不收存东西，那么可能……一个物件忽然吸引了他的注意：阁楼后方的斜檐底下，歪歪斜斜地立着只旧匣子。

"艾丽卡，过来。"

"发现什么了吗？"她问，猫着腰走过去。

"不确定。只是觉得这只匣子大有希望。"

"可能是爸的。"她喃喃地说，心里的某种感觉却告诉她事实并非如此。这是一方绿色的木匣。盖上绘有雅致的花样纹饰，现今已经褪了色。锁已经锈蚀，但并未锁上。她轻轻掀开盒盖。放在最上面的是两张孩子的照片。她拿起照片，发现背面有字。一张写着"艾丽卡，一九七四年十二月三日"，另一张写着"安娜，一九八零年六月八日"。她吃惊地认出是妈妈的笔迹。再往下是厚厚一摞图画。她与安娜在手工课上的作品、圣诞节饰品和她俩在家自制的小玩意收在一处。原以为被妈视而不见的东西都在里面。

"瞧。"她说，还没有从亲眼所见中回过神来。"妈收藏的东西。"她轻轻地掏出一件，又一件。刹那之间，光阴仿佛倒退回了自己和安娜的孩提时代。艾丽卡热泪盈眶。帕特里克摩挲她的背。

"为什么？我们都以为她根本不在乎……究竟为什么？"艾丽卡用毛衣袖口拭去泪水，继续翻找里面的东西。儿时的纪念品看完后，露出了年代更为久远的物件。艾丽卡脸上依然是一副惊愕的表情。她掏出一叠黑白相片，屏气凝神仔细端详。

"你认识相片里的人吗？"帕特里克问。

"不认识，"她摇了摇头，"但你知道，我一定要查清！"

她焦急地向下摸索，手里捏住一个柔软却包覆着尖锐硬物的东西。她停下动作，抬起手：手心里攥住的是一块脏布。原本应该是白色，如今彻底泛黄，而且染上了恶心的、斑斑点点褐色的锈渍。布里包裹着什么。艾丽卡小心翼翼地展开裹布，定睛注视里面的东西，不禁瞠目结舌。内中躺着一枚徽章。它的出处一看便知。她不可能认不出上面的卍字装饰。她默默把徽章举到帕特里克眼前。他睁大双眼，然后低头去看艾丽卡随意丢在腿上的那块布。

"艾丽卡。"

"什么？"她应道，仍目不转睛地注视着手里的徽章。

"你该看看这个。"帕特里克说。

"嗯？看什么？"她茫然地问，随后顺着帕特里克手指的方向看去。她放下纳粹党徽，展开那块布。那不仅仅是块布，而是一条老式的、孩子穿的小裙子。同时她意识到，裙身上那些赤褐色的斑点根本不是铁锈，而是血迹。

这件小衣服从哪儿来？为何沾满了血？她俩的母亲为什么会把它，连同一枚二战时期的徽章收放在阁楼内的这只木匣里？

艾丽卡思索良久，然后动手把所有的物件全都放回盒中，合上盖子。

然而，它犹如潘多拉魔盒一样，深深牵动了她的心。她不甘心就此关拢匣盖，必须找到真相，无论结果如何。